Welcome to
JORDEN
TOWN.

白井 智之   Shirai Tomoyuki

名侦探的献祭

［日］**白井智之**

著

吕灵芝

译

THE DETECTIVE MASSACRE
SHIRAI TOMOYUKI

九州出版社
JIUZHOUPRESS

图书在版编目（CIP）数据

名侦探的献祭 /（日）白井智之著；吕灵芝译. ——北京：九州出版社，2023.9（2025.11重印）

ISBN 978-7-5225-2077-3

Ⅰ.①名… Ⅱ.①白… ②吕… Ⅲ.①侦探小说—日本—现代 Ⅳ.①I313.45

中国国家版本馆CIP数据核字（2023）第155191号

著作权合同登记号　图字：01-2023-3427

MEITANTEI NO IKENIE :JINMINKYOKAI SATSUJIN-JIKEN
by SHIRAI Tomoyuki
Copyright © Tomoyuki Shirai 2022
Original Japanese edition published in 2022 by SHINCHOSHA
Publishing Co., Ltd.
Chinese translation rights in simplified characters arranged with
SHINCHOSHA Publishing Co., Ltd. through BARDON CHINESE
CREATIVE AGENCY, Hongkong.
Simplified Chinese translation copyrights © 2023 by Beijing Xiron
Culture Group Co., Ltd.,China.

名侦探的献祭

作　　者　［日］白井智之　著　吕灵芝　译
责任编辑　陈春玲
出版发行　九州出版社
地　　址　北京市西城区阜外大街甲35号（100037）
发行电话　（010）68992190/3/5/6
网　　址　www.jiuzhoupress.com
印　　刷　三河市中晟雅豪印务有限公司
开　　本　880毫米×1230毫米　32开
印　　张　11
字　　数　270千字
版　　次　2023年9月第1版
印　　次　2025年11月第11次印刷
书　　号　ISBN 978-7-5225-2077-3
定　　价　59.00元

目 录

乔丹镇

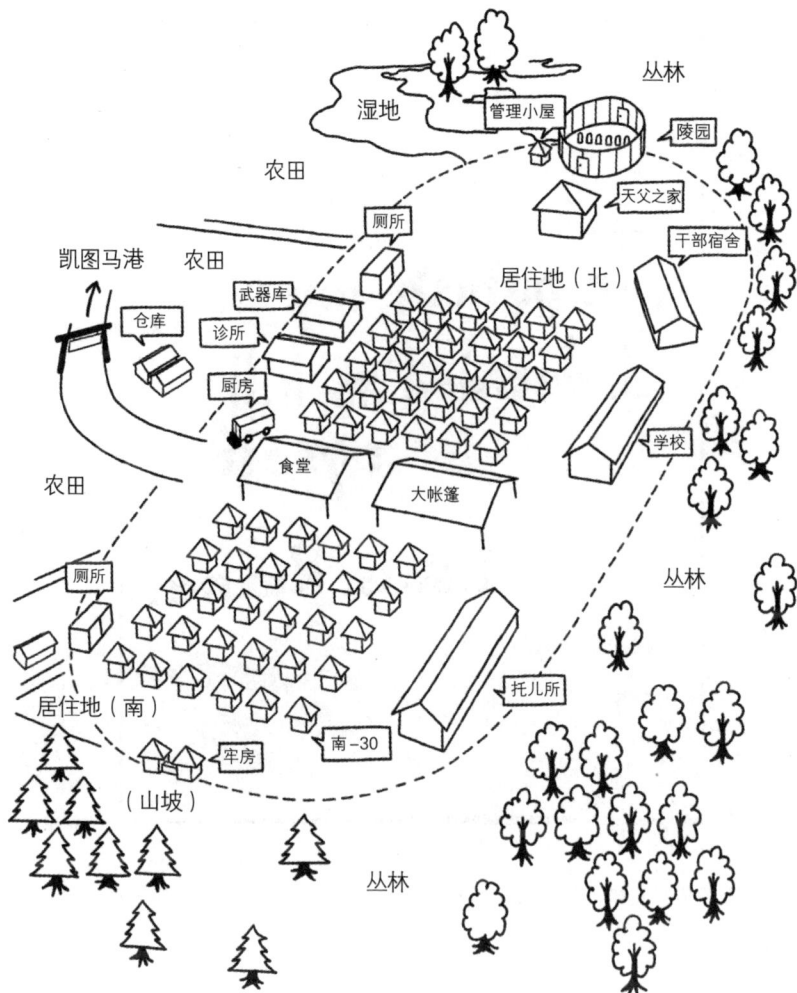

To punish my sins,
I decided to kill
    myself.

    Louis Rezner

为了惩罚我犯下的罪行，我决定杀死自己。——露易丝·雷兹纳我们并非自杀。

1978 年 11 月 18 日

吉姆·琼斯

※

最开始，是孩子们死了。

"奇迹真的存在。不要害怕，不要哭喊。"

遍布小镇的大喇叭传出了教主的演讲。

1978 年 11 月 18 日晚上 9 点半，圭亚那合作共和国巴里马 - 瓦伊尼区，凯图马港西南 11 公里处的丛林中开辟出的小镇——乔丹镇。

"我爱你们。我将会送你们走上最后的旅程。"

教主吉姆·乔丹站在大帐篷的舞台上持续演讲，被大人牵着的孩子们在大锅前排起了长队。负责厨房的两个女人用滴管吸出紫色的果汁，滴在孩子们的喉咙深处。

"这是我亲自配制的果汁，绝不会让你们感受到任何痛苦。你们将在安眠中起程。"

吉姆·乔丹这样劝说着孩子们，可是几分钟后，数不清的哀号戳穿了他的谎言。有的孩子大汗淋漓，不停地呕吐；有的孩子喘不上气，不断抓挠喉咙；有的孩子口吐白沫，痛骂着袭击者。大人们只能哭泣着在一旁看着他们。

"为何要哭泣？你们无须担心。神赐予我们生与死，我们只是带着敬意去执行罢了。"

不到一个小时，267 个孩子都死了。

孩子过后是大人，大人过后是老人，他们都遵从吉姆·乔丹的指示，一口喝下了纸杯中的果汁。

一个负责农耕的男人从配餐的女人手上接过果汁，对吉姆表示了感谢："只有你，愿意为了我们与世界为敌。"说完，他就忍着泪水喝下了果汁。他跪倒在舞台下，额头触碰地面，向吉姆献上了祷告。几分钟后，他的身体开始痉挛，但依旧没有停止祷告。最后他意识错乱，说着胡话，就这么死了。

在乔丹镇的学校担任校长的男人哭着接过果汁，看了一眼孩子们的尸体，喃喃道："吉姆·乔丹先生是我们唯一的神。"然后，他一口气喝干了果汁。他跑出大帐篷，想要走进自己工作了一年半的学校，但是只跑了大约一百米就被强烈的头痛与眩晕侵袭，当场死了。

在乔丹镇的牢房担任狱卒的男人一言不发地喝下果汁，面无表情地转动轮椅离开了大帐篷。他来到一片空旷的地方，为了不弄脏陪伴自己多年的轮椅，他艰难地爬下来，背靠车轮坐在了地上。短短几分钟后，他开始呼吸困难，死死攥住地上的杂草，死了。轮椅的左后轮浸泡在了他失禁流出的尿液中。

负责管理乔丹镇陵园的女人接过果汁，轮番看着住在同一间宿舍的伙伴说："我们下辈子再见吧。"留下这句形似异教徒的话后，她一口气喝下了果汁。吉姆对着麦克风纠正道："我们将要去往神的国度。"但她还是反复说："再会了。""我们要在这里重逢。"随后一头栽在长椅上，死了。

一个做文员的女人接过果汁时用"好学生"的语气说："这不是纳粹对犹太人用的方法。能够主动去死，我感到无上光荣。"说完她就一口喝干了果汁。她和几个女同事坐在一起等待症状出现，突然一阵剧烈的疼痛侵袭了她的喉咙和胸口。疼痛使她无法呼吸，只能疯狂呕吐，在地上打滚。她觉得自己受到了欺骗，却连眼泪都流不出来，不一会儿就被呕吐物堵住气管窒息而死了。

有的人害怕死亡，试图逃出大帐篷。一个负责厨房的女人本来想遵从吉姆·乔丹的指示，但是听到无数痛苦的呻吟后失去了勇气，朝着丛林拔腿就跑。但她只跑出去20多米，就被负责安保的男人抓住，连拖带拽地将她带回了大帐篷。她像那些孩子一样被人用滴管注入了药液，在周围信徒谴责的目光中痛苦挣扎了大约10分钟，然后死了。

也有人成功逃进了丛林，然而大多数人遭遇了跟她一样的命运。

深夜11点，从孩子们的死开始，已经过去了三个小时。负责厨房和安保的信徒站在堆满尸体的大帐篷里，喝下了最后的果汁。

呻吟声渐渐平息，随后是一片死寂。

"都结束了。"

吉姆·乔丹的左右手——支撑着教会运作的内务秘书给自己倒了一杯果汁，在自己的脚步声伴随下缓缓走向大帐篷后方。

尸体在地上层层叠叠地堆积着，这让他想起以前驻扎在旧金山时，教会的农田里闹了摇蚊，他们慌忙喷洒杀虫剂的场景。眼前的光景正如那天早上的农田。

走出带屋顶的大帐篷，各种各样的色彩跃入眼帘。相比朴素的象牙色和米黄色，橙色、淡绿色、覆盆子色这些鲜艳的颜色显得更打眼。因为昨天为了迎接众议院议员里奥·莱兰德及其调查团的来访，他们专门示意信徒穿上色彩鲜艳的衣服。

那场热闹的庆典，为何在一天之间变成了这样？

他试图回想从早上到现在的经过，但很快放弃了。面对无数的尸体，就算他能说服自己，也已经毫无意义。一切都晚了。他像是叹息自己的愚蠢，揉了揉右侧脸颊，继而举起杯子，将果汁一饮而尽。

吉姆·乔丹坐在舞台的椅子上，倾听着虫鸣。

周围没有人声：既没有崇拜他的话语，也没有辱骂他的声音。乔丹镇竟是如此安静的地方吗？

吉姆站起来，放下手杖，坐在了尸体的缝隙间。他拿出了三个小时前保安队长交给他的左轮手枪，轻吐一口气，用拇指拉开了撞针。

如果说他没有自责的念头，那当然是假的。

但是心中不断翻卷的更强烈的感情，却是愤怒。

那个人陷害了我。

那个从天而降、丝毫不理解我们辛苦的外来者。

没有别的选择，眼前只剩下这条狭窄而凶险的道路。他把信徒引上了那条路，贯彻了自己的信仰。

他不后悔。

吉姆·乔丹举起左轮手枪，枪口对准左耳后侧，扣动了扳机。

前日谈

1

名侦探死去的那一夜，港口下起了雨。

昭和五十三年（1978 年）10 月 30 日，深夜。宫城县石卷市远眺湾口的民宿"海之庭"传出了两声枪响。第一声枪响发生在 11 点 15 分，第二声枪响则是 17 分。

民宿老板立即去确认了房客的情况。当天有两拨客人。住在正房的母子俩平安无事，但是住在偏房的独居客人生死不明，打电话和拍门都无人回应。最后老板拿来备用钥匙开了锁，发现那位男客人腹部大量流血，已经死亡。

与此同时，听见枪响的近邻住户拨打了 110 报警。正在市区巡逻的南町岗亭巡查立即赶往海之庭，发现有人倒在土墙外的路边。远远一看，那就像是小孩子调皮而躺在地上，但是走近一看，却发现那竟是胸口中枪的小小尸体。

10月31日凌晨1时许，东京都中野区某综合商业楼三楼。

"大垙先生，有案子了。"

侦探大垙宗一手拿着常温的罐装啤酒，刚接起电话，就听见宫城县警察本部的小牛田刑事部长这样说。

"石卷的民宿有两个人被枪杀了，凶手已经外逃，请你一定要帮帮我们。"

大垙宗向来把工作结束后的冰镇啤酒当作人生的意义，若问他现在为何端着常温啤酒，是因为陪伴他多年的冰箱压缩机出了故障。明天他定要排除万难，到车站前的旧货商店走一趟。于是，大垙决定推掉这个委托。

"不好意思，我这边正好有重要的事情要处理。"

"其中一名死者被发现时处在上了锁的密室中。"

对方间不容发地回了一句。这个小牛田半年前还在警视厅的搜查一课担任理事官，自然很清楚大垙宗侦探事务所擅长的领域。

"……你这么说也没用啊，我有事情推不掉。"

"死者之一还是大垙先生你的同行。"小牛田又打出了一张王牌，"他是侦探横薮友介。"

要说不惊讶，那肯定是假的。那个人被杀了，肯定会引起社会的关注。话虽如此——

"别把我跟那种骗子混为一谈。"

大垙很讨厌横薮友介。媒体虽然觍着脸吹捧他是日本第一名侦探，但是除了四年前运气好查出了灭火器商人一家被害案的凶手，他就没有什么拿得出手的业绩。最近他还沦落成了综艺节目"交给名侦探！"的艺人嘉宾，在电视上煞有介事地分析著名案件，可是就连那些重要的分析也从未说对过。

"怎么能这么说呢，他不是在电视上说中了四个悬案的凶手吗？"

"肯定是作假的。"

"真的吗？"

"退一万步讲，就算他真的说中了，我这个事务所解决的悬案也有八个，所以我比他强多了。"

大坍高声说完，小牛田无奈地长叹一声。

"大坍先生，你这是在嫉妒横薮友介的人气吗？"

"我挂电话了啊！"

"这些都只是前戏。不只是死者，连凶手都特别厉害。"

这可恨的小牛田竟然还藏着王牌。

"从膛线痕来看，杀死横薮友介的凶手应该是 108 号。"

大坍心中一惊：那个连续杀人狂又出现了？

"叫酒店给我多准备点啤酒，要冰镇的。"

不等小牛田贫嘴，大坍就放下了听筒。

10 月 31 日下午 1 点 30 分，路上的水坑已经蒸发成了黑色的泥滩。他带着助手有森凛凛子穿过海之庭的吊檐木门，听见头上传来一阵诡异的吱吱声。

"那是什么东西？"

瓦屋檐上挂着风车造型的招牌，上面罗列着"UMINONIWA"几个圆滚滚的字母。风一吹，招牌就转动起来，发出诡异的吱吱声，丝毫不符合民宿的气氛。

"还挺精巧啊！"

凛凛子感叹着按下了相机快门。这时，小牛田挥舞着记事本走过来，把二人迎了进去。

"刑警部长亲自来接啊！"

"毕竟是 108 号现身了，我怎么好坐在本部喝咖啡呢？"

他们穿过前庭，走进海之庭正房。

"如果只是警察搞错了，那我可不会轻易放过你。"

"我们对子弹做了鉴定，膛线痕与十年前使用的手枪一致。杀死横薮友介先生的人就是 108 号，不会有错。"

被警方全国通缉的 108 号案件凶手——通称 108 号的少年在昭和四十三年（1968 年）10 月从横须贺的美军基地盗走了一把西德产的左轮手枪，并在 10 月到 11 月，先后在东京、京都、函馆、仙台射杀了 11 名保安及出租车司机。

因为他没有在现场留下任何痕迹，警方一开始推测凶手是 30 岁到 40 岁的前科犯或暴力团体成员。但是随着对目击证词的收集，他们发现这一推断是错误的。最后警方查明的凶手形象，是一个没有前科的普通人，而且还是个 15 岁左右的半大小子。

他纯真而残忍，同时又不留痕迹的作案方式让整个日本惊惧不已，但是在 11 月的仙台案之后，凶手就销声匿迹了。警方没有查到新的线索，调查一直毫无进展，就这么过去了十年。

"那个可怕的少年现在已经二十五六岁了啊！"

"已经是个成年人了。他之所以时隔十年再次作案，可能是遭到了横薮先生执拗的挑衅。"

三天前，大堋也亲眼看到横薮在讨论 108 号事件的"交给名侦探！"两小时特别节目中气焰嚣张地说："那种社会害虫应该尽早驱除！"

"108 号怎么知道横薮先生住在这个民宿？"

助手凛凛子将镜头对准摆放着拖鞋的土间①，开口问道。

"应该是看了周刊《多姆斯》上连载的散文《名侦探横薮的假日》吧？横薮先生从 20 日开始一直住在海之庭，还在文章中描述了自己的假日。"

"他竟然自己暴露了踪迹？真够让人无语的。"

"根据我们的推断，昨天深夜 11 时许，108 号趁着下雨能见度不佳，偷偷潜入偏房，射杀了横薮先生。然后他翻过后院的土墙逃走时，正好碰见了二号死者，为了封口而射杀了那个孩子。"

穿过正房走廊，左侧便是后院。取证人员正举着相机对疑为凶手翻越的土墙拍照。前方有个小池塘，水面上铺满了睡莲。池边有块牌子，写着"神池"。一个小小池塘，口气还挺大。

"那个被 108 号射杀的少年，为何这么晚了在外面乱跑？"

小牛田没有直接回答凛凛子，而是从信封里拿出两张拍立得照片，先递了一张过去。

一具头戴破旧棒球帽、身披宽大外套的尸体倒在路上。死者十分瘦弱，看不出具体年龄，但是从他稚嫩的面容来看，估计只有十二三岁。他双手捂着胸部的枪眼，表情因痛苦而扭曲，嘴角溢出了一些血液。

---

① 日式房间入口处，用来摆放鞋子的区域，称作"土间"。

"是个流浪少年啊！"

过于宽大的外套虽然不好看，但也足以御寒。

"这孩子可能在找地方躲雨，不幸碰上了翻墙出来的 108 号。"说到这里，小牛田打开了钢制房门，"横薮先生遇害的偏房在这边。"

那里是正房的后门。一段台阶通往高起的小土包，走上 20 级台阶，眼前就是偏房朴素的拉门。

"这个现场有一点很奇怪。正因为这点，我才请来了大坍先生。"

"这里是密室吧？"正注视着取景器的凛凛子抬起头说道。

小牛田点点头回答："没错。"接着，他们在土间脱了鞋，穿过玄关走进屋里。

客房面积约为 25 平方米。尸体已经搬走了，但是榻榻米上还残留着死者流着血满地打滚的痕迹。看来横薮丧命前挣扎了很久。

小牛田递来了第二张照片。横薮身穿薄衬衫和牛仔裤，面朝右侧倒在榻榻米上，他的啤酒肚看起来有点萎缩，应该是因为血液和食物的流失。

"这里除了遗体，一切都保持着案发时的原貌。我们没找到凶手的遗留物品。"

在小牛田的催促下，大坍审视了一遍客房。站在玄关往里看，右侧是壁龛，前方是铺设木板的廊子，左边是一扇大窗户。除去视野极佳这一点，无论怎么看这都是很普通的民宿客房。

被褥和浴衣都叠得整整齐齐，没有要睡觉的迹象。壁龛挂着不知画了什么的画轴，还有插了一根 Y 形枝条的陶器，前方是电视机和电话机、放着茶壶和茶杯的托盘，以及拔掉了插头的电暖器。廊子面朝大海，隔着玻璃落地窗能看见挂着大渔旗的渔船和空中盘旋的海鸟。

藤椅靠背上搭着一件风衣。左侧窗外可以远远望见被山峦围绕的街景。

"凶手应该是趁横薮先生休息时闯入，一枪打中了他的腹部。但是偏房的门窗都上了锁，并未发现做手脚的痕迹。你说凶手是怎么出去的呢？"

"有没有可能是横薮腹部中枪后逃进偏房，自己上了锁呢？"

大坰随便做了个猜测。

"正房和台阶都调查过了，只有偏房室内发现了血迹。"

"那就是横薮打开门透气的时候被击中了，因为害怕被人再来一枪，就锁上了房门，无意中制造了密室。"

"偏房地势比正房高了 1.5 米。如果真的像大坰先生所说，凶手就是从地势较低的位置击中了横薮先生，但是遗体的枪伤显示子弹是从水平方向进入的。"

所以是凶手亲自走进偏房，从正面击中了横薮。人不可能像一阵烟似的消失在现场，所以那人一定是从门或者窗离开后，再用某种方法上了锁。

"拉门的圆筒锁恐怕很难从外面上锁，所以最可疑的是窗户。"

大坰走向左手边的窗户，但是并未发现常见的半月形搭扣。他以为窗户没有锁，可是推了一把窗框，它却纹丝不动。大坰正呆站在那里，却见小牛田把指头伸进窗框和窗套之间的凹槽，拨动了一个小把手。

"这窗户乍一看是嵌死的，其实可以这样开。从这里可以看到少年被枪击的现场。"

说着，他拉开了窗户。往下一看——就在偏房不远处，隔着后院和土墙的另一端有条窄窄的小路，周围站着手持红色警戒灯的警官。

"这边很壮观呢！"

凛凛子用同样的方法打开了走廊的落地窗。阳台底下就是峭壁，大约有十层楼那么高。脚下不停地传来海浪拍岸的声响。

“啊！”

一只海鸟突然出现，用锋利的爪子抓住了凛凛子的相机。它应该是从头顶俯冲下来的。凛凛子没有放开相机，但是镜头被抓掉，悄无声息地落入了白色波涛之中。

“你没事吧？”小牛田跑过去问了一句，“这屋子怎么净出这种事？看来我不该请侦探，而是得请大师来作作法啊！”他故意调侃了几句，关上了落地窗。海鸟依旧在空中盘旋，仿佛刚才什么都没发生过。

他心里突然有了假说。

大塒再次环视房间。叠好的被褥、拔掉插头的电暖炉、搭在藤椅靠背上的风衣、壁龛前的电话，果然如此。

“昨夜枪响之后，有人听见东西落水的声音吗？”

大塒话音刚落，小牛田就瞪大了眼睛。“正房那边的房客是说过这样的话。你怎么知道的？”

猜中了。

大塒感到全身血液沸腾。

尽管难以置信，但所有证据都指向了一个真相。

“我知道 108 号在什么地方了。”

2

小牛田露出又惊又疑的表情，像是突然挨了一巴掌。

“我是请你来解决密室之谜的啊！”

"我知道，密室之谜也解开了。"

"你怎么可能知道 108 号跑到哪里去了？"

"看到横薮的尸体，你没觉得奇怪吗？"

大坝把拍立得照片举到小牛田鼻子底下。

"这里是东北的港口城市。那家伙在一个晚秋的深夜被杀了。今天虽然出太阳，但是昨天下了雨，这个房间应该很冷才对。"

小牛田看向电暖炉，插头是拔掉的。

"尸体身上只穿着薄衬衫和牛仔裤，风衣搭在藤椅上，电暖炉没有开过的迹象，他也没有铺床盖被子。这未免太冷了吧？"

"那就是说——"小牛田搓了搓胳膊，"什么意思？"

"在房间休息时，横薮身上至少还有一件外套。凶手将其枪杀后，脱下了他的外套带离现场。然而一直带着太麻烦了，所以应该是扔进了海里。"

"为什么啊？"

"因为那件衣服不能让人看见。也就是说，上面残留了一些痕迹。"

"一些痕迹。"小牛田抱着胳膊说，"比如凶手的汗液或者唾液吗？"

"不对。如果二人的距离足以附着体液，那么横薮的衬衫和牛仔裤上也应该残留了痕迹。如果是那样，就不必专门脱掉那件外套，只需将尸体整个扔进海里就好了。"

"话是这么说，但还有什么不能让人看见的痕迹呢？"

"这个案子的凶器是手枪。射击时，硝烟和残渣会附着在开枪者的手臂和胸口。横薮的衣服上也残留了开枪的痕迹。"

"不对，不对。"小牛田像赶蚊子似的连连摆手，"横薮先生是中枪的人啊！他的衣服上怎么会有硝烟呢？"

"是那家伙自己开的枪。他之所以没有跳海，而是把外套扔下去，单纯因为他不敢跳。"

小牛田脸上浮现出的并不是惊讶，而是无奈。

"你说横薮先生是自杀？就因为他没穿外套？这也太跳跃了吧。"

大埘轻咳几声打断他的质疑，回头看了一眼壁龛。

"假设我是横薮，被人开枪击中了腹部。这地上残留着四处爬动留下的的血迹，可见他中枪后还活了一段时间。就算得救的希望渺茫，他肯定也不甘心让凶手就这么跑了。好在客房里有电话。如果是我，肯定会给民宿老板打内线电话，告诉他凶手的身份。横薮为什么没有这么做？当然是因为他没有需要揭穿身份的对象。横薮不是被人枪杀，而是朝自己的腹部开枪。这是事实。"

"这不对啊。尸体腹腔内发现的子弹跟十年前 108 号那把枪的膛线痕相吻合。为什么横薮先生有 108 号的手枪？"

"那还用说吗，108 号就是横薮友介。"

小牛田的双眼瞪得越发大了。

"十年前，横薮在仙台枪杀出租车司机后，把手枪藏匿在了现场附近——也许是无住寺的地板底下吧。十年后，他久违地来到宫城度假，顺便取出了那把充满回忆的手枪。但是他在民宿细细欣赏手枪时，不小心走火了。

"横薮意识到自己活不久了，便拼命思考如何隐瞒自己的真实身份。正好窗户外面就是峭壁，只要把枪扔进海里，打开玄关门，就可以伪装成遭到外来者枪杀。即使警方查到了膛线痕，也不太可能想到他就是 108 号。

"横薮打开窗，想把手枪扔出去。可是就在那时，意想不到的事情发生了。外面小路上有个流浪少年看见了他。情急之下，横薮开枪打死了少年，继而意识到身上的硝烟反应可能会暴露真相，就脱下外套连同手枪一起扔掉了。"

"那就是房客听见的物品落水声吧。"

"接着，他只要锁上窗户，再打开房门就大功告成了。然而在走向门口的路上，他力竭而死，就这样造就了没有凶器的密室。"

大坍垂下眼睑。榻榻米的血迹上浮现出濒死的横薮的身影。他甚至能听到那生命最后一刻的呻吟。

"那你说的 108 号的所在地——"

"就是警署的停尸房。"

尸体也有可能被运到了大学的法医学教室，但不管怎么说，都在警方手上。

"十年前震撼了整个日本的凶手，偏偏以名侦探的身份在媒体上备受追捧。好讽刺啊！"

小牛田激动得直喘气。

"我昨天就在电话里说过了，那家伙是个骗子。"

"您真是独具慧眼啊！我立刻联系海上保安署，跟他们合作进行海域搜索。只要找到手枪，这案子就算结了。"

"应该找不到吧？"

有那么一瞬间，他没明白过来那是谁的声音。

小牛田脸上没了表情。大坍恐怕也是差不多的反应："啊？"

"我说，在海里应该找不到手枪。"

凛凛子一副听腻了大叔吹牛的女招待模样，翻着白眼说道。

"因为横薮友介先生不是 108 号。"

3

吱吱吱吱吱——大门的招牌发出了诡异的动静。

大圳呆立在偏房，愣怔地听着那番话。

怎么可能？她应该也得出了同样的结论啊！

"横薮先生没把手枪扔进海里？"

小牛田的语气中出现了罕见的为难。

"没有。"凛凛子拿起托盘上的茶杯，"这东西没被收走，说明没有证据价值，对吧？"说完，她拉开走廊的落地窗，朝着大海扔出了茶杯。

"哎，你干什么——"

"嘘。"她把手指竖在唇间。

大圳侧耳倾听，但只听见了浪花拍打崖壁的有规则的响声。几秒钟过去了，还是没有茶杯落水的声音。

"你听见了吧。我的相机镜头掉下去时，也没听见落水的声音。粗略估计这个悬崖高度应该有三十米，一点小小的声音肯定会被涛声吞没的。所以我觉得，手枪落水的声音不可能传到海之庭那边。"

"可是房客说听到了东西落水的声音，那难道是幻听吗？"

小牛田唾沫横飞地质疑道。凛凛子淡定地看向面朝后院的窗户。

"那边有个叫'神池'的小池塘。房客听见的，应该是那里传出的落水声。"

"横薮先生把枪扔进池塘了？他眼前就是大海啊！"

"那样不合逻辑，对吧？其实凶手并不是横薮先生，手枪也没有被扔进池塘。大圳先生的推理完全不对。"

"那么有森小姐，你知道真凶是谁吗？"

"我不知道他的姓名来历。不过108号身体上有个特征。只要根据那个特征搜集信息，也许能够判定他的身份。"

凛凛子突然从大塀手中拿走了两张照片。

"正如大塀先生所说，横薮先生的外套被脱掉了。凶手之所以拿走外套，是因为他在上面留下了一些痕迹，但是做这件事的人并非横薮先生。因为横薮先生在这个偏房住了好多天，他要扔东西肯定不会扔进池塘，而是会扔进海里。"

凛凛子轮流看了看大塀和小牛田。

"这里的窗锁都藏在窗框和窗套之间，乍一看像是嵌死的。凶手以前没来过这个偏房，自然不知道窗户能打开。为此，他无法扔掉横薮先生的衣服，只能拿在手上离开海之庭。但是如果抱着衣服或夹着衣服，就不好爬上土墙。要想不丢掉衣服又顺利离开海之庭，办法只有一个，凶手把衣服穿在身上了。"

"嗯？"小牛田使劲眨眼，眼皮子都要上下打架了，"你是说那个流浪少年？"

"没错。在路旁被枪杀的男性，穿着一件很显然不合身的外套，那个人就是108号。

"以下是我的推断。108号对横薮先生开枪时，可能不小心咬破了舌头。之后他上前检查横薮先生是否死亡，鲜血滴落在了那件外套上。于是，他不得不拿走那件外套。"

凛凛子举起路旁尸体的照片，只见死者嘴角果然有一道血迹。

"那是谁开枪杀了108号？"

"当然是横薮先生。108号离开时留下了手枪。因为他想伪装出横薮先生自杀的场景，如果顺利，还能陷害横薮先生是 108 号。

"但是横薮先生当时还有意识。他拼尽最后一点力气爬到玄关，锁上大门防止 108 号返回。接着他又爬回房间，打算给老板打电话，这时恰好看见 108 号走在窗外的小路上。于是，横薮先生打开窗户，射杀了 108 号。"

那不对，那不合理。

"紧接着横薮先生回过神来，意识到如果他拿着手枪死了，很可能会被误认为是 108 号。这不就正中 108 号的下怀吗？为了让人知道死在路边的人才是 108 号，他对准那边扔出了手枪。但是因为力量不足，手枪落在后院，'扑通'一声掉进了池塘。横薮先生此时已经意识模糊，但还是锁上了窗子以免暴露自己开枪打死了 108 号的事实，然后断气了。"

"年龄对不上啊！"

他忍不住发出了带着火药味的声音。凛凛子扬起了眉毛。

"十年前，108 号就是个十五六岁的少年。那他现在应该二十五六岁了。"

"你说得没错。死在路边的男性外表像个少年，但他其实不是少年。这就是我刚才说的 108 号的身体特征。"

"胡说八道。"大堺劈手夺过凛凛子手上的照片，"你说这家伙不是孩子？无论怎么看都是个小屁孩儿啊！"

"十年前发生连续枪击案时，警方最开始推测凶手是个 30 岁到 40 岁的前科犯或暴力团伙成员。人们一直都以为凶手的手段过于娴熟，导致警方的心理侧写出错，其实那个侧写并没有错。"

凛凛子垂下略显忧郁的目光，看着发现尸体的小路。

"108 号得了长不大的病。"

4

深夜回到事务所，电话像是专门瞅准那一刻响了起来。

"法医学教室的医生看过了，遗体是患有侏儒症的成年男性。108号似乎罹患了名为托比综合征的先天性代谢异常疾病，所以外表看起来那么年幼。"

小牛田语气尴尬地说道。这下凛凛子的推理就得到了证实。

"那是一种很罕见的疾病，在日本每五六万人才有一个。欧美国家好像更多。"

让全日本陷入恐慌的稀世杀人魔，竟是患有罕见疾病的人。大坥轻叹一声回答道："感谢告知。"然后挂了电话。

如果不用酒精麻痹大脑，他怎么都无法平静。正要从冰箱拿出啤酒时，他却想起了压缩机故障的事情。祸不单行的是，一个他最不想见到的人竟在那时开门走了进来。

"辛苦了。"

凛凛子放下背包，把没了镜头的相机收进柜子里。

"你也想喝酒吗？"

因为不想跟助手同乘新干线，他在仙台站就跟她分开了。凛凛子坐在沙发上，像是组织语言一般沉默了片刻。

"大坥先生，你应该再谨慎一点。"

她竟教训起了老板。

"如果我没指出错误，横薮先生就有可能背上杀人犯的污名了。"

"哪有那么夸张？警察肯定会先调查的。"

"先入为主的观念有可能导致调查出错呀！"

"现在是大生产时代，推理当然也是越多越好。这样就能选择自己喜欢的推理了。"

他试图开玩笑糊弄过去，凛凛子却寸步不让。

"大坝先生应该认识到一件事，侦探也可能成为加害者。"

她继续道。

"我们本来没有警察的权限，但是作为警方的协助者，我们拥有了实质性影响调查的立场，你应该加强责任感才对。"

"饶了我吧。我本来就没想当这种侦探。"

"既然已经当了，就不能拿这个当借口。"

他知道凛凛子是对的。大坝喝下一口常温啤酒，糊弄了自己烦躁的心情。

"你是专门到这儿来说这些的吗？"

"不，我是有事找大坝先生。"凛凛子轻叹一声，"明天我就要去纽约了。"

口口声声叫别人谨慎，自己有时却轻浮得很。

凛凛子是大坝宗侦探事务所的兼职员工。她对外是大坝的助手，实际是隶属事务所的优秀侦探，而且还是东京大学文学部宗教学研究室的学生。

"你去美国干什么？寻找失散多年的弟弟吗？"

凛凛子沉默了片刻，好像又在组织语言。

"哥伦比亚大学即将主办美国宗教学会的年会，我去听赛德拉修女及其旗下宗教团体的现状汇报。"

大坝没太听懂她说的东西。

"出国旅行啊，好羡慕你哦。"

"我不是去玩。这次一共离开六天，第七天就能回来上班。"

"东大果然很有钱啊！"

"怎么可能？学校不给出钱，我是自费去的。"

接着，凛凛子好像想起了什么，哗啦啦地晃动着手腕上的念珠，从背包里掏出一个皱巴巴的塑料袋。

"我偶尔会去神保町的旧书店买资料，昨天去的时候，店长把他淘来的这东西便宜卖给了我。"

塑料袋里装着一本带外封的精装书，看起来特别旧，纸张都氧化发黄，成了油纸一样的颜色。封面上画着一个男人，戴着鸭舌帽和墨镜，看起来很可疑。

"《侦探教科书》的初版，还有桑子九二男的签名哦。"

打开扉页，上面果然写着"桑子九二男"几个宛如鲇鱼跳动的字。

"这种指南类书籍的签名本很少见，花了我 9000 日元呢！你就用 1 万日元买了吧。"

大埘险些没忍住笑出来。

"你在哪儿买的？"

"嗯？我看看——"凛凛子从塑料袋里掏出了店铺名片，"石野书店买的。"

"这是假货。"

"啊？"

凛凛子瞪大了眼睛。

"我小时候见过，桑子九二男的签名是草书体。"

"可店长说这是真的呀！"

"你被他骗了。桑子九二男才不会写这种幼儿园小孩儿的字。"

凛凛子垂眼看向签名，闷闷地哼了一声。因为解决案件的能力过于出众，大坻险些忘了她只是个不谙世事的大学生。这时他心里总算舒服一点了。

"我出 100 日元买下吧？不行，这签名算是涂写痕迹，只能给 80 日元。"

"不用了。等我从纽约回来自会找书店老板算账。"

说完，凛凛子就收起了《侦探教科书》。

那旧书店老板可能觉得自己从小姑娘手上骗了一笔钱，只可惜他抽中了下下签。谁要是敢骗她，那后果可是不堪设想。正如从前圆内神道被逼解散，石野书店恐怕也要付出极大的代价了。

这便是大坻在那一刻的想法。

"不就是 9000 日元嘛，要不要这么夸张？"

一个星期后，大坻才意识到事情并没有像他想象的那样发展。

因为凛凛子去了纽约之后，就不知所终了。

开端

大坜的童年没有圣诞老人。

并非因为直觉过于敏锐早早发现了真相，也不是对舶来的风俗不屑一顾这种早熟的理由。他的父母也没有加入什么排他性很强的宗教。他只是从来都不知道圣诞节这个奢侈节日的存在。

小学一年级的冬天，大坜才知道了世界上还有个这么神奇的人。起因是住在山顶那座大房子里的乃木君跟他炫耀，说有个神秘的外国人送给自己一块手表。

"那是个坐着雪橇飞在天上的老爷爷。他从烟囱钻进每个小孩儿的家里留下礼物。你真的不知道吗？"

大坜当时觉得乃木君是不是脑子出了问题，后来发现班上其他人都知道那个外国人，这才不得不承认好像自己不知道才有问题。

现在他很明白为什么妈妈没告诉儿子圣诞节这件事。大垎的爸爸是个拆迁工人，在他三岁时爸爸被自己的偷情对象连续刺伤咽喉、胸口和腹部而死。后来妈妈靠做手工、跑堂和给人占卜拼命赚钱，一边偿还欠款一边养活儿子。这种时候再被儿子撒娇要蛋糕和玩具，她恐怕会吃不消。

世上竟有一个唯独不给自己礼物的老人，这让大垎感到万分惊讶，但他并没有因此羡慕同学。因为大垎还有九二男叔叔。

九二男叔叔是个很神奇的人。他总是一声不响就来到大垎居住的鸠宗小区，说一句"来协助我工作"就带走大垎，让他坐上自己的福特野马副驾驶席。然后，他就带着大垎去百货商店买玩具，去游乐园和动物园玩，还去餐厅吃好吃的。九二男叔叔每次都说工作，但也只会偶尔拿出相机拍几张行人的照片，从没见他真正工作过。

大垎很喜欢九二男叔叔，但是随着慢慢长大懂事，心里也对他的身份产生了怀疑。很多大人为了赚钱都得干很麻烦或者很累人的事，可九二男叔叔只会花钱，看起来并没有赚钱。他问妈妈那个叔叔是做什么工作的，妈妈也只搪塞他说："这个嘛。""什么都做点。"他又去问学校的同学，发现他们的叔叔、舅舅顶多只会每年给个红包，并不会带他们去游乐园玩。

"小朋友不能跟给玩具的叔叔走哦。"乃木君还这样提醒大垎。

九二男叔叔究竟是什么人？大垎终于憋不住心中的疑问，在小学三年级那年冬天，二人去临町看完电影回来的路上，坐在野马的副驾驶座上问了那个问题。

"你问我的工作吗？"九二男叔叔惊讶地坐直了身子，但很快便靠了回去，露出一脸自信的笑容，"我是侦探。"

他知道那个词。妈妈不在家时，大坰经常翻看从图书馆借来的侦探小说。不过很多作品都不怎么有意思。因为他知道侦探角色到最后一定会解决案件。所以，大坰开始专挑不知结局走向的《福尔摩斯的最后一案》《哲瑞·雷恩的最后一案》《特伦特的最后一案》这种"最后一案"小说来读。

"叔叔也会收集证据找出凶手，或者拆穿不在场证据吗？"

大坰忍不住拽了一把安全带。九二男叔叔犹豫片刻，继而摇摇头。

"那都是故事里的侦探才会做的事，现实的侦探不做那种事。"

"那谁来拆穿不在场证据啊？"

"现实中不存在那种案子。就算有，也是警察自己调查。"

"那九二男叔叔是做什么的？"

"我的工作是偷偷跟踪出轨的人，掌握他们出轨的证据。"

大坰歪过头。

"出轨是什么？"

"呃，反正是干坏事。"

"抓坏人不是警察的工作吗？"

"坏事也有两种。一种是不能做的，一种是不能被人发现的。警察只抓前一种坏人，而我则是去揭发后一种坏人。假设警察的工作是'鬼追人'，那我的工作就是捉迷藏。"

大坰极为震惊。原来叔叔是捉迷藏里面找人的那个鬼。

"你知道鬼胜出的诀窍是什么吗？"

叔叔侧头看了一眼大坰，得意地微笑起来。

"……多找找？"

"不对。是别让人发现你就是鬼。目标知道鬼就在周围，会时时刻刻保持警惕，可是一旦他觉得鬼走远了，就会露出马脚，所以我要融入周围的环境。在歌舞厅，我就装成找乐子的单身汉；在高档餐厅，我就装成刚谈了对象的青涩年轻人；在游乐园和动物园，我就是带侄子出来玩的好叔叔。"

"就是说在演戏吗？"

"也不对。那些都是真正的我，我只是挑选了最适合那个舞台的身份。我本来就很喜欢带你出来玩，而这件事又能让目标放松警惕，露出破绽，最后使我拿到报酬。我的工作就是这样。"

大坬听了特别激动。原来奢侈的玩乐到最后还会变成钱回到兜里。这工作也太棒了吧。他决心，等自己长大了也要当一名侦探。

那天，在鸠宗小区送大坬回家的两个小时后，叔叔就死了。他是在情趣酒店门口偷拍目标时被人发现后拖进巷子里活活打死的。叔叔的脸被打烂了，原本是眼睛和鼻子的地方被人捅进了相机镜头。那便是九二男叔叔的"最后一案"。

"听说他是心脏病发作死的。谁叫他生活这么奢侈，肯定是遭报应了。"

妈妈可能心疼跟叔叔关系亲密的大坬，对他说了这样的谎言。如果当时知道了真相，他也许就不再憧憬侦探这份工作了。然而大坬是在成为侦探之后，才知道了真相。

从家乡的高中毕业后，大坬来到东京，在西新宿的侦探事务所找了一份兼职工作。

工作比他想象的要无聊。负责跟踪和打探的都是事务所的老员工，他这个兼职只能汇总一下报告书，或是伪造一下委托书。要是一直这样，就永远过不上九二男叔叔的生活。他花了三年时间学习最基本的知识和攒够开业资金，然后在昭和四十八年（1973年）11月，在距离中野站步行15分钟的地方开办了侦探事务所。

他的事务所生意还不错。因为是从大事务所出来的，再加上调查工作认真仔细，口碑传出去后，许多怀疑对象出轨的男女都来委托他调查。

"之前请的侦探什么都查不到，你又是怎么查到的？"

很多客人都会问这句话，而大坰只是遵从了九二男叔叔的话语。他不断磨炼自己的技术，融入周围的环境，让目标放松警惕。

开业一年半之后，昭和五十年（1975年）春天的某日，大坰结束工作，刚从事务所的冰箱拿出一罐啤酒，就听见了电话铃声。

时间是晚上9点多，事务所已经下班了。他点了一根烟坐等铃声结束，但是抽完第二根，电话还是响个不停。最后他实在拗不过，就接了电话。

"我有件事想拜托你。"

那是个女人的声音。听起来很稚嫩，像个初中生，但语气却坦坦荡荡。

"要是有委托，麻烦你明天上午——"

"能不能聘用我？"

他瞬间就想到这是个恶作剧电话，因为他没有登广告招聘。这肯定是小孩子在戏弄大人。

"别再打过来了。"

"请等一等。"女人的声音有点急切，"我不需要工作，也不要薪水。

我真的只想要你聘用我。"

她究竟在说什么？

"我就在一楼的白色苹果咖啡厅给你打电话，请你听我解释，我等你下来。"

等他回过神来，电话已经挂了。

诈骗，强买强卖，还是仙人跳？这世上坏心眼儿的人实在太多了。大坍又叼起一根烟，但是在点火时停下了动作。

如果是九二男叔叔，他会怎么做？

虽然是为了在他跟踪时提供伪装，叔叔对大坍还是很平等的，也会仔细倾听他幼稚的话语。有时大坍抱怨孩子之间的打闹，九二男叔叔也从来没有充耳不闻。

大坍把香烟塞回去，离开事务所，走向一楼的咖啡厅。

事后回想起来，当时的决定真是大错特错。

他打开复古风格的店门，昏暗的店铺里响起了清亮的铃声。

"我等你好久了。"

那就是他与有森凛凛子的相识。

2

楼梯底下有一片稀汤似的呕吐物。

一个男人捂着嘴、弓着背从本乡公寓的走廊走了出来。那人剃着短寸头、架着一副眼镜，浑身气质给人一种早几年他会朝着机动队扔燃烧瓶的感觉。为了不跟他碰上，大坍躲到了围栏后面。

等到脚步声过去了，他匆忙走上楼梯，确认 201 号房是锁着的，然后拿出两根铁丝插进了锁眼。他用右手的铁丝挑起锁舌，再用左手的铁丝转动锁筒。咔嚓！他飞快地转动门把手走进室内。

女大学生全身爬满苍蝇和蛆虫，散发着腐烂的气味——他并没有遇见这样的光景。这个10平方米大小的房间里空无一人。

大坜靠在门上，长出了一口气。

11月6日回国，7日开始上班。离开日本前，凛凛子亲口对他说了自己的安排。可是直到今天——11月10日，凛凛子都没有出现。

虽然解决案件的能力过人，但凛凛子归根结底只是个兼职的学生。一个兼职的翘了班，本来不需要想太多，但她因为事务所的工作而被卷进什么危险的可能性又绝非为零，所以大坜决定到她租的住处看看。

大门的投报口底下堆满了学生组织的传单和公共费用的请款单，乍一看应该有两周的数量。门口没有看到她平时穿的运动鞋，显然凛凛子出去后没有回来过。

大坜脱掉鞋子走进屋里。房间很整洁，没有被翻乱的痕迹，也不像是收拾了细软跑路的样子。

书架上摆满了厚重的专业书，随便扫一眼都是神、佛、灵魂、宗教这些与侦探行业没什么关系的文字。中间混入了一本显然与众不同的书。他抽出来一看，只见封面中央画着一个人的剪影，脑袋像太阳一样发出光芒。书的标题是《超能力会说谎》。

作者朱迪·兰迪是以批判伪科学而闻名的美国精神科医生。她曾经以"伪科学侦探"的头衔上过日本的电视节目，揭穿过自称灵能力者的把戏。虽然这本书在东大学生的书架上显得格格不入，但大坜猜测这样的书也是凛凛子的研究对象。

他正要把书放回去，却发现书架顶板上放着一个小包。那东西用模仿英文报纸的包装纸包着，莫非是给恋人的礼物？他犹豫要不要打开，但是考虑到拆了就无法复原，最后还是没去碰它。反正不可能是炸弹。

大坍回到玄关，穿上了鞋子。凛凛子被卷入危险可能真的只是他想多了。也许人家只是多停留了几天，正在纽约玩得高兴呢。真不应该一时冲动闯进她的住处。

他带着后悔之意打开房门，眼前却出现了一个年轻男子。

"啊，你好。"

不知为何，那个年轻人竟跟他点头打了声招呼。那就是刚才从本乡公寓走廊走出去的、看起来很擅长扔燃烧瓶的人。

"你在干什么？"

"哦，没什么。"

说完，他便转身要下楼。看来那人不是这里的居民。转瞬之间，大坍抓住了他血管突出的胳膊。

"我刚才看见你在外面鬼鬼祟祟地晃悠了，莫非是来偷窥的？"

大坍这么一激，年轻人就红了脸。

"不对。这里是有森同学的住处吧？我是她研究室的同学。"

年轻人一下就坦白了身份。

"正经人怎么会在同学家外面晃悠？"

"我只是来看看情况。倒是这位大哥，你在有森同学屋里干什么？"

"跟你没关系。"

"莫非你是百津商事的人？"

这男生气势汹汹地说完，又慌忙别开了脸。

他说的百津商事，不是大约三年半前因为诈骗嫌疑被热议过一段时间的假投资公司吗？这家公司对外募集资金，说要在苏联[①]东部的卢切戈尔斯克修建一座加工鳕鱼肝脏的工厂，打着高利率分红的旗号从老年人群体募集了200多亿日元的资金，最后被《东京日日新闻》查出当地根本没有工厂，丑闻顿时曝光。其后，公司老板百津一男被捕，并被判处了两年有期徒刑。

这个公司跟凛凛子关系不浅。可以说，正是他们的虚假集资案促使大坳结识了凛凛子。不过，区区一个研究室的同学，怎么会知道她过去的事情呢？

"你为什么觉得我是百津商事的人？"

男生突然沉默了，看来他刚才果然是说漏了嘴。大坳决定再激他一下。

"你该不会是纠缠着凛凛子的变态吧？"

"当然不是！"

男生像离了水的鱼一样，急得嘴巴一张一合，然后干脆从钱包里掏出了学生证，上面写着东京大学文学部什么什么宇野福太郎。

"你是东大的又如何？就算考上东大了，蠢货也是蠢货，变态也是变态。信不信我投诉到你学校去，说文学部的宇野同学企图非法闯入女生的住处。"

宇野慌忙收起了学生证，特别心虚地摸着脑袋和肩膀说：

"10月底的星期五，应该是27日吧，我去看电影了。我很喜欢间谍电影，在有乐町的朱雀座剧场连看了两部，分别是《女王密使》和

----

① 根据故事年代背景，此处沿用原文的"苏联"名称。——译者注（如无特别说明，本书中注释均为译者注）

《你死我活》①。"

说到朱雀座，大坳几年前也在那里看过一部几个年轻人被牙齿特别参差不齐的家人杀害的电影。

"我看完电影出来，正好看见凛凛子走进一家叫旅鼠的西餐厅。她当时跟一个打扮很得体的大叔在一起，刚开始我还不知道那人是谁，后来才想起他就是以前经常上电视的百津商事的社长。"

大坳怀疑自己听错了。

凛凛子跟百津一男吃饭？这怎么可能？

百津商事以前确实经常在电视和杂志上登广告宣传自家的投资商品，社长也常常亲自露面营销，这个男生能认出百津一男并不奇怪。

"我觉得很奇怪，有森同学怎么会跟那个人在一起呢？她不是特别聪明，人又有点怪，我担心有人哄骗她为自己干坏事，就越想越害怕。"

肯定是因为这小子刚看完间谍电影吧。

"那你怎么不对她说？"

"我本来想对她说，但是从上周起，有森同学就一直没来学校。她有可能被卷进百津商事的麻烦里了。我还想过要不要报警，但是又怕有森同学也被抓走。"

这么左右为难之下，他就跑到了凛凛子的住处。

这小子想象力无疑很丰富，但是他对百津商事的担忧，却也言之有物。

凛凛子正是被百津商事摧毁了人生的其中一人。她只会憎恨百津

---

① 前者为乔治·拉兹比饰演邦德的第六部《007》电影，后者为罗杰·摩尔饰演邦德的第八部《007》电影。

一男，绝不会优哉游哉地跟他相约吃午饭。难道她被那个人抓住了什么把柄？

"你们是一个研究室的，那你学的东西应该跟凛凛子一样吧？"

"啊，是又怎么样？"

"哥伦比亚大学不是刚举办了美国宗教学会的年会吗，你就不想去看看？"

宇野愣怔地眨了眨眼，眼镜几乎滑落下来。

"没有什么年会啊！而且像我这种本科生也不能随便跑去国外参加学会，都得先打好基础，通过学院的考试才行。"

虽然他早有预料，但是这会儿被如此断言，还是感到心中一阵躁动。凛凛子果然撒谎了。

"够了。你赶紧回家去，我就不告状了。"

宇野好像还想说点什么，但是没有出声，只是把大坍从头到脚打量了一遍，随后匆匆转身下了楼梯。

凛凛子肯定是出事了。她见过百津一男，出于某种理由隐瞒了行踪。大坍的担心并非杞人忧天。

按照常识思考，他应该就此打住，别再继续调查。他跟凛凛子不过是雇主和兼职员工的关系，贸然打探人家想要保守的秘密，未免太过分了。就算她真的被卷入了危险，大坍也没有义务出手相救。

他脑子里清楚得很，却怎么都收不住手。

理由很简单，因为不甘心。凛凛子在108号的案子中让他丢脸了，大坍并不情愿就这么放她跑了。

他走上本乡大道，进了香烟店门前的公共电话亭，拿起听筒打给了自称是报告文学创作者的熟人。铃声没响几下，就有人接起了电话。

"是我，有事找你商量。"

他很不喜欢找这个男人做事，无奈舍不得孩子套不着狼。

"哦？好难得啊！"

从小学到现在的孽缘——乃木野蒜含笑的表情浮现在眼前。

*

"请聘用我吧。"

凛凛子深深鞠了一躬。昭和五十年（1975 年）春天，大埘还是个普通的侦探，凛凛子还是刚到东京上学的大一新生。

"我想捣毁圆内神道。"

就在大埘警惕着诈骗、强买强卖或者仙人跳时，凛凛子这样开口道。

圆内神道是那几年不断在日本境内增设支部的古神道体系新兴宗教，其本部位于福岛县南会津郡的蒲生岳，践行着创始人圆内龙泉的教诲。

"难道你的亲人被教主杀了？"

"如果是那样倒还好了。"

凛凛子抓住戴在手腕上的念珠，娓娓道出了自己的身世。

她出生在福岛县会津若松市，父亲那边是祖上当过奥州探题①的名门望族，她从小就在 1300 多平方米的豪宅里过着优渥的生活。

但是在 11 岁那年，她平静的生活被打乱了。母亲瞒着家人抵押地产进行巨额贷款的事情被发现了。

从放高利贷者手中借来的几千万日元，都被投给了百津商事的鳕

---

① 日本室町时代到战国时代中幕府的地方官吏。

鱼肝加工厂。当家的祖父得知此事，命令父亲把她们母女俩赶出家门。当时父亲正好跟秘书有不正当的男女关系，欣然遵从了祖父的命令。

虽然母亲本人到最后都没有承认，但她显然遭遇了投资诈骗。被赶出家门后，她试图靠出卖身体养育女儿，但是苦于债务缠身，一年后就死了。母亲的死因虽然是心绞痛，但她几天前把医生吩咐她随身携带的硝酸甘油片全都冲进了马桶，因此相当于自杀。

第二天，讨债的闯进家中，把尸体上的手表和戒指扒了个干净，只给女儿留下一条不值钱的念珠。

她变成孤儿后被母亲那边的亲戚收养，虽然对百津商事怀恨在心，但因为一个孩子做不了什么，只能就这样放弃了——

"等等，这跟圆内神道有什么关系？"

店员端来热咖啡和奶昔时，大坿忍不住插嘴道。

凛凛子没有回答问题，而是摘下了左手的念珠。那只是一根弹力绳上串了几个玻璃珠，看起来很像早熟的初中生喜欢戴的廉价饰物。

"高一那年，我朋友一家人自杀了。她妈妈也给百津商事投了很多钱，而且她父母早几年成了圆内神道的忠实信徒。"

"那又如何？"

"我去参加她的葬礼时，发现了一件奇怪的事。唯一被抢救下来的她父亲手上，也戴着跟我母亲一样的念珠。"

怎么回事？

"我仔细一问，原来那念珠是圆内神道卖的开运物品之一。那时我才发现，母亲竟是圆内神道的信徒。"

玻璃球互相碰撞，发出细小的咔嗒声。

"你是说，百津商事盯上了圆内神道的信徒？"

"不对，是圆内神道与百津商事联手了。圆内神道的教主圆内龙泉蛊惑了大量信徒，百津商事与他们接触，提出高额的投资项目。信徒去问龙泉，龙泉借机鼓励他们投资。于是信徒纷纷给百津商事投钱。他们就是这样极尽所能榨取了大量钱财。"

蛊惑人心的老手和圈钱的老手强强联合啊！

"这宗教可真够黑的。"

"你说得没错。他们的受害者直到现在还在不断增加。"

"警察知道这件事吗？"

"我报过警，但是警察说证据不足，没有立案。所以我决心亲自揭露他们的罪行。"

凛凛子呼扇着鼻翼说。

"是吗？那你加油。"

"我需要百津商事与圆内神道暗中勾结的证据，可是双方的相关人员都被下了缄口令，信息一点都泄露不出来。我也想过假装对宗教感兴趣，潜入圆内神道，但我又是背着巨额债务死去的信徒的女儿，肯定会遭人怀疑。"

"那肯定的。"

"我一直在坚持不懈地收集圆内神道的信息，不断找参加过集会的人问话，慢慢了解了圆内龙泉的手段。他融合了最基本的冷读术和热读术，让信徒深信他具有超自然能力。"

冷读术是通过对话和观察得到对方的个人信息，让人误以为说话者有读心术的谈话技巧。热读术则是预先调查对方的个人信息，将其应用于交谈之中，以制造读心效果的谈话技巧。二者都是占卜师和"超能力者"的拿手好戏。

"有的参加者甚至被他说中了十年前的出轨行为和债务。由此可见，圆内龙泉特别重视热读，对参加者进行了极为细致的背景调查。我不认为曾经是神社宫司的圆内龙泉有这个本事，所以很怀疑是教团跟专门调查他人信息的专业人士有合作。"

"原来如此。"这下他总算看出谈话的走向了，"你是说侦探吧？"

"我查到了福岛县的几家侦探事务所，假装成教会人员打电话过去。当我说出'你好，我这里是圆内神道'时，有两家事务所的回答是：'承蒙您关照。'"

这小孩儿在学侦探小说里的侦探呢！

"这下我终于找到了潜入圆内神道的方法。如果走正门不行，那就走后门。我要成为侦探，向圆内神道推销自己。"

"那很好。可你为什么还在这儿打酱油呢？"

"一个来历不明的侦探突然上门推销自己，肯定会吃闭门羹啊！反过来，如果是跟律师有合作，或者驰名全日本的侦探，同样也不好合作。要有足够的实力和业绩，又不能有知名度。这才是圆内神道最想要的侦探。我到处寻找符合条件的事务所，然后就找到了这里。"

凛凛子坐直身子，再一次低头行礼。

"拜托你，聘用我吧。"

大埘的心情很复杂，不知道究竟是被夸了还是被损了。反正至少没有被冷嘲热讽。他喝了一口咖啡，马上放下了杯子。

"不好意思，我不能聘用你。我玩的是捉迷藏，对鬼追人不感兴趣。"

凛凛子瞪大了眼睛。

"什么意思啊？"

"我当侦探就是想查查别人出轨，不想干小说里的侦探那种活儿。"

"那等我结束卧底调查，你可以马上解雇我。只要掌握了圆内神道和百津商事暗中勾结的证据，剩下的调查和举报我可以独自完成。绝不会影响事务所的业绩。"

凛凛子坦然说道。

抓住坏人，解救受害者——她可能真的想做这些事。她成为侦探的目的跟大埘截然不同。

不过，她真的有本事潜入邪教找到证据吗？就算她的正义感毫无虚假，跟反派交手也是另外一回事。搞不好会遭到严重的打击报复啊！

"给你一个月时间。"

他之所以会答应下来，归根结底也只是想看看她行动的模样吧。反正随时可以解雇，给她个机会试试也无妨。这便是他当时的心情。

"交给我吧。"

凛凛子一口气喝完了奶昔。

接下来那段时间，凛凛子的行动可谓令人惊叹。

她带着大埘宗侦探事务所的名片到圆内神道营销，凭借三寸不烂之舌说服了干部，接受委托为他们调查集会参加者的背景。作为参考资料，她还搞到了教会制作的信徒名册。上面不仅有信徒的个人资料，还有推测年收入、持有资产额、信仰程度、易骗程度，甚至与百津商事的接触情况。凛凛子根据那本名册对信徒展开访问，周密地调查出了诈骗案的全貌。

本来只是暂时聘用她的大埘最后也加入了凛凛子的调查。他给凛凛子介绍了相识的报社记者，帮她催动了迟迟没有行动的警方。

那个记者——当时刚进入东京日日报社的乃木野蒜亲赴苏联调查，确认了百津商事声称正在投资的鳕鱼肝加工厂并不存在。昭和五十年（1975年）5月14日，他用一大块版面报道了圆内神道与百津商事的关系，揭露出新兴宗教与投资公司暗中勾结进行大规模诈骗的事实，促使众多媒体工作者聚集到了蒲生岳的圆内神道本部。17日，圆内龙泉服毒自杀。21日，福岛县警方以诈骗的嫌疑逮捕百津一男。圆内神道的信徒锐减，7月发布了解散通告。

大坿宗侦探事务所顿时出了名，采访请求多得拒绝不完，大坿只要打个喷嚏，在对面楼上蹲点的摄影师都会咔嚓咔嚓地拍个不停。资本家、知名人士，甚至警方相关人员都来找他咨询，而凛凛子都帮他解决了。

他并不想要这样的生活。

等到回过神来，大坿的侦探事务所已经完全变了一种性质。

3

"生日快乐，今天我请客。"

乃木野蒜停下搅拌担担面的动作，猛然说道。

"我生日在5月，现在可是11月。"

"说的是事务所啊！5年前的今天，你自立门户开设了这个侦探事务所。我当时觉得你应该挺能干，没想到会变得这么出名啊！"

大坿知道，他嘴上都是夸奖之词，其实态度高高在上，实际是在贬低他。"瞧你平淡无奇，能做到现在这样已经超常发挥了。"

昭和五十三年（1978年）11月11日，大坿坐在中野车站的中餐店"猪百戒"店内，跟互相看不顺眼的儿时玩伴一起吸溜着超辣担担面。

"担担面就不用你请客了，但我有件事要拜托你。"

大坜先吃完面，擦着嘴进入了正题。

"饺子？"

"帮我找个女大学生。"

"噗！"

乃木喷了一桌子的面条，咳得够呛。他不小心对上了女店员的目光，慌忙别开脸。

"就算是儿时玩伴的请求，我也不会干犯法的事情。"

乃木用纸巾拢起掉在桌上的面条包成一团，翻着白眼说。这人色心重，总喜欢把别人的话往那方面理解。

"我怎么可能找一个自称报告文学创作者的人拉皮条？"大坜缩起脖子，躲开了店员的目光，"是凛凛子不见了。"

"凛凛子不见了？"

乃木总算理解了大坜的话，把纸巾往碗里一扔，胡乱猜测起来。

"她肯定是受不了你这个雇主了。一个这么聪明伶俐的女孩子，在你那边打工才叫怪事。你还是老老实实放弃，重新找个兼职生吧。"

他这个口无遮拦的朋友高中毕业后考上庆应义塾大学，学了个什么媒体论的专业，后来就去了东京日日报社。他在那里做了三年记者，然后独立出来，现在以自由撰稿人的身份给一些周刊杂志写写报告文学。

不过跟手停口停的大坜不同，乃木做事全凭兴趣。他从爹妈那里继承了土地和公司，即使每天游手好闲，也有大笔收入进账。

"她不是那种不说一声就跑路的人。"

大坿冷静地予以反驳。从百津商事那个案子开始，乃木也目睹了凛凛子在好几个案子中活跃的身影。

"那只是你的一厢情愿而已。"

"她要是真的想跟我断掉关系，肯定会做得更彻底。但她并没有搬离原来的住处，也一直保留着大学的学籍。"

"你还调查了不少啊！我真没见过你对什么事如此上心。"乃木捏起汤匙上的榨菜扔进嘴里，"原来是这样，我知道了。你肯定把凛凛子当成对手了。"

"哈啊？"

"本来你只想当个普普通通的侦探，那么即使凛凛子走了，你也不会想太多才对。现在你到处寻找那个助手，肯定是嫉妒凛凛子的能力，憋着一股劲想超过她。"

"你少胡说八道——"

"结果呢，凛凛子却扔下你失踪了。这就意味着你把她当对手，她却把你当空气。你接受不了这个事实。"

乃木的说法只对了一半。

虽然并非出于本意，但是既然成了现在这种侦探，他自认为做了不少努力。可是经验越丰富，他就越能感觉到自己跟凛凛子在天赋上的差距。无法否定，他内心的确有种类似于嫉妒的感情。现在想起横薮友介被枪杀的案子，他还有点气不打一处来。

但是，他从来没有把凛凛子视作对手。他只是随波逐流干起了追逐杀人犯的工作，跟疾恶如仇的凛凛子连轨道都不一样。

"这话我说不清，就问你要不要帮忙？"

"当然要啊！我之所以能独立出来，都是多亏了凛凛子呀！"

乃木爽快地说完，舔了舔泛着油光的嘴唇。

大坰把自己了解到的事情全都说了出来——凛凛子离开时谎称自己要参加美国宗教学会的年会；她的住处没发现异常；出国前跟百津一男碰过面。

"百津一男？"乃木的眼珠滴溜一转，"那不是害死凛凛子妈妈的仇人吗？现在跟他见面，未免太奇怪了。"

"我查了百津的近况。他好像不再做以前那行了，一年前在汤岛的土耳其洗浴会所当起了店长。"

乃木噘着嘴唇说："该不会是面试吧？"

"不知道。百津那家店背后是荆木组，要是赤手空拳去打招呼，恐怕会吃苦头。"

大坰拿起空杯子倒了水，放在乃木面前。

"这时就需要你出马了，帮我找点让他老实听话的黑料。"

"你要威胁百津一男？"

大坰点点头。

"最好是跟女人有关的黑料，你最擅长这个了。"

"哪有啊，真要有，我早就爆出去了。"

乃木把水杯推了回来。

"别的小事也行，比如他有什么生理缺陷。"

"你这也太为难人了。"

乃木挠着头，盯着墙壁想了一会儿，突然停下了动作。大坰抬眼一看，发现他的目光落在了介绍"猪百戒"的杂志文章剪报上。那是刊登在周刊《多姆斯》上的文章，题为《辣到屁股流血的面食排行榜》，猪百戒的超辣担担面排在第二十九位。

"那家伙有痔疮？"

"没有，不是看那个。"

乃木指向排行榜左侧。因为那张纸直接复印了对开的杂志，连左页的《名侦探的荣耀：横薮友介案件全记录》的文章开头也一并印出来了。

"那个骗子跟百津商事的案子有什么关系吗？"

"不是横薮友介，而是杀了他的 108 号。虽然没有对外公开，但是我听说，108 号失踪那十年一直藏在苏联。警方正在查找帮他逃亡的人物，而第一号嫌疑人就是百津一男。"

百津商事曾经打着在苏联投资鳕鱼肝加工厂的旗号，从老年人那里骗取了巨额资金。要让人相信养殖场真的存在，就需要一定的材料。若说他们在苏联有接应的人，那也不奇怪。

"太棒了，不愧是记者。"

百津一男是个前科犯，要是再以协助逃亡的罪名被提起公诉，肯定拿不到缓刑。他应该会想方设法避免再次进监狱。

"等等，还是不给你了。这个料有点大。"

乃木兴许是想起了自己的职业头衔，突然转了口风。

"事到如今你还说什么废话呢？"

"咱们再找个不大不小的黑料吧。只要仔细抖搂抖搂，肯定能抖出不少灰尘来——"

"啊，打扰了。"

女店员突然走过来，换上了新的水罐。本以为她会马上离开，没想到她竟扭扭捏捏地磨蹭着，一副欲言又止的模样。她看起来像个初中生，说不定是老板的女儿。乃木看不下去，便问了一句："有事吗？"

"我听你们一直在说什么侦探和案子，莫非两位客人是？"

被认出来了？大垪忍不住挺直了身子。

"是横薮友介的粉丝，对不对？"

女孩说完咧嘴一笑，露出了尖利的小虎牙。

"我也是横薮友介的粉丝。啊，我跟那些偶像死了才冒出来装粉丝的人不一样哦。'交给名侦探！'开播之前，我就在收集他的杂志报道了。"

"好棒啊，你真是粉丝的榜样。"

乃木随口配合着跟她聊了起来。

"名侦探真的好厉害哦，光靠头脑就能解决警察都查不出来的案子。你们还记得两年前韩国一个教会发生的暴力案件吗？其实那个案子——"

"够了，赶紧结账。"

大垪粗鲁地打断了女孩，把小票塞给她。

女孩拿着小票呆呆地走向收银台后，他灌了一大口冰水，觉得胃部隐隐作痛。

*

那天深夜——10点50分。

乘电梯来到综合商业楼八层，出门就是服务台。霓虹灯招牌上有一行圆形文字，上书"海滨国际沙龙"。室内流出了听不懂是什么语言的大音量迪斯科歌曲。

"欢迎光临。"身穿丝绸西装、系着硕大蝴蝶领结的年轻男子双手交叠在身前恭敬地说，"您有预约吗？"

"没有。"

"您光顾过本店吗？"

"没有。"

男子在柜台上摊开了一张世界地图。地图上贴满了女人全裸的照片。这里的卖点好像是能买到世界各地的女人，但是除了来自中国的卢依绮小姐，其他照片上的人好像长得都一样。

"您有偏好的国家或地区吗？"

"没有。"

"现在这个时间，比较推荐来自葡萄牙的玛雅小姐。"

"我找你们店长，叫他出来。"

男子不耐烦地掏了掏耳朵，看来已经对这种麻烦见怪不怪了。

"有啥事？"

"我要跟他谈谈有森凛凛子的事情。"

男子拿起固定在墙上的电话听筒，大垰探身过去按住了叉簧开关。

"你可以叫小伙伴来，但是那样就会有警察叔叔拿着搜查令到店长家里。不想丢工作就老实听话。"

男子考虑了几秒钟，放下听筒，敲了敲背后的门。

听起来傻傻的迪斯科音乐走向尾声，店里完全安静下来后，那扇门开了。

"怎么了？"

一个穿着巧克力色三件套西装的大叔探出头来。

"靠投资诈骗赚了两百亿的人沦落成洗浴会所的店长，真是世事无常啊！"

百津一男看见大垰，就像重回故里碰见以前欺负他的人那样，露出了悲伤的表情。

沙龙关了门，系蝴蝶领结的年轻人开车拉着店里的人到车站去了，百津一男则把大坿请进了办公室。

"你是专门来笑话我的吗？"

大坿坐到皮面破损的折叠椅上，跷起二郎腿，百津有点尴尬地合上了客户资料册。

"你在有乐町的旅鼠餐厅见过有森凛凛子，对吧？找我的助手有什么事？"

"你说那件事啊……"百津故意长叹一声，挠了挠后脖子，"我找她谈工作，内容保密，不能告诉你。"

看来他真的跟凛凛子见过面。那个看起来很会扔燃烧瓶的男生没看错。

"你女儿还好吗？要是爸爸再进监狱，她肯定会被小伙伴欺负吧？"

百津像老头调整假牙一样，嘴巴嚅动了几下："你说什么呢？"

"别装傻了。你跟108号不是好朋友吗？"

百津的脸上顿时没了血色。

"你有两个选择。要么说出你为什么找凛凛子，要么回去坐牢。自己选吧。"

大坿用上了以前从这男人身上学到的技巧。不下命令，而是给两个选择。因为百津商事的营销指南上写了这一条，现在这种诈骗套路已经尽人皆知了。

一般人被问到要不要给养殖场投资10万日元，肯定不会立刻掏钱出来。但是被问到要投100万日元还是10万日元，就会莫名其妙地觉得只投区区10万日元倒也不是不行。其实他们还有第三个选项，就是完全不投资，但是那个选项已经被隐藏在了摆上台面的两个选项之下。只要掏过一次钱，人的抵触感就会降低，以后再榨取钱财就容易多了。

"别说了，我都洗手不干了。"

"所以我才叫你选啊！对了，如果你选后者，我就在你女儿上学的必经之路到处派发令人愉快的大字报。别担心，只有初中学历也死不了人，大不了装成韩国人或者中国人在这儿上班啊！"

"你这浑蛋，有什么资格叫侦探，不就是烂泥扶不上墙的混混吗？"百津把资料册往桌上一拍，怒道，"——我就是做了个中介而已。"

"说清楚点。"

"一个美国富豪要我介绍有森凛凛子跟他认识。"

"美国的富豪？"

"查尔斯·克拉克。"

连平时跟富豪沾不上边的大埘也听过那个名字。他是美国著名的实业家，在十月革命后立刻移居苏联，靠出口粮食发了大财，现在是坐拥 CC 石油公司的超级富豪。他在美、苏两国都有强硬的政治后盾，大埘还在杂志上读到过，他对 20 世纪 60 年代末开始的缓和政策也做出了贡献。

"那种大人物找我的助手干什么？"

"查尔斯委托有森凛凛子调查吉姆·乔丹。"

这个名字他没听过。

"那是谁啊？"

"新兴宗教的教主。"

"不认识。"

"我也不认识，但是早在几年前，他在美国就很出名了。听说那个人特别有领袖气质，结合基督教思想，提出了独创的教义，在加州一度有过两万多名信徒，而且他在政治上也有不小的影响力。"

不知为何，百津用的是过去时态。

"查尔斯·克拉克为了调查那个新兴宗教，专门来找一个日本的大学生？"

"没错。"

"他做这种事干什么？"

"因为他猜不到吉姆·乔丹在打什么主意。"

百津半张脸抽搐了几下。

"从教会规模急速扩大的四五年前开始，当地的八卦小报就不断放出消息，说吉姆·乔丹跟好几个信徒发生了性关系，还用近乎诈骗的手段卷走信徒的财产，甚至把不听话的信徒关进牢房。"

"这话好耳熟啊！"

"给小报记者提供消息的都是退出教会的前信徒。吉姆气急败坏，怒斥退教者是叛徒，并宣称他们定会遭到天谴。为了防止有人退教，他还加强了对信徒的控制。结果又有更多信徒受不了他的高压手段而出逃，让那些渴求黑料的记者坐收渔利。就这样，吉姆陷入了没有出口的恶性循环。"

"那他算是完蛋了。节哀顺变。"

"可是吉姆比圆内龙泉更有韧劲儿。他为了摆脱恶性循环，做了个大胆的决定。"

百津在桌上摊开世界地图，指出了位于南美大陆东北部，与委内瑞拉和巴西接壤的小国。

"吉姆带着信徒离开美国，搬去了圭亚那合作共和国。他们要在丛林中开辟出一片土地，建造只属于自己的乌托邦。"

事情的规模突然就变大了。他想模仿《圣经·旧约》的《出埃及记》吗？

"那是什么时候的事情？"

"他们开始迁入是在两年前——1977年的1月。"

这种感觉就像洗浴会所的店长正在给他上世界史课。

"那个圭亚那合作共和国的政府竟然没把从美国跑过来的可疑宗教团体赶走吗？"

"吉姆·乔丹好像事先打点好了。圭亚那与邻国委内瑞拉一直有国界纠纷。他们可能觉得接收一群美国人定居有利于地缘政治吧。

"信徒开辟了一万公顷的土地，建起一个名叫乔丹镇的集落，现在有900多个人生活在那里。"

"还真够有骨气的啊！"

"但是并非什么事都那么顺利。因为迁居到丛林之中，退教者虽然明显减少了，但是教会的大规模行动受到了关注，媒体的攻击变得越发激烈。信徒的家人也组织了家属会，大力谴责将亲人带到国外的吉姆·乔丹。"

"那也难怪啊！"

"据说在家属会的呼吁下，联邦议会也准备调查乔丹镇了。吉姆被步步紧逼，已经开始策划下一步行动。"

"怎么还有啊？"

"其实就是故技重施。吉姆认为有必要舍弃乔丹镇，搬到离美国更远的地方创建新的乌托邦。而他看上的地方，就是社会主义的大本营——苏联。"

粗壮的手指越过太平洋，指向欧亚大陆。

"但是由于美苏关系紧张，苏联政府恐怕不会允许他进入。尽管如此，吉姆还是想方设法找关系跟苏联牵线搭桥，而他找到的其中一人，就是知名的亲苏派资本家查尔斯·克拉克。"

"原来如此。"

总算回到正题了。

"查尔斯很无奈。无论是在信仰上还是思想上，他都与吉姆·乔丹有着许多共通之处。如果吉姆真心想创造乌托邦，他并非不愿意出一份力。可是，如果媒体报道的教会丑闻都是真的，那他出手相助就会给自己的人生留下污点。由于信徒都隐居在丛林之中，他无从判断那些信息的真伪。于是，查尔斯决定组织一个私人调查团队，派他们到乔丹镇展开调查。"

百津的手指再次越过大海，指向日本列岛。这下大坪也猜出了后续发展。

"查尔斯命令秘书，不问年龄与国籍，在全世界范围内寻找派往乔丹镇调查的最佳人选。他们需要的不是普通的学者或警察，而是能够挖出宗教团体内部真相的人才。为了寻找人才，秘书调出了过去20年全世界宗教团体引发的刑事案件，列出一份参与了举报和立案的人物列表。就这样，你家优秀的助手被看上了。"

"眼光还挺不错。"

"查尔斯为了发掘她，专门联系了在日本的朋友，那个人就是我。"

"眼光真差。"

"我知道她恨我，所以本来打算试着联系，没回音就算了。没想到她竟然说想知道详情。她在有乐町的西餐厅看了查尔斯的委托事项后，当场就答应了。"

大垪似乎能理解凛凛子的心情。虽然不清楚媒体报道的教会内情有几分真假，但是可以肯定，由于媒体的批判和退教者的增加，教主的精神压力很大。一旦他把郁积的感情发泄到无处可逃的信徒身上，后果将不堪设想。纵使远隔太平洋，凛凛子恐怕也不能放任不管。

"这事直说不就好了，那家伙为什么还要骗我说参加学会？"

"因为查尔斯要求她保密。可能是为了防止调查团到达当地前走漏风声吧。"

"她1日早晨用查尔斯安排的机票飞去了纽约，接下来应该是飞往圭亚那，3日跟4日都住在乔丹镇上。"

"就两天？"他忍不住抬头看挂历，"那调查应该早就结束了，她怎么还没回来？"

就算在纽约歇了一天，7日也该回到日本了。然而今天已经11日了。

"我怎么知道？说不定在旅游呢！"

他突然泄了气。花了这么大功夫找到这里，结论竟是这样？

"简直是浪费时间，白跟你聊那么久了。"

"不是你叫我说清楚的吗？"

"我只说了要你选择说出为什么找凛凛子，或者回去坐牢而已。"

"够了。你还有事吗，没事请回吧。"

百津打开了办公室门。大垪走出去，穿过前台按下电梯按键，走进电梯厢后按了一楼。

就在电梯门要关闭时，他突然意识到自己忘了问最关键的问题。

"凛凛子调查的那个可疑宗教团体叫什么？"

他用脚卡住电梯门大声问道。百津不耐烦地探出头来回答：

"英语叫 The Peoples Church，翻译过来叫这个，"说到这里，他换上了诡异的腔调，"——人民礼拜会。"

4

"在市中心逛一天，参观自由女神像和埃利斯岛一天，逛大都会博物馆、看音乐剧一天，再到布鲁克林逛逛，四天足够了。"

乃木野蒜嘴上沾了一圈奶油，翻看着记事本上的月历说道。

"可是今天都第七天了。第一次去纽约，逛一个星期未免太长了吧？凛凛子肯定是被那个危险的宗教扣押了，我们得去救她。"

"我也很忙啊！"

"你能这么忙还不是托凛凛子的福。"

"我又不是她爹，凭什么要我远渡重洋去找一个说谎翘班的兼职员工？"

大埘声色俱厉地说着，把宫城县境发来的调查报告塞进了碎纸机。

乃木平均每个月有两三次会不声不响地跑到大埘的事务所来，占据办公室里的待客沙发，吃掉他在中野车站的西式点心店买来的水果三明治。平时他来这里，一半是为了打发时间，一半是为了寻找写文章的话题，可是 11 月 12 日这天，他显然是想知道凛凛子的消息。

"我看你对纽约很熟嘛！"

大埘阴阳怪气地说。

"我都去过十次了，第一次去还没上小学呢！"

乃木满不在乎地舔了舔嘴上的奶油。

"小小年纪还跑去国外旅游，我就是看不顺眼你们这些有钱人。"

"不对不对，我是去曼哈顿住院的。"

"这倒是头一次听说。你以前有病吗？"

"小孩子不是见到什么东西都爱往嘴里放嘛，那次我好像吞了家里一个这么大的金属人偶。"他用手指比了个 3 厘米的长度，"我妈本来想带我去附近诊所看看，可我爸非要去大医院看。其实我也不是很难受，最后却被送去康奈尔大学的附属医院住院了。"

"他们给你开腹取人偶了？"

"怎么可能？我在曼哈顿玩儿了一个星期，自己拉出来了。"

有钱人的想法真是令人费解。

"你这么喜欢美国，肯定听说过人民礼拜会吧。"

他突然想到这个，便问了一句。

"我跟旧金山分社那边的记者前辈喝酒时听说过一些。"乃木把快要掉出来的草莓按回面包中间，同时答道，"这个教会流出的全都是八卦小道消息，听说那边的人也不知道实际情况如何。吉姆·乔丹这个人的评价可以说毁誉参半，有人说他言行粗暴，是个邪典宗教家，也有人说他是比肩甘地和马丁·路德·金的新时代领导人。"

"哪个新时代的领导人会躲在丛林里啊？"

"我那位前辈说，吉姆·乔丹还在加州时，他曾采访过人民礼拜会的礼拜仪式。吉姆做完祷告，读完《圣经》后，会问参加者有没有身体上的不适。这时底下会有人举手，或是说双腿麻木无法动弹，或是说头痛一直治不好。吉姆会仔细倾听每个人的话，跟他们交谈，抚摸他们的患处，或是拥抱他们，这样一来，他们的情况马上就变好了。接着，人们就会爆发出欢呼和掌声。"

"那不都是放着不管自己就能好的症状吗？跟你拉出来的人偶

一样。"

"还有信徒被他治好了晚期癌症。"

"肯定是串通好的，跟圆内神道一样。"

"最厉害的是，一个在越南战争中失去了双腿的男人竟然长出了两条腿。"

"你该不会信了吧？"

乃木嚼着猕猴桃三明治摇了摇头。

"我觉得肯定是假的。就是不知道为什么，教会搬到圭亚那去了。"

"也许是受不了媒体的批判吧。"

"躲到圭亚那意味着放弃传教活动啊！那样虽然能减少退教者，但整个教会只能坐吃山空啊！一个不惜在礼拜仪式上作假吸引信徒的教会，会因为被报纸抨击了就放弃传教吗？"

原来如此。如果换成圆内神道，只不过被周刊杂志写几篇八卦新闻，确实不会让圆内龙泉产生逃去国外的想法。然而——

"你想太多了吧。"

"难说。总之我觉得人民礼拜会肯定有秘密，所以很想去看看，毕竟我也是个记者嘛！"

"那你就去啊，我可以帮你喂猫。"

"哈哈哈……"乃木苦笑几声，把揉成一团的三明治包装纸扔进垃圾桶，然后起身走向开水间。

"吃完甜的好渴啊！"

*

下午 5 点，风渐渐变强了。大塀接到老熟人秋保署长的电话，来到了神田警察署。

"108 号那家伙早在半年前就潜伏在我们辖区了。"

为了追查详细行踪，他专门调来了海之庭一案的调查报告，但是觉得内容过于复杂，就拨通了大址事务所的电话。

"这是大址先生做的推理，请本人来说明肯定最快了。"

看来这案子明面上还是他解决的，也许是宫城县警的小牛田刑事部长给了他几分薄面。

"真拿你没办法。"

大址一副正是本人的表情，解释起了助手的推理。

"……总之这 108 号得了长不大的病，就是这样。"

秋保和其他几名刑警不知何时已经停下记录，听得出了神。几秒钟的沉默过后，底下响起一片"原来如此""太厉害了"的夸赞声。他觉得很骄傲，同时又觉得自己很没出息，心情十分复杂。

"灵光一现的时候真的很开心呢！"

年轻的刑警红光满面地感叹道。

"瞎说什么呢！"秋保拍了一下他的后脑勺。

"那肯定是开心的吧！"

光是听别人一步一步讲述推理就能如此自豪了，如果能自己推理出来，那不得乐疯？

他当侦探并不是为了做这种事。这是事实。

尽管如此，大址还是察觉到了内心萌生出的新感觉。

他晚上 7 点前离开警察署，步行去神保町车站。走到白山路，前方出现了出版社和旧书店的招牌。

他想起从石卷返回东京那天晚上，凛凛子曾经掏出一本有假签名的《侦探教科书》，她当时说的旧书店好像叫——石野书店。大塙突然想看看，究竟是什么书店靠那种小把戏赚钱。

"我在找石野书店，请问你知道在什么地方吗？"

他对一个正在店门口的推车旁物色文库本的大叔问道。

"石野书店？"大叔瞥了他一眼，没好气儿地回答，"没听说过。"

他又瞅准几个一看就像经常泡旧书店的大叔问了问，竟没有一个人知道。

难道凛凛子被骗了？可是假签名的《侦探教科书》的确存在。石野书店究竟跑哪儿去了？

大塙听见一声铃响，有个40多岁的男人从马路对面的店铺走了出来。越过橱窗看向店内，他发现了挂着"珍本、签名本"牌子的书架。门口招牌用行书体写着"大西古书堂"几个字，底下则是圆形字母拼成的"ONISI"。

他突然陷入一种奇怪的感觉。

他预感到，自己要有所发现了。

他不是前不久才看到过极其相似的东西吗？

对了，是横薮友介遭到枪杀的地点——石卷市的民宿海之庭。那个民宿屋顶上的招牌也用圆形字母拼出了"UMINONIWA"几个字。

UMINONIWΛ

那天到达海之庭，凛凛子曾对着招牌说："还挺精巧啊！"

那并不是什么值得感叹的东西，所以她当时究竟在想什么呢？

他很快就有了答案。海之庭的招牌做成了风车羽翼的造型，风一吹就会吱吱嘎嘎地转动。就这么放着，一不注意就会转个一百八十度，那么为何左右两片羽翼没有被固定起来？因为招牌上的文字即使上下颠倒了也不影响阅读。

这本身并没有什么，只是小小的文字游戏罢了。

但是假设凛凛子还看过同样的东西，就能解释石野书店的突然消失了。

凛凛子拿出假签名本时，大坜问了一句："你在哪儿买的？"凛凛子看了一眼袋子里的店铺名片，回答道："石野书店。"

那张卡上的店名应该是英文字母，凛凛子把它认成了"ISINO"，但是把那张卡上下颠倒，实际印刷的文字便是"ONISI"。

把假签名本卖给了名侦探的倒霉旧书店，肯定就是这间大西古书堂。大坜用力推开了店门。

迎面扑来一阵灰尘与霉菌的气味，一个系着深蓝色围裙、看似 70 多岁的男人站在层层叠叠的书架深处，正忙着做账。

"老爷子，你 10 月 30 日卖出去一本《侦探的教科书》签名本，对不对？"

那人头也不抬地舔了一下铅笔尖。

"你说那个在验证费斯汀格认知失调理论的东大学生吧。"

不知道他在说什么。

大坜停在收银台前，俯视着斑驳的秃头。

"你这是什么黑店啊？还卖假签名本。"

"你说什么？"

男人总算抬起头了。

"少给我装傻。你用 9000 日元的价格卖给人家一本假签名本，不对吗？"

"我才不卖假货。"那人目露凶光，铅笔尖指向大坜，"是那姑娘非缠着我要，我才不得已给她的。"

"什么？"

"那东西一看就知道是假货，我本来想着卖不出去，打算扔掉了，可是那姑娘非说要买，我拗不过，就给她了。"

怎么可能？

凛凛子知道那是假的签名？

"骗人，你刚才明明承认自己卖过《侦探的教科书》。"

"那姑娘 30 日确实在那个架子上买了一本《侦探的教科书》。"

铅笔尖指向挂着"珍本、签名本"的书架，那上面的书标价从数千到数万不等，完全不是普通旧书的价格。

"那上面的书卖出去一本，利润能顶一书架的普通旧书。所以那天我问她要不要赠品，那姑娘说机会难得，要我把假签名本也一并给了她。"

凛凛子买了两本《侦探的教科书》啊！

"我知道你是谁。你就是揭发了百津商事那个案子的大坍宗侦探吧。"男人下巴一收，勾着眼睛越过镜片注视着大坍，"一进来就骂人骗子，你准备怎么赔礼道歉？"

"哪有这么夸张？"

"没本事的侦探就是碰瓷专业户。别忙着到处挥洒正义感，先想想自己有没有可能成为加害者吧，这可是要遭报应的。"

男人说了跟凛凛子一样的话，摇了两下铅笔下逐客令，目光又一次回到了账簿上。

大坍灰头土脸地逃出大西古书堂，深深吸入户外冰冷的空气，尝试整理混乱的思绪。

凛凛子明知是假的，还试图用 1 万日元的价格将《侦探的教科书》签名本卖给他。她很缺钱吗？可是她刚接受了世界级富豪的委托，为何还要在上司这里榨取微不足道的钱财呢？那么，她是想利用假签名本试探大树的眼光？那在大树看破的时候，她就应该说出真相才对。

等等，他好像漏掉了一个极为重要的线索——凛凛子买到了真签名本。

她买那个的理由只有一个。

大树推开围在推车旁的大叔，朝神保町车站跑去。

*

这回是楼梯中段有一摊稀汤似的呕吐物。

看来本乡公寓的住户酒品不太好。一条瘦巴巴的野狗爬上楼梯想去舔那摊东西，大树抬脚挡住，说了声："这不能吃。"

溜边儿走上二楼，用铁丝打开 201 号房的门锁。闪身进去，轻吐一口气。

十平方米的房间跟两天前一样。他的目光又落在了书架角落的《超能力会说谎》上面。如果说吉姆·乔丹擅长表演伤痛和疾病的治疗，那么凛凛子可能想在深入敌阵前先学习一下超能力骗子的手段。

大树拿下了放在书架顶板上的小包，撕开包装纸一看，里面是本带外封的精装书，封面上印着头戴鸭舌帽的男人，正是《侦探的教科书》。

翻开封面，签名就在封二那一面。潇洒的草书体连成了"桑子九二男"几个字，左下角是熟悉的落款。

这正是九二男叔叔的签名。

这本书有包装纸，显然凛凛子是想把它送给什么人。她认识的人里面，收到这个会感到高兴的肯定没有别人。

凛凛子想把签名本送给大坼。

她假装卖假签名本给他，是为了让大坼在收到礼物时更惊喜。

不过送礼都要有由头，凛凛子想为他庆祝生日吗？大坼的生日是在 5 月，她买书的时间是 10 月。还有什么可庆祝的日子吗？

"——生日快乐！今天我请客。"

他想到了乃木搅拌担担面的得意面孔。

"——5 年前的今天，你自立门户开设了这个侦探事务所。"

只能是这个了。凛凛子想为他庆祝大坼宗侦探事务所开设 5 周年。

也就是说，她本来计划在 11 月 11 日开设纪念日之前回到日本。可是今天已经 12 日了。

她根本没有在纽约旅游，而是出于无奈没法回到日本。

大坼冲出 201 号房，顾不上躲开呕吐物，飞快地跑下了楼梯。拐上本乡大道后，他走进香烟店门口的公共电话亭，拨了跟两天前一样的号码，待机铃声没响几下就接通了。

"有件事要拜托你，带我去乔丹镇。"

几秒钟的沉默。

"你喝高了？"

"谁喝酒了？我是要从可疑的宗教人士手上救出我的助手。"

乃木没有回答，而是吹了声口哨。

◆

里奥·莱兰德把抽了一半的威豪烟扔进烟灰缸，堆积成山的烟屁股顿时发生了小小的"雪崩"。

"再放任流刺网捕捞，小头鼠海豚就要灭绝了。我们必须带头向墨西哥政府施压，促使他们完善海豚保护措施。"

一个留着酷似古巴革命家的大胡子的男人反复敲打着桌子。

莱兰德支着下巴，打了个大大的哈欠。这人知道莱兰德参加下议院选举的口号是"行动为先的议员"，专门从圣地亚哥赶来找他陈情了。这类活动家的肤浅总能让他忍不住翻白眼。他莱兰德是联邦下议院的议员，凭什么要为没有选举权的海豚工作？

"要是禁止流刺网捕捞，渔民可能爆发大规模抗议——莱兰德议员，你在听我说话吗？"

"原来如此。感谢你精彩的提案，看来圣地亚哥的渔业前景一片光明啊！"

秘书带走那个涨红了脸的男人后，莱兰德瘫在沙发上，扯松了领带。

他知道现在不是躺在办公室的时候，旧金山的选民之所以投票给莱兰德，都是因为相信了他是"行动为先的议员"。以前，莱兰德深入监狱和贫民区独自展开调查，又在媒体上大肆宣传，这才在三次选举中接连当选。但是这一年来，他整天在议会和办公室之间奔波，并没有展开什么"行动"。如果不抓紧时间，半年后的下议院选举就危险了。

他拿起报纸正要找点话题，却听见有人敲门，随即想起他还有一个陈情的预约。莱兰德慌忙系好领带，说了声"请进"，就看见一个戴黑框眼镜、穿黑色西装，散发着会计气质的男人走了进来。

"莱兰德议员，请你务必帮助我。"

"你想保护什么？海象吗？"

"我想请你把我儿子从人民礼拜会带出来。"

这句奇怪的发言他听着有点耳熟。记得那是个戴墨镜的可疑男人创建的宗教，大约一年半前突然离开旧金山，集体搬到了圭亚那，并声称要创建乌托邦。

莱兰德险些笑了起来，慌忙抿紧嘴唇。

民众肯定想知道乌托邦的实情。如果莱兰德亲自去调查，一定会引起热议。若是为了给饱受折磨的家庭排忧解难，想必市民都会支持他。

"其实我也惦记着他们的事情。你能详细说说吗？"

两个小时后，莱兰德郑重其事地送走家属会代表提默西·斯特姆，转身就给 NBC（美国全国广播公司）新闻取材组的丹尼尔·哈里斯打了电话。

"我要去圭亚那的乔丹镇，你帮我组织一个取材队伍。"

莱兰德拿起堆积成山的烟灰缸，一股脑儿倒进了垃圾桶。

"我们去撕开乌托邦的假象。"

访问

从小学到现在，他不知被乃木惹火了多少次，但还是头一次对他的工作能力心生敬佩。

乃木一大早就去了周刊《多姆斯》的编辑部，跟他们谈好了取材报告的刊登和经费报销问题。接着他就又找了好几家旅行代理店，搞定了去圭亚那的机票，当天下午又去外务省确认了日本护照进入圭亚那可以免签。

然后到了 11 月 14 日上午 10 点 20 分，日本航空 8005 次航班载着他们二人从新东京国际机场起飞，奔向太平洋。

"本来我想订头等舱的。"

乃木从旅行包里拿出马桶圈形状的软垫套在脖

子上。

"原来你真的是记者啊！"

大坜到现在还觉得自己在做一场顺风顺水的大梦。因为他做的所有工作就是从抽屉深处翻出两年前为了去菲律宾追查逃犯办的护照，仅此而已。他眺望着窗外宛如白子天妇罗的云朵，一时间竟分不清自己究竟是飞在空中还是喝醉了酒。

"现在还不一定能去乔丹镇。我们只能从纽约转机飞到乔治敦，那里离乔丹镇还有 240 公里呢。"

这名字听起来有点相似，简而言之，乔丹镇是吉姆·乔丹跟信徒们居住的地方，乔治敦则是圭亚那合作共和国的首都。直到 12 年前，圭亚那还是英国的殖民地，其首都的名称也取自英国的乔治三世国王。

"不能包车过去吗？"

"乔丹镇可是坐落在热带雨林的正中央啊！我们得想办法坐上去那里的飞机。不过乔治敦设有人民礼拜会的办事处，我想去那里问问。"

"人家不会答应吧？"

"他们很警惕媒体，要是我以记者的名义过去，肯定会吃闭门羹。所以才要隐瞒身份，假装成他们的一员。"

乃木淡然道。

"你要装成信徒？"

"而且还是不远万里从日本来的狂热崇拜者。咱们得好好学习，别露了马脚。"

乃木咧着一口白牙笑了笑，然后从包里拿出一沓资料。他松开文件夹，抽出一半放在大坜腿上。大坜拿起来翻了翻，发现都是些跟人民礼拜会有关的报纸文章和电视新闻稿。当然，全部都是英文。

大坜读书时成绩不太好，唯独英语还行。因为他从小就老老实实地践行着《侦探的教科书》里的教导——身为侦探，必须掌握几种语言。然而几年前他听老妈说，九二男叔叔认识的外语，顶多也就是麻将牌上的文字和番型了。

"你先等等。就算我们临时抱佛脚装成信徒，顺利混进了乔丹镇，之后又怎么救出凛凛子？我可不会开飞机啊！"

"只能到那儿再想了。随机应变吧。"

乃木调了一下颈枕的位置，然后放下小桌板，怡然自得地看起了资料。

美国时间 14 日上午 9 点 30 分，二人乘坐的飞机降落在肯尼迪国际机场。

走进到达大厅后，乃木把资料卷巴卷巴，扔进了垃圾桶。

"你都记住了？"

"记住八成了。"

"那你扔掉做什么？"

"我们马上就要成为人民礼拜会的信徒了。身上带着那种资料，跟在名片上写我是记者有什么区别？"

乃木无语地耸了耸肩。

上午 11 点 15 分，二人乘坐泛美航空 505 次航班，朝着加勒比海起程。

这趟旅途很是吵闹。一大半乘客都是在美国血拼归来的圭亚那人，全都在座位上有说有笑地互相展示自己带进机舱的战利品。乘客中非洲裔和印度裔基本各占一半，只有一个扎着辫子的白人男性。

乃木抱着在出发大厅买的 *LIFE* 杂志百无聊赖地翻看着，突然抬起头说：

"你还记得小学三年级，咱们班上那个清太君吗？"

"总是肚子疼的清太吗？"

大坩很讨厌那个同学。因为他只要没事做就会欺负低年级的学生，要么咋咋呼呼闹事，可是一被老师训了，立刻就叫嚷肚子痛，然后哭哭啼啼。

那当然不是真的肚子疼，只是幼稚的演技。因为他很清楚大人不忍心对身体不舒服的小孩说重话。这么一来二去的，他好像喜欢上让人担心的感觉，甚至在学校晨会上当着全校师生的面捂着肚子装病。

"你不觉得吉姆·乔丹跟他很像吗？"

"嗯，确实像。"

大坩想起了飞纽约时看过的退教者的采访。

每次教会内部发生矛盾，吉姆·乔丹总是假装心脏病发作。他会捂着胸口倒在地上，然后被人抬去诊疗室。不知什么时候，他又若无其事地回来了。

据说早在搬去乔丹镇之前，吉姆就有耍小把戏引起周围关注的癖好。1968 年马丁·路德·金遭到暗杀时，他浑身淋着鸡血出现在教徒面前，声称自己遭到了枪击。70 年代前期超能力者尤里·盖勒红极一时，他还给全加州的电视台写信，声称自己也能让汤匙弯曲。

"怎么听着像个挺没出息的大叔啊！"

"就是这样。无论怎么看，吉姆·乔丹都像个小孩子一样，想方设法要获得别人的关注。"

于是他们又回到了那个疑问——吉姆为何放弃了传教活动，带领教会搬到圭亚那？

"嗯？"

乃木伸长脖子看向大坶左边的座位。只见一个头发大部分已经白了的男人正百无聊赖地叠起一份报纸。那是 11 月 14 日的《纽约邮报》，头版印着硕大的标题——*"Crazy Jim Jorden has sex with gnu baby!"*（吉姆·乔丹这个疯子跟牛羚做爱）右下角的讽刺画上，宛如打了致幻剂的吉姆正跟一个长得像牛的黑色动物进行性交。

"格努是什么？"

"那个念'努'，g 不发音。"

乃木拍了拍花白头发的男人，用英语问道：

"要不我们换换吧？"

于是他用杂志换了对方的报纸。对陌生的外国人也能如此坦然，真不愧是记者。

"吉姆·乔丹还跟牛羚性交啊，真有他的。"

乃木摊开新闻，苦笑着说道。

下午 4 点 55 分，飞机降落在乔治敦的蒂梅里机场。

刚走到舷梯上，闷热潮湿的空气就将整个人包裹住了。头上分明是朗朗晴空，鼻腔里却充斥着下雨天的气味。

他们在木砌的航站楼办完入境手续，便走进城中。几个年轻男子围上来拉他们坐车，不过他们要找的地方就在一公里开外，于是决定步行前往。

那个地方——人民礼拜会的办事处就位于好似棋盘一样井然有序的城市一角。跟周围的住宅一样，那是一幢表面粉刷灰泥的二层小楼，一对男女正在门口争吵。

"教主大人不接受采访。"

黑人女性说完，"啪"的一声关上了大门。白人男子做了个踹门的动作，然后骂骂咧咧地走了。那是跟他们坐同一趟飞机过来的扎辫子的男人。

"好，按计划行事。"

乃木按响门铃，刚走进去的女人出来开了门。

"你好，我们是崇拜吉姆·乔丹先生的日本人。"

女人眯起眼睛，对着二人打量了好一会儿。乃木挤出了连电视广告上都难得一见的灿烂笑容。

"我们专门从地球的另一头赶来，就是想见见教主大人。请你带我们到乔丹镇去吧。"

"你们是亚洲人吧？我们只在美洲大陆活动。"

"无论什么人种，无论来自何处，我们都要平等对待。这不是教主大人亲口说过的话吗？"

乃木立刻卖弄起了学习的成果。

"人民礼拜会的信徒全都是美国人，这是规定。"

女人毫不动摇地说。

他们不能就这么放弃。大坼咬咬牙，决定动用百津商事的话术。

"那就没办法了，你看是你去跟上面谈谈，接受外国人入教呢，还是先带我们到乔丹镇上，让我们自己谈？"

给出两个选项，从而隐藏什么都不做的选项——就是这招。

女人略显困惑地挠了挠头，竖起食指说了一句："在这儿等着。"然后关上了大门。窗户传出了无线对讲机的噪声，还有女人生硬的嗓音。看来她正在联系乔丹镇那边的人。

两分钟后，女人回到门口，有点不高兴地撇着嘴。

"运送粮食的赛斯纳一个小时后起程前往凯图马港，你们就坐那个去吧。"

"那就是说——"

"教主大人欢迎你们加入。"

傍晚6点，二人乘坐货运型赛斯纳小型机，从蒂梅里机场起飞。

"注意别乱碰货物。"

坐在驾驶席的年轻男子头也不回地说道。他好像不是人民礼拜会的信徒，也对这两个亚洲人没兴趣。

"凛凛子是不是也看过这片风景呢？"

乃木看着窗外，略显感伤地说。除去偶尔露出的红色泥炭地与黑色湿地，放眼望去便是一望无际的茂密丛林。

6点55分，太阳已经下山，飞机也降落在了凯图马港。

主轮落地的瞬间，机身震动得宛如地震。这里虽说是机场，却也只是像刨子削木头一样在丛林中辟出了一条跑道，旁边有个候机的小屋，到处都看不见工作人员。

"总算到了。"

他们谢过飞行员，走下舷梯。

跑道尽头连着深入丛林的小道，路口停着一辆中型货车。驾驶席和副驾驶席分别跳下来一个男的，应该是来签收货物的人。

"你们好，"乃木笑眯眯地伸出右手，"我叫乃木野蒜，这位是大坜宗，我们来自日本——"

所有声音瞬间消失，仿佛耳膜突然破裂。

几秒钟后，他才意识到刚才是一声枪响。

从副驾驶席下来的人——头戴巨人队鸭舌帽的高大男子将手电筒对准了他们。他忍不住将头扭向一边，等到双眼适应炫目的灯光后，才发现从驾驶席下来的人——面色灰白的小个子男人正举着一把M1903 老式军用步枪对着他们。

"请冷静一点，教主大人不是说欢迎我们吗？"

连乃木都有点破音了。

"我们负责守护这个地方。"持枪的人拉了一把枪栓退出弹壳，"现在要检查你们是不是恶魔一般的袭击者。双手背在身后，趴在地上。"

他们遵照命令趴在了潮湿的土地上。那两个人检查了他们的衣服和旅行包，从对话可以判断，他们在找相机、录音机等取材设备和利器、枪支等武器。乃木在机场扔掉资料，恐怕就是提防着这一步。

"他们不像是袭击者。"

得出结论后，戴鸭舌帽的男人把他们拉了起来。举枪的男人则不高兴地看着他的举动。

"原谅我们的冒犯。我是这里的保安队长，名叫乔瑟夫·威尔逊。"戴帽的男人介绍完自己，又朝旁边努了努嘴，"他是我的手下，叫拉里·莱文斯。"

"你们这欢迎可真够粗暴的啊！"

"我们本来就是因为伪造身份的人不断群起而攻之，才不得不逃到这种地方来，所以请你理解我们对新来者的怀疑。"

乔瑟夫的语气冷淡得让人毛骨悚然，显然到现在依旧没有打消怀疑。

大树与乃木遵照指令坐上了货车货台。

乔瑟夫和拉里在飞机与货车之间往返了几趟，把木条箱搬上货台。那些箱子大小各异，表面写着"谷类食品""香料""儿童零食""药品"，等等。装货完毕后，拉里坐上了驾驶席，乔瑟夫则坐上了副驾驶席，货车开走了。

车在参天大树间行驶了大约30分钟，前方出现了两根柱子上架着一根横木的简陋大门。上面挂着一块招牌，写着"欢迎来到乔丹镇 人民礼拜会农业计划"。货车开进大门后就停了下来，旁边的小房子里走出几个年轻男子，想来是要卸货的。

乔瑟夫对他们吩咐了几句，转头说道：

"我先带你们去今天睡觉的地方吧。"

说完，他就走上了两边都是农田的土路。放眼望去，前方是一片吊脚木屋，显然是信徒的居住区。二人正要跟上去，却听见旁边突然传来冷硬的呵斥声：

"站住！"

回头看，拉里·莱文斯手上的M1903的枪口已经对准了他们。

"那是什么？"枪口指向乃木的臀部，"你口袋里的。"

"嗯？"乃木眨了眨眼，从口袋里掏出一张叠起的纸，继而愣怔地"啊"了一声。

那是飞往乔治敦时，他跟花白头发的男人交换过来的《纽约邮报》。搬货的人纷纷停下动作，注视着乃木手上的报纸。他们眼中浮现出了厌恶——不对，是憎恨的神色。

乃木看着大坿，用口型说道：完蛋了。

"有袭击者！"

拉里一拉枪栓，马上又按下。

"等等——"不等乔瑟夫制止，枪身已经向后一冲。

在无声的世界中，乃木飞出去足足两米。温热的东西喷洒在大坜的脸上。

他正要跑向乃木，听觉突然恢复，耳边传来"咔嚓"一声，是金属的摩擦声。

回过头去，他与肩膀抵着 M1903 的拉里视线相撞。

要没命了。

他很想逃，却迈不开双腿。

于是他缩起脖子，闭上了眼。

…………

"放下武器！"

他没听见枪声，反倒听见了熟悉的声音。

"滚开！我连你也杀了！"

"吉姆·乔丹先生亲口许诺了我在乔丹镇的安全。如果你对我开枪，就是违背教主的意思。"

大坜战战兢兢地睁开眼，发现眼前有个年轻女子正张开双臂护着自己。女子的左手上，有一串看着眼熟的念珠。

怎么回事？他专门跑到地球另一头来救人，怎么这会儿倒被她护在身后了呢？

大坜看着晒黑了不少的助手有森凛凛子，内心无比迷茫。

2

最后是保安队长乔瑟夫·威尔逊平息了混乱。

他一把夺过拉里·莱文斯手上的 M1903，拿起对讲机联系诊所的医生，接着命令卸货的人把拉里带回居住区。几个居民听见枪声从居住区跑了过来，但也被乔瑟夫打发回去了。

乃木被 8 毫米的子弹击中了鸠尾下方，背部的弹孔鲜血如注。大塀为他压迫伤口时，甚至看见了他的内脏像动物般蠢蠢蠕动着。

"哎哟，凛凛子，原来你没事啊！"

乃木动了动血色全无的嘴唇，最后勾起嘴角说了句："那就好。"紧接着便失去了意识。他的四肢抽搐了几下，然后彻底没了动静。凛凛子试图用衣服绑住伤口止血，但也只是杯水车薪。

"没救了。"

从诊所赶来的女医生摸了摸乃木的胸口，又用手电照了照瞳孔，说出了连小孩子都已经明白的结论。

"你们好像认识？究竟是什么关系？"

乔瑟夫把 M1903 背在身上问了一句。凛凛子先是看了一眼大塀，然后说：

"他是我上司。拉里·莱文斯打死的那个是他朋友。他们跟《纽约邮报》没有任何关系，当然也不是袭击者。"

"原来如此。"乔瑟夫像机器人一样转头看了看大塀，"那么你是假装信徒潜入这里，想救出自己的手下？"

大塀没有回答，乔瑟夫似乎把他的沉默理解成了肯定。

"虽然是你们伪装身份在先，不过拉里·莱文斯的确做得过分了。我代替手下向你道歉。"

他摘掉鸭舌帽，这样说道。

"你们杀了人，说句对不起就完事了？赶紧叫警察来。"

"圭亚那合作共和国的法律不适用于乔丹镇，警察在这里没有权限。"

"那你要怎么处理？"

"教主大人将决定如何处罚拉里·莱文斯。"

"吉姆·乔丹的一言堂？好了不起的独裁国家啊！"

乔瑟夫皱了皱眉，却没有反驳大坰。

"只要你不攻击我们，我们就能保你安全。"

说完，他又戴上了帽子。

虽说是无法之地，却也不能任凭尸体躺在路中间。乔瑟夫跟女医生（名叫洛蕾塔·沙克特）把尸体放上担架，抬进了镇上的陵园。

凛凛子带着大坰去了居住区。她住的宿舍正好有空床位，于是大坰也住下了。

"感觉好奇怪啊！"

这是他的心声。今天刚到乔丹镇，老朋友就被人开枪打了，接着他与助手重逢，老朋友又死了。这一切来得太快，他感觉脑子有些跟不上。他刚才虽然像疯狗一样骂了乔瑟夫，但心中还没涌出对乃木之死的愤怒和悲伤。

"大坰先生，你对乔瑟夫先生说的话，都是真的吗？"

等到周围没人了，凛凛子用日语问道。

"你是指什么？"

"当然是来救我那些话啊！"

"你有意见？"

"不是。我只是想，大坰先生偶尔也会做些名侦探做的事情啊！"

说完，她就咧嘴笑了。大坜决定不把撬了她家门锁还有跑去威胁洗浴会所店长的事情说出来。

"你才是，怎么突然冒出来了？"

"完全是碰巧。我出门上厕所时远远看见货车开了回来，后来又想去看看今天拉来了什么物资，没想到大坜先生和乃木先生竟从货台上下来了。"

看来大坜是被凛凛子的尿意拯救了。

"你不是说 6 日回国吗？我看你不像是被关起来了，那还在这里做什么？"

"说来话长啊！"凛凛子先提醒一句，然后讲述了自己的经历——

11 月 2 日，凛凛子按照预先安排，造访了纽约的洛克菲勒中心。她在那里见到了实业家查尔斯·克拉克，还有他秘书精心挑选出来的另外三名调查团成员。

"吉姆·乔丹究竟是真的想创建乌托邦，还是只想找个合适的地方藏身，又或者他还有不为外人知晓的真正目的。我请你们来，就是想查清这个。"

那个身家可以媲美一个中等国家全年预算的实业家道出了此次调查的目的。

调查团成员乘坐 CC 石油公司的商务喷气机到达蒂梅里机场，受到了人民礼拜会干部的盛情款待。因为克拉克的人事先通知了调查团造访事宜，只是没有挑明成员身份。调查团经由凯图马港机场抵达乔丹镇后，又受到了吉姆·乔丹本人的热烈欢迎。

"接下来的几天，我们采访了吉姆·乔丹，又对信徒做了集体采访，然后旁观他们的集会。最后，我们得出了一个结论。"

"你知道人民礼拜会为什么要找新地方了？"

"是的。"

"还有之前搬到圭亚那的原因？"

"源头其实是一样的。"

"那为什么还留在这里？"

"因为吉姆·乔丹并不赞同我们的结论。"

"你也可以不理他，照样离开啊！"

"不行。"凛凛子耸耸肩，"这里跟乔治敦之间相隔着240公里的丛林。如果吉姆不允许我们搭乘货机，那谁也出不去。"

的确是这样。

"把你们关起来也会让查尔斯·克拉克印象变差吧？吉姆到底在想什么？"

"他坚信奇迹会发生。自从我们来到这里，就看他要了许多把戏。可是很遗憾，虽然我不清楚原理，但没有一样是无法解释的。"

从全世界精挑细选出来的调查团成员，不可能看不破如此蹩脚的把戏。

"你们还真够善良的啊！换我就直接绑架个孩子当人质，威胁他们放我走了。"

"嗯，毕竟我们没有受到实质性的伤害。如果我们一直不回去，查尔斯先生应该会采取措施。吉姆心里同样很清楚，所以我认为他放人只是时间问题。"说到这里，凛凛子调皮地眯起了眼睛，"就是没想到大垪先生会闯进来。"

"你查出来的搬家原因是什么？"

"为了维持他们眼中的奇迹，或者说为了维持集体幻觉。"

这答案不清不楚的。

"什么意思？"

凛凛子正要说下去，地板下面却突然跳出来一个东西，在二人周围转起了圈子。那东西看着有点像狸子，就是表情有点凶。

"这个叫薮犬，几天前突然迷路跑进来的。"

凛凛子动作娴熟地逗弄着这个小小的野生动物。她险些忘了，自己正处在一片丛林深处，究竟是谁迷了路，实在很难说。

"还是先去宿舍吧。"

凛凛子摸着薮犬的后脑勺说。

调查团成员的宿舍位于居住区东南方向边缘。因为吉姆·乔丹和干部们住在北侧边缘，所以他们被安排到了最远的角落。

这里跟别的宿舍一样，都是简陋的吊脚小屋，乍一看好像台风一来就得被连根拔起，不过他们搬过来已经两年多了，想必还是挺稳固的。

打开写有"南 -30"的房门，房间两侧都是木制的双层床，看起来就像潜水艇的船员卧舱。门边的小长椅上坐着一个体形浑圆的白人女性，靠门的上铺则有一个小个子的亚洲青年盘腿而坐。二人听见动静猛地抬起头，定定地注视着大坿。

"这是我平时兼职的侦探事务所的老板。"

凛凛子介绍了大坿，然后简单说明了他来到这里的经过。

"我很佩服你和你朋友的勇气。"

白人女性站起来，略显夸张地说完，朝他伸出了粗壮的手臂。大坿刚握住她的手，就被她拽过去狠狠拥抱了一下。他还以为接下来要被亲吻了，但那女人只是拍了拍他的背，然后松开了手。

他再仔细打量那个女人，突然醒过神来：大波浪的金发、碧蓝的眸子、挺拔的鹰钩鼻——他在电视上看见过这张脸。

"你是'伪科学侦探'朱迪·兰迪吧？"

她是以批判伪科学而闻名的美国精神科医生，其著作《超能力会说谎》风靡全球，几年前还在日本参加过一个电视节目。凛凛子屋里之所以有她的书，也许是因为她知道这个人是调查团成员，因此产生了兴趣。能请到这样的名人做私人调查，真不愧是富豪。

"其实我不太喜欢那个头衔。"

朱迪耸了耸肩。她胸前挂着一个绿松石镶金吊坠。批判伪科学的权威戴着能量石看起来多少有些奇怪，但那应该只是纯粹的饰品。

"我叫易浩俊，你好。"

小个子亚洲青年爬下床来，伸出了右手。大塀对这个人没什么印象，小心翼翼地伸手过去，对方只是轻轻握了一下。

"你还记得两年前光州的天主教会发生了针对信徒的性暴力案件吗？"凛凛子开口道，"是当时还在首尔大学念书的易先生把那件事捅到了外媒那里。"

大塀不记得那件事，但是当时案子好像在韩国内外都掀起了轩然大波。被认为是主犯的神父因为是总统的远亲，该国中央情报部门担心激起民众针对政权的批判，因此压下了案子。易浩俊被人追杀，至今仍在美国避难。他跟凛凛子一样，都是因为有过揭发宗教团体丑闻的业绩，被查尔斯·克拉克选中了。

"好羡慕凛凛子小姐啊，竟然有冒险闯到这里来营救你的伙伴。"

易浩俊忧伤地对凛凛子笑了笑。因为没刮胡子，他看起来就像古早年代的职业骗子，不过仔细一看，还是能看出表情中的诚实。

"等等，你刚才不是说调查团除了你还有三个人吗？"

"是的。还有一个人名叫阿尔弗雷德·丹特。"凛凛子不知为何有点得意地说，"丹特先生是退役的 FBI 特工，曾经参与针对洛杉矶黑帮、街头匪帮、白人至上主义团伙和曼森家族的调查。离开 FBI 后，他也经常接受警方和情报部门的委托做一些调查。"

"独立调查？"

"是卧底调查。"

凛凛子的表情好像发现了新玩具的孩子。

"丹特先生伪装成了人民礼拜会的信徒，住在干部宿舍呢！"

第一日：1978年11月15日

1

"大垳先生，来客人了。"

凛凛子的声音使他清醒过来。貌似被虫子蛀穿的墙壁小洞透进了纤细的阳光。漫长的一夜终于过去了。经过22个小时的长途旅行，又处在高温多雨和蚊虫密集的环境中，大垳这一夜都在疲劳与难受中辗转反侧。

"你就是大垳先生吧？"

他又听见了陌生的声音。大垳小心翼翼撑起身子以免撞到上铺，然后探头看向通道。

门口站着一个白人男性。他看起来35岁左右，个子挺高，梳着九一分的发型。看他浓眉大眼、高鼻深目的模样，应该很受日本女性的欢迎。而且他两只眼睛略有一些不对称，又给清冷的面容增添了几分野性。

"教主大人要与你面谈，请在 7 点 30 分之前独自前往'天父之家'。"

看一眼手表，现在是 6 点 50 分。

"你是谁？"

"我叫彼得·韦德斯潘，是人民礼拜会的内务长。"

男人弯腰与大坰握手，然后点点头，离开了南 –30。

随着睡意的淡去，他心头涌起一股震惊。千里迢迢地赶到这里，他当然想见见吉姆·乔丹。只是没想到对方竟会主动发出邀请。

"我不会被干掉吧？"

大坰脑中浮现出肚子破了个大洞的乃木的尸体。

"应该不至于。"凛凛子从她的上铺爬了下来，"吉姆·乔丹不放我们回去，说到底是想让查尔斯·克拉克先生看到自己表现良好的一面。他应该不会伤害调查团成员和相关人员。"

如果是真的就好了。

大坰跟着凛凛子去井边洗了脸，换上乔丹镇配发的贴身衣物。

其实他还想让凛凛子陪他去见吉姆·乔丹，但是那边明确表示要他"独自前往"，所以只能放弃。他向凛凛子请教了方向和标志后，转身走向天父之家。

天空覆盖着卷积云，随着微风缓缓流动。穿过居住区等间距的宿舍向北行走，两边渐渐走出来不少人。那些人互相打着简单的招呼，走进了一座只有屋顶和柱子的大型建筑。那应该就是食堂。

大部分居民都是非洲裔，白人只占两成左右。虽说是独立教派的信徒，却也不会一上来就问"你相信神吗？"，他们看起来就是随处可见的普通人。

他走到与食堂结构相同的建筑物（里面有一座舞台，想必是礼拜的地方）门前，向右绕过后继续向北走，没多久就看见一座细长的平房（隔着窗户能看见里面有黑板，应该是学校），走过去又是一座跟学校结构相同，但是住了人的房子（应该是干部宿舍），在那里往左一拐，便是一座比普通宿舍大了好几圈的吊脚楼。硬山式屋顶上方高耸着十字架，那就是天父之家。窗户被黑色窗帘遮挡，门前堆放着迪斯科舞厅里面那种大号扬声器。

"孩子们，早上好。"

扬声器里突然传出了雄壮的声音。大约两秒钟后，整个部落的各个角落同时响起了声音。这个场景就像妖怪老大一声大吼，手下们纷纷响应。

"昨晚，我们的乌托邦出现了新的袭击者。但是我们的守卫勇敢地解决了敌人，守护了我们的家园。"

说话的人应该就是吉姆·乔丹。这一大早的，他还挺起劲。

大坰看了一眼设备配置，显然是吉姆在屋里说话，通过外面的扬声器传出来，然后经过麦克风拾音，传输到部落各个角落的扬声器。本来直接传输吉姆的原声能够避免延时问题，他猜测应该是相关设备故障了，才不得不像现在这样弄。

手表指向 7 点 25 分。大坰想了想要不要敲门打断演讲，但又觉得不能贸然激怒对方，于是他走过天父之家门前，站在貌似厕所的小屋跟前点了一根烟。

耳边传来一串细小的脚步声。只见一个少年从居住区的宿舍之间现身，朝着天父之家走了过来。看他年龄有十二三岁，侧脸有点亚裔特征，表情格外僵硬，双手拢在一起，像是拿着什么东西。

"你们无须惊慌，继续正常地生活吧。"

"扑哧"一声，周围安静下来。演讲结束了。

少年灵巧地用手肘按了天父之家的门铃。随着电子锁打开的响动，里面传出了"进来"的声音。少年又用手肘拨动把手，开门走了进去。

时间是 7 点 28 分。他在门外等了 1 分钟，却不见少年出来。因为不想迟到，他还是按了门铃。

"请进。"

同样的声音响起，他开门走了进去。

里面像个山洞，昏暗、阴冷而潮湿。窗帘是拉着的，却没有亮灯，空调还开到了让人直起鸡皮疙瘩的温度。这是渲染神圣气氛的手段吗？墙壁涂成了深蓝色，地板也铺着纯黑色瓷砖。

门里有张吧台似的细长桌子，再往前看便是木制办公桌、床铺和书架等家具。如果是露营地的小木屋，这种配置可谓豪华，但是作为独立教派教主的房子，就显得十分简陋了。

吉姆·乔丹深深坐在桌子另一头的高背椅上，尽管身处室内，依旧戴着标志性的太阳眼镜。方才那个少年立于一旁，正忧心忡忡地看着吉姆手里的东西。

"你是有森凛凛子的上司，对吧？请坐。"

吉姆指了指固定在桌前的圆凳，用洪亮的声音招呼道。

"你去外面等着，比尔就交给我吧。"

他拍了拍少年的肩膀，这样说道。少年用感冒一般浓重的鼻音答了一声"好的"，然后走出了天父之家。

"欢迎来到乔丹镇。"

吉姆依旧拿着东西，用脚推动椅子转向大埖。

大埖感到了强烈的异样。

这男的该不是假货吧？

那当然不可能。眼前的男人长着跟《纽约邮报》的讽刺画一样的面孔，他无疑就是吉姆·乔丹本人。

但是他的脸很不自然。头发又黑又亮，气色好得异常，怎么看都不像一个年近五十的男人。他给人的感觉就像在用染发剂和粉底拼命维持着最完美的吉姆·乔丹的形象。

"我对你朋友的遭遇感到非常遗憾。"

他脸上的自信丝毫不减，唯有声音透出了一丝悲伤。

"你朋友的遗体已经安置在了陵园的管理小屋。我没有理由把你关在这片开垦地，只要你想离开，我可以吩咐手下随时送你去乔治敦。"

"那就请你立刻安排吧。我还要带走有森凛凛子。"

"那不行。"吉姆耸起了右肩，"她有义务正确理解这个乌托邦的意义。"

"我是来带走助手的，不能一个人离开。"

"我猜也是，所以我对你有事相托。"

吉姆像政治家演说一样，格外强调了"你"。

"你要帮我说服调查团的成员，说服他们人民礼拜会存在着奇迹，我们必须得到保护。"

原来如此。这就是他把大埖叫出来的理由。

"奇迹在哪里？屋顶上？"

"你相信神吗？"

哎哟，开始了。

"我小时候就没有圣诞老人。从那以后，我也不相信你们的神。"

大坺如实答道。

"你身上有不舒服的地方吗？"

"因为开着空调太冷了，我的鼻子很不舒服。"

"我被赐予了为同胞排除痛苦的能力。我可以让你的鼻子通畅，今后再也不会打鼾。当然，前提是你要接受信仰。"

"那真是太厉害了，无可置疑的奇迹。"大坺摊开双手，"可就算我的鼻子通了，调查团那帮人恐怕也不会承认这是个奇迹，毕竟利用这种错觉可是伪超能力者的绝活。"

"那怎么办？"

吉姆突然低下头，把手里的东西放在了桌上。

"正好，我就让你看着我治疗比尔吧。"

他勾勾手示意大坺过去。大坺站起来走了几步，来到桌边俯视着他的动作。

桌上放着一条蜥蜴，从头到尾的长度约为 20 厘米。这比日本常见的蜥蜴足足大了两圈，全身都是蓝宝石般的颜色。蜥蜴身上长满菠萝皮一样带棘刺的鳞片，感觉摸一下都能戳破手指。

"这位是针蜥比尔，刚才那个孩子最好的朋友。他放假时带着比尔到广场上捉虫，却让它被野狗咬了。"

应该就是昨晚碰到的薮犬。

吉姆拉开窗帘，让桌面有了光线。比尔仿佛死了一般毫无动作，本来应该自然弯曲的右前腿好像断了，向前伸得笔直。

"Q 是个很善良的孩子，他带着比尔来找我，希望我拯救它，我得实现他的愿望。"

吉姆像孵蛋一样双手包裹住比尔的身体。

10 秒、20 秒、30 秒——

拇指下的尾巴抽动了一下。

吉姆缓缓张开手。

比尔抬起了头，像睡迷糊的孩子一样左右晃了晃脑袋，咽喉一起一伏。再看右前腿，已经恢复了正常的弯曲。

"啊，太好了。"

比尔迈开手脚，在桌子上走动起来。隔着墨镜，大坰注意到吉姆的目光变柔和了。

"你刚才说我得成为信徒，你才能让我的鼻子变通畅，那这条蜥蜴难道也是人民礼拜会的信徒？"

"比尔无法理解我们的信仰，但它是在这个部落长大的伙伴。像蜥蜴这样的低等动物，只需这样就能得到我的庇护，人类就不一样了。"

吉姆得意地搓着手。

"原来如此，真是太让我感动了。"大坰坐在圆凳上，注视着吉姆，"好一场精彩的魔术！"

吉姆挑起了粗黑的眉毛。

"我好歹也是干侦探这一行的。虽然没有被查尔斯·克拉克选上，但也不至于连这种小把戏也看不破。"

吉姆的手臂上浮起了青筋。

"我走进房间时就觉得奇怪，空调有必要开得那么冷吗？一开始我还以为教主大人是不是很怕热，可是转念一想，要是真的怕热，又怎么会跑到赤道附近的热带雨林里居住呢？

"自从我进门，你就一直把比尔拿在手上。蜥蜴是变温动物，气温下降了体温也会下降。当体温下降到一定程度，新陈代谢就会减缓，从而无法动弹。你把空调开得这么冷，就是为了不让比尔动弹，而用双手紧紧焐着它，则是为了让比尔的体温升上来。

"等到比尔足够温暖了，你就拉开窗帘，让它照到太阳光。就这样，比尔的体温恢复，又能活蹦乱跳了。"

他低头一看，桌上只剩下一些土渣，比尔早已跳到墙壁上，正顺着窗框飞快地往上爬。

"当然，刚才那个孩子带蜥蜴过来也是假的。你让内务长告诉我，在 7 点 30 分之前到达天父之家。其实是因为你安排好了一场戏，在那个时刻让少年捧着受伤的蜥蜴过来。"

"你刚才也看见比尔的前腿折断了。难道连那个也是魔术吗？"

"当然。你是趁它体温下降动不了后，强行拉直的前腿，伪装成折断的样子。"

吉姆做了个拂去泥土的动作，双手向上张开。

"你试试看吧！"

桌面上还是有土。看他一副游刃有余的模样，肯定是装出来的。

大坍站起身，抬手避开棘刺，捏住了比尔的脖子，然后将它放在桌上，右手压住其肩膀，左手拉直了右前腿。

"嗯？"

腿是伸直了，可是一松手又缩了回去，这应该是肌肉的自然作用。要保持伸直的状态，就得一直拽着蜥蜴腿。

"看到了吧。"

吉姆得意地勾起了嘴角。

"无论你怎么编派，比尔的腿就是断了，然后又恢复了。是我治好了比尔。"

"那不可能。"

"够了。这下我知道了，你跟调查团那帮人没啥两样。"

吉姆握住手杖站起来，转身看向窗外的部落。

"你去问问乔丹镇的居民吧。到时候你就会知道，奇迹真的存在。"

2

"——你无法反驳，就灰溜溜地跑回来了？"

凛凛子耷拉着肩膀叹了口气，表情就像用全副身家赌马，马却跑了半圈就摔了一样。

"你知道他的手段？"

"当然，因为他五天前给我看了同样的魔术。当时我们三个一眼就看出来了。"

正在吃玉米粥的朱迪·兰迪与易浩俊都点了点头。

上午 8 点 20 分，大坍回到宿舍后与调查团的三个人一起去了食堂。他们得到内务长彼得·韦德斯潘的指示，跟其他居民一样在那里用早、晚两餐。大多数居民要干农活，已经在 8 点前吃好了早餐，所以大坍他们走进去时，里面没几个人。

"我们那次是美洲鬣蜥吧？"易浩俊边说边吸溜冷了的洋葱汤，"而且只有朱迪小姐完全说中了，我和凛凛子小姐只推测出了那是场故意安排的把戏。"

是个老实人。大坍对易浩俊有了点好感。

"我只是知识储备比较多。"批判伪科学的权威谦虚了一句，继续解释道，"你们知道吗？以前在旧金山，吉姆·乔丹还模仿过尤里·盖勒。"

他想起乃木让他看的资料上确实有这件事。

"他还给旧金山所有电视台写过信，说自己也能弯曲汤匙，对吧？"

朱迪点点头，右手捏住汤匙最细的部位。

"弯曲汤匙有几个诀窍，最简单而且最不容易被识破的，就是使用低熔点合金。"

"你说什么？"

"顾名思义，就是熔点很低的金属。相传尤里·盖勒使用的镓金属熔点只有 29.8 摄氏度，这种材质做的汤匙只要用手指稍微搓一搓就会软化弯曲。吉姆为了跟尤里·盖勒对抗，在查找弯曲汤匙的诡计时知道了低熔点合金。我猜，他就是这样想到了治疗小动物的把戏。"

"弯曲汤匙跟治疗蜥蜴是两码事吧？"

"不，其实手法是一样的。吉姆在蜥蜴的腿上插了一根低熔点合金做的针。"

他听了不禁泛起一身鸡皮疙瘩。

"从带棘刺的鳞片底下扎针，就不会让人发现伤口。吉姆就是这样用针固定了蜥蜴腿的肌肉，令其无法正常收缩。

"你们都知道变温动物的体温会随环境变化。只要把它焐在手里，或是放到太阳底下晒，蜥蜴的体温就会上升。这时扎在腿上的针熔化了，腿也就能自然弯曲了。不知道扎了针的人就会觉得折断的关节恢复了原状。当然，蜥蜴的肌肉已经被扎伤，熔化的金属又残留在体内，不可能什么事都没有。"

他以疗伤为名，实际却严重伤害了比尔。

"来到乔丹镇后，他给我们表演了不少魔术，但是很遗憾，没有一种魔术是无法解释的，这不能叫作奇迹。吉姆心里很清楚这点，所以才会死缠烂打。"

凛凛子抱怨了一句，再次发出叹息。若是外行也就算了，要让这三个人相信奇迹，恐怕是不可能的。

"不过在他们看来，是我们无理取闹，质疑吉姆的奇迹。"

易浩俊看着在地里劳动的信徒，如此补充道。

"其实我还注意到一个问题。"虽然周围没有信徒，大坦还是刻意压低了声音，"吉姆·乔丹不会是个瞎子吧？"

三人都没有露出惊讶的神情，显然是早已察觉到了。

"不清楚是不是全盲，但可以肯定视力极弱。"

凛凛子同样压低了声音回答。

吉姆展示了"奇迹"，大坦做出反驳时，他不知为何用手掌拂了一下桌面。一开始大坦以为他想拂去上面的泥土，但后来发现泥土依旧落在上面。当时吉姆究竟在做什么？

大坦指出他利用变温动物的特性作假时，吉姆提出蜥蜴的右前腿恢复了。那时，他是不是想拿起比尔向大坦展示右前腿？

只是，在大坦说话时，比尔已经悄无声息地跳到了墙上。比尔的皮肤是蓝宝石色，而天父之家的墙壁也是深蓝色，它的身体融入了墙壁，导致吉姆无法看到。他没有想到蜥蜴有可能到了墙上，才会做出在桌面寻找的动作。

"信徒们知道吉姆眼睛的事情吗？"

三人闻言，都要开口说话，但这似乎很难解释，谁也没能马上发出声音来。

"他们的认知非常复杂。"最后是朱迪先说了出来,"与其听我解释,你可能实际看看更能理解。"

他想起吉姆·乔丹也说过类似的话。

"接下来的集体采访,请大坰先生也参加吧。"

上午 10 点,大坰与三名调查团成员来到乔丹镇的学校。

墙上那一排小窗里飘出了老师讲课的声音。他看了一眼门上写着"A"的教室,三十几个孩子坐在长椅上,正百无聊赖地听课。一个长得酷似迪士尼电影里的巫师、留了一脸胡须的矮个子男人站在讲台上朗读教科书。B 班和 C 班的学生数量也差不多,加起来应该有一百人左右。

"孩子们都在这附近的五个宿舍居住,相当于学生宿舍了。"

这里本来就很不自由了,还要将小孩子局限在一个地方吗?如果是大坰,他可能会对大人大打出手。

他们又往前走了一段,进入 E 教室。这里应该是间空教室,里面没有孩子,只有四个大人。一个人是今早去南 –30 喊大坰的小白脸——内务长彼得·韦德斯潘。其余三人他都没见过。

调查团成员每天都会请三到四名信徒到这里进行集体采访。这是吉姆·乔丹认可的调查行为,干部们也十分配合。他们最开始计划的采访人数已经完成了,只是现在出不去,干脆决定多积累一点资料,所以才在超过归期五天后仍安排有采访。

"今天也劳烦各位了。"

彼得说完,就在最后一排长椅上坐了下来。他表面上是作为干部随时配合调查，实际则像是随时监视着调查团成员。

今天的采访对象有三人。脸上有疤的男性是农耕组的沃尔特·戴维斯，坐在轮椅上的男性是特殊事务组的富兰克林·帕特因，弯腰驼背、面容憔悴的女性是事务组的露易丝·雷兹纳，这些都是调查团在观察居民生活时注意到的人物。

这场采访主要由易浩俊提问，朱迪和凛凛子负责记录，不时插几句话。

易浩俊露出富有亲和力的微笑，先客套了一句"今天早饭加在粥里的芹菜很好吃"，随后问了"你做什么工作？""有没有家人？"之类的简单问题以缓解受访者的紧张情绪，接着他又问了几个比较深入的问题，比如："你为什么信奉人民礼拜会？""你对乔丹镇的生活满意吗？"曾经他揭发天主教会性暴力事件时，想必就是这样收集证词的。

大埖虽然很佩服易浩俊的采访技巧，但那三个人的回答都不温不火，毫无意外。他们像背书一样称颂了人民礼拜会和吉姆·乔丹，一个劲儿地指责盲信媒体的大众。因为这些回答过于公式化，采访俨然成了一场工作面试。

"如果乔丹镇没有了，你会怎么做？"

易浩俊提出这个问题时，他们的反应突然变了。

最先反应的是露易丝·雷兹纳。她可能不小心放松了警惕，嘴角勾起一抹微笑，但马上又控制住了表情。接着，她有点心虚地看了一眼后面的内务长官，而他似乎并没有发现异常。

如果直白地理解方才的笑容，那就是露易丝希望乔丹镇消失。也许她厌倦了无聊又不方便的生活，也许还有别的理由。

"露易丝小姐，你怎么想？"

易浩俊不动声色地问道。

"我不敢想象，我和女儿西德尼肯定会不知所措的。"

她的回答依旧像教科书上的范文。

大坿看向旁边的男性。沃尔特·戴维斯托着下巴说：

"我也一样。要是乔丹镇没有了，我恐怕会变成行尸走肉。我一点都不想回旧金山。"

他说这番话时表情如丧考妣，看起来像是真心话。

"来这里之前，你有过什么痛苦的经历吗？"

"战争。我明明是与敌人做斗争，回国后却被人扔石头，说我是虐杀婴儿的罪犯。"

"那想必很痛苦吧。"

"我告别了故乡阿纳海姆，搬到旧金山生活，但人们看我的目光还是没有改变。你知道为什么吗？"

沃尔特自嘲地笑了笑，轻抚右脸到颈部的皮肤。

"我在顺化被集束炸弹炸伤，这里留了一大片疤。你们肯定不信吧？"

大坿以为自己听错了。

"搬到乔丹镇后，这片烧伤很快就消失了，是教主大人治愈了我。"

大坿揉揉眼睛，细看沃尔特的侧脸。

他的皮肤上留有非常明显的瘢痕疙瘩。

"所以我只愿意在这里生活。"

这个男人在假装自己脸上没有疤？他的行为很幼稚，但是没有一丝犹豫。难道他真的以为自己脸上的疤消失了？

"富兰克林先生，你怎么想？"

易浩俊把话题转向了沃尔特旁边的男人。大埘心中又是一阵骚动。这个人坐在轮椅上，莫非——

"我跟他一样，出去了就活不成。"

富兰克林·帕特因的回答也一样，但没有沃尔特那般迫切。

"我跟沃尔特一样参加了越南战争，在那里待到了 1973 年。接到撤退命令的第二天，一架 UH-1B 直升机在西贡遭到袭击，坠毁在了市区。我被卷入坠机的爆炸中，两条腿都从根部截肢了。你们可能不信，我原来真的没有腿。虽然勉强保住了性命，但因为不能自由活动，身体很多地方出了问题，精神也十分压抑。"

富兰克林美滋滋地抚摸着貌似膝盖的东西。

"但是在加入人民礼拜会之后，我的双腿又回来了。你瞧，看到了吗？这不是奇迹是什么？"

他得意地扭着腰，髋关节以下却纹丝不动。那怎么看都像是插着两根套了裤子和鞋子的木棍。

"好棒啊！我看你的身体也好了不少呢！"

"那当然了。爆炸时我的头部遭到撞击留下了后遗症，会突然失明，甚至晕倒，但是现在已经不会了。"说完，他摘下头上的巴拿马帽，高兴地挠了挠头发，"多亏了教主大人，现在我已经摆脱了每日沉浸在不安中的生活。"

"不好意思，我看富兰克林先生你到现在仍在用轮椅啊！既然双腿已经长出来了，你为何还要继续用轮椅呢？"

朱迪假装不经意地指出了问题。大埘觉得他可能会恼羞成怒，但富兰克林只是骄傲地拍了拍轮椅的扶手。

"这是我的老伙计，我用了整整三年，已经离不开它啦！怎么能因为腿长出来了就把它扔进仓库里呢？我要跟它相伴到死呢！"

没了轮椅就无法生活的现实，没了轮椅也能活下去的妄想。为了让二者自洽，他竟捏造出了不存在的感情——对轮椅的依恋。

"乔丹镇有很多像他这样的人。"沃尔特马上帮腔道，"有的老人明明健步如飞，却非要拄着拐杖行走。那些被消费主义洗脑的人肯定很难理解吧。"

大坲觉得这简直是胡扯，可是沃尔特格外认真。

"很好，我们已经知道各位在这片开垦地上过上了最好的生活。"

易浩俊煞有介事地发表一番感想，结束了采访。

3

"真是胡闹。"

凛凛子还没完全关上门，大坲就躺倒在宿舍床上。

"奇迹不是应该更壮观一些，比如大海分开、死人复活这样的吗？那就是纯粹的演戏。"

"你觉得他们在演戏吗？我认为，至少他们不觉得。"

朱迪坐在长椅上，将笔记本摊开放在粗壮的膝头。

"那就是那帮人疯了。"

"如果要用医学理论来说明，就是信徒由于认知能力的扭曲，无法正确把握自己身体的伤痛和疾病症状。"

"你那只不过是换了一种文绉绉的说法。"

大坲躺在床上，摆了摆手。

"更进一步分析，信徒的认知能力扭曲可以分为两大类。"

朱迪翻着笔记本说。

"一类是像声称面部伤痕消失的沃尔特先生那样，本来能够认知到的身体损伤和变化变得无法认知。极端地说，就是视而不见的类型。这个类型中有人声称胸部的手术痕迹消失了、后颈的瘤子消失了、脸上天生的胎记消失了。非视觉方面的还有哮喘患者的咳嗽不再发作了、胃溃疡患者的胃再也不痛了，同样属于这个类型。"

"另一种呢？"

"像声称双腿重新长出来的富兰克林先生那样，认知到了本来无法认知的东西，也就是无中生有的类型。跟第一种类型不同，这个类型的人已经明确产生了幻觉。比如加压作业事故中失去的手指长出来了，因为药物副作用失去的头发恢复原状了，因为进食障碍而瘦弱的身体变回了原来的体形。除了无中生有的幻觉，还有的人声称在交通事故中撞歪的鼻子变直了，由于脑损伤无法挪动的手指能动了。"

"哪会有这么巧的幻觉？"

"无法否定，这的确是非常罕见的案例。他们并没有精神分裂症的症状，也不像是摄取了致幻剂。最不可思议的是，他们的幻觉并非个体性的，而是集体性的。"

朱迪合上笔记本，注视着虚空像是在回忆什么。

"曾经有过这样的案例。1950 年前后，曼哈顿中城住着一位大学生 A。A 与恋人 B 同居，并且一直有幻觉和妄想的症状，被诊断为轻度的精神分裂症。

"由于大学的毕业学分被扣，A 的症状恶化，声称自己的公寓有恶魔，并且能清楚看见恶魔的样子。其恋人 B 没有精神病的既往病史，并且一开始对 A 的妄想表现出了厌恶的态度，但是随着同居生活的继续，B 也开始声称自己能看见恶魔了。"

"幻觉传染了吗？"

"不仅如此，试图带 B 回家的母亲 C 在经常出入 A 的公寓后，竟然也开始向周围的人说她看见了恶魔。"

"他们该不会是聚在一起吸毒了吧。"

"不对。这种幻觉传染的案例被称为感应性精神病。WHO 给出的诊断依据是发病者互相之间有着亲密的关系，并且与其他人相对孤立。"

人民礼拜会的信徒高度依存于吉姆·乔丹，而且生活在与外界完全隔绝的环境中，恰好符合那两个条件。

"你是说，信徒们都被传染了自己很健康的幻觉吗？"

朱迪深深点头。

"这就是我目前的看法。只不过，近千名信徒都受到了集体幻想的影响，实在是有些难以置信。"

只要加入人民礼拜会，治不好的伤痛和疾病就能治好——如此荒诞的事情，在信徒们眼中竟是真实的吗？

"顺带一提，方才说到的 B 在送入精神病医院治疗一周后，就不再产生幻觉。这种类型的幻觉只要远离传染源，并跟其他人保持适度的交流，就会自然消失。我认为，这也是吉姆创造这个部落的理由。"

如果吉姆被起诉关押，或者信徒与外界人士的接触机会增多，好不容易形成的集体妄想就无法维持。正因如此，吉姆才要带着信徒远赴圭亚那，现在还要进一步搬到远离美国的地方。

"但也很难说吉姆的行动有多大的计划性。"

"一帮成年人聚在一起，成天抓着美好的妄想不松手，可真够没出息的。"

"真的可以这么说吗？"

易浩俊插嘴道。他此时环抱双臂靠在墙上，表情十分复杂。

"我的基本想法跟朱迪小姐一致，但是信徒们受到集体妄想的影响，有可能只是外来者眼中的表象。我觉得，他们应该有着自己的真实。"

"你是说，在那帮人眼中，烧伤的疤痕消失，双脚截肢了还能长出来的世界是真实的？"

易浩俊点点头。

"而且他们认为，我们这些非信徒妄想出了一个没有奇迹的世界。"

"那怎么可能？"

大坰险些失笑。他会不会过于认真听取信徒的话，反倒被绕进去了。

"那么大坰先生，你如何断言自己看见的世界就是正确的？"

"你这是歪理。就算无法证明地球上没有外星人，也不等于外星人真的存在。"

易浩俊气哼哼地直起身子，拿了放在床上的笔记本，在白色的页面上用铅笔画了两根线。

"上面的线看起来更短，对不对？"

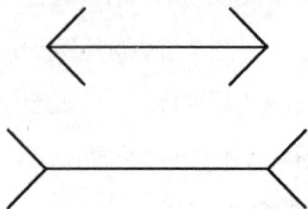

　　说着，他把笔记本转过来，只见上面的线两头画了向外的箭头，下面的线两头画了向内的箭头，这是儿童电视节目上经常看见的图形。

　　"人们发现了许多这样的错觉图，但几乎没有研究出大脑认知出现错误的理由。这就证明我们的大脑处理的信息不一定全都正确。"

　　大坰只觉得那是十分幼稚的反驳。

　　"你这种谦虚的态度很好，可是线的长度看起来不一样跟凭空长出两条腿可不能算一码事。"

　　"大坰先生觉得这不能算一码事，也只是主观认知而已。"

　　"就算客观来看，人民礼拜会的妄想也存在着决定性的矛盾。"

　　"什么？"

　　"诊所。"大坰戳了一下易浩俊的胸口，"乃木野蒜中弹后，保安队长叫人去请来了诊所的医生。如果这个部落的人没有伤痛疾病，全都健健康康，还需要诊所吗？"

　　"那是你想错了。"

　　朱迪站在了易浩俊那边。

　　"我一开始也感到困惑，后来才意识到他们虽然没有疾病和伤痛，但是会有感冒、擦伤之类的身体不适。所以，他们当然也需要看诊开药的医生。"

　　"那两种东西的界限并不明显吧？"

　　"如果按照我们的观察结果来粗略划分，对身体造成长期慢性影响、程度较重的属于前者，而放任不管也能在短期内痊愈、程度较轻的属于后者。"

　　用实际例子来说明，就是挨揍了不会骨折或者留下疤痕，但也会稍微出点血、肿个包。

"但这个划分也并非绝对。比如慢性症状中，打喷嚏和流鼻涕等症状轻微的都能得到认知，而短暂症状中的中暑和过敏性休克等重症反应则无法得到认知。如果你觉得界限不明显，那确实没错，可幻觉就是这样，谁也没办法。"

"那陵园是怎么回事？"大坝再次反驳，"乃木的尸体被安置在了陵园。这里为什么会存在那种设施？擦伤死不了人吧？"

"可能是就算没有原因，人也会死去。在我们的世界中，不也有很多上了年纪自然死亡的人吗？"

易浩俊可能觉得理亏，有点沮丧地揉了揉后颈，还耸了耸单薄的肩膀。

"我明白大坝先生的想法。他们的世界实在太完美了，可是现在可以公平地说，乔丹镇存在着两种真实。"

大坝上完厕所回到宿舍后，听见了三下敲打墙壁的声音。

"是丹特先生。"

正在看笔记本的朱迪抬起头说道。凛凛子从床上伸出手，用食指关节敲了敲墙壁回应。

调查团的第四名成员，前 FBI 特工阿尔弗雷德·丹特伪装成旧金山派来的人民礼拜会信徒的律师，潜入了教会的中枢。在身份设定上，他与另外三人从未见过面，所以即使在部落中碰见了也无法交谈。需要共享情报时，他们都会穿过丛林前往彼此的宿舍，靠敲墙联络。

"我去吧。"凛凛子跳下床说，"机会难得，大坝先生也跟我来吧。"

由于所有人都出去容易引起怀疑，他们每次都是派代表接应。

大坝跟在凛凛子后面，若无其事地走出了宿舍。他们穿过空地往东南方向前进，越过充当栏杆的钢丝线进入丛林后，看见一个 50 多岁的高大男人坐在圆形大石上，正美美地吸着茨冈香烟。那人一头白发梳成背头，戴着银边眼镜，看着就像高级酒店的大堂经理。这么一个看似很老实的人竟然是卧底特工，大树不禁有点害怕信任别人了。

"你就是专程赶来解救凛凛子的勇士吗？见到你真高兴。"

丹特叼着香烟，轻佻地递出右手。大树一下就讨厌上了这个人。

"卧底特工不是不对外公开身份吗？查尔斯·克拉克是怎么找上你的？"

他握着丹特的手问道。对方只是耸了耸肩。

"我跟那家伙有点恩怨。我接了 CIA 的委托，直到五年前一直卧底在他的石油公司，但是有一天，那家伙发现内部情报泄露了。于是他对公司员工展开了彻底的洗底调查，终于查出了我就是那个间谍。我干这行 30 多年，还是头一次被人查出来。"

丹特的掌心似乎渗出了汗水，于是大树松开了手。

"我还以为自己要被抽筋扒皮了，没想到那家伙看中我的本事，以断绝 CIA 的关系为条件放了我。从那以后，我就开始为他工作了。这次之所以潜入这么奇怪的地方来，也是为了还他的人情。"

这人行为举止虽然装模作样，但好像很讲义气。

"有什么好消息吗？"凛凛子问了一句。

"有啊。"丹特竖起食指答道，"吉姆·乔丹明天应该就会放你们回国了。"

"查尔斯先生发难了吗？"

"不对。再过两三天，有个叫里奥·莱兰德的人要到这里来。"

那个人是旧金山选出的联邦下议院议员，他最擅长以夸张的活动吸引媒体的注意，此前也做过不少深入监狱和贫民街区的实地调查。

莱兰德议员听取人民礼拜会信徒家属的陈情后，果然对这个可疑的宗教团体产生了兴趣。他在下议院设置了调查委员会，并声称："我们收到消息，这里有可能正在发生严重的人权侵犯。"显示出了近几天就要亲自调查乔丹镇的意向。

"吉姆·乔丹准备欢迎那个人吗？"

"他当然想拒之门外，但是莱兰德议员好像用取消旧金山分部的免税政策威胁了他。后来在内务长彼得的劝说下，他才无奈地接受了。"

"对方态度很强硬啊！"

"莱兰德议员就是为了对外展示自己的行动力。既然决定接受，吉姆只能欢迎他来。然后，你们就成了最大的麻烦。要是议员发现他们软禁了不是信徒的人，肯定会立刻给他们扣上侵犯人权的帽子，尤其朱迪小姐还是个知名度很高的人，最适合用来炒作话题，所以吉姆只能趁议员来访问之前放你们回国。"

不愧是卧底特工，连这么复杂的情况都把握住了。

"能回国固然很好，但我有点担心那位议员的访问。"

凛凛子抱着胳膊说。假如吉姆·乔丹是通过断绝与外界的交流来维持信徒的集体妄想，那么议员的到来恐怕会打破现在的平衡。

"我们没必要替他操心。"

丹特站起身，把香烟摁灭在随身携带的锡铁烟灰盒里。

"丹特先生的调查顺利吗？"

"无须担心。我正在抄写内务长负责保管的财务资料，还有跟校长借来的学生名册。"

"就算我们还有几天就能回国，那你呢？"

"等我把这里的情报都搞到手，就编造一个理由去美国出差，从此销声匿迹。"

丹特似乎早就打算好了，装模作样地抬起双手打了个哈欠。他的指尖碰到了多肉植物的叶片，只听见"噼啪"一声，上面掉了个东西下来。

"哇啊！"

丹特发出孩子一般的尖叫，冲出去大约 5 米，被地上的石头绊倒了，一个黑色的筒状物从他上衣内袋里掉了出来。

再看丹特方才落座的地方，石头上多出了一个碗大的蜂巢。

"喂，你怎么了？怕虫子吗？"

凛凛子弯下腰，注视着密密麻麻的蜂房。

"里面没有蜜蜂。"

"是……是吗？"

丹特以手撑地爬起来，又拾起了黑色圆筒。只见圆筒一端露出了银色的刀刃，原来是一把折叠刀。

"你带的家伙挺吓人啊！"

"防身用的，我可不想变成你朋友那样。"

你还是先买点防蜂喷雾更好吧？大埘正要冷嘲热讽，却听见凛凛子"嘘"了一声。

她右手食指抵着嘴唇，左手指向丹特身后的丛林。

大埘顺着她的手指看过去，突然听见一阵树叶晃动声，接着是啪嗒啪嗒的跑动声。他立刻冲进树丛中，无奈周围的植被过于茂密，他什么人都没看见。

"应该是有人偷听。"

因为丹特突如其来的行动，那个人不小心发出了响动。他们尝试拨开地面的树叶，但是由于地面遍布着苔藓，看不出什么脚印。

"这个地方怎么会有人？"

"不知道。可能是孩子在玩耍，也可能是大人在找什么东西。"

"等等，如果那个人听了我们的话，你这卧底的身份不就曝光了？"

如果丹特被识破，调查团的其他成员恐怕也要跟着遭殃。大坰有种不好的预感。

"怕什么？吉姆·乔丹很信任我，就算有人去告密，他也不会赶走我。"

丹特依旧一副游刃有余的模样。

4

傍晚 6 点过后，调查团的三个人一起去了食堂。

食堂旁边停着一辆中型货车，居民们在那里排起了长龙，宛如战争时期的粮食配给站。大坰他们加入了队列。

货车乍一看只是普通的旧车，但是货厢被改造成了小型厨房。以前本部在旧金山时，人民礼拜会制作过传教用的广播节目，而这辆车被用作移动直播设备，奔走于加州各地。搬迁到乔丹镇后，货车没有了原来的用途，就被接上管道，充当了厨房。

他们从货厢后方的桌子上拿了托盘，摆放好餐具。菜品只有一个，就是牛奶蜂蜜麦片汤。虽然是凉的，但没有一个人抱怨。

大坰和调查团员走进食堂找了张空桌子落座，正要张嘴咽下圆圈形状的麦片，却发现朱迪四下张望起来。

"怎么了？"易浩俊停下吃饭的动作问道。

朱迪双手放在腰的两侧回答："我的药盒不见了。吃早饭时还在的，可能是后来掉在什么地方了。"

仔细一问，原来朱迪有心绞痛的毛病，要按时服用降压药。

大富豪千挑万选的调查团成员正狼狈地寻摸桌子底下时，隔了三张桌子的黑人青年突然说话了。

"你们在找这个吗？我在那边桌子上看到的。"

说着，他晃了晃手上的透明盒子。那盒子约有香烟盒大小，盖子上写着J. R.字样，里面装着浅褐色的胶囊。

"就是这个。啊，真是太好了！"

朱迪向他道谢，青年热情地笑着说："能帮到你我很高兴。"说完他就回到了自己的伙伴身边。他看起来就是个随处可见的爽朗青年，一点都不像独立教派的信徒。

"下议院议员来了恐怕要大失所望吧！这里的人都是普通人，完全没有披着白布单焚烧十字架的狂徒。"

大埼搅动着碗里的汤说。

"反正只是做戏而已，人民礼拜会的真实面貌如何，又有什么关系呢？"易浩俊看着四周，压低声音说。

"……朱迪小姐，你没事吧？"凛凛子眨着眼睛问道。

大埼看向朱迪，发现本来就没多少的麦片还剩了一大半，她却放下汤匙，双手撑在了桌子上。

"我可能感冒了。"

朱迪以手抚额，轻声说道。她的脸色确实白得像纸一样。

"要去诊所开点药吗？"

"不用了。你们别担心，也许睡一觉就好。"

朱迪打开药盒，从写着日期的袋子里拿出胶囊。可是她正要吞下胶囊时，不慎手上一滑，药就这么"啪嗒"一声落进了汤里。这里气温明明不低，她的手却明显在颤抖。朱迪无奈地叹了口气，用汤匙捞出胶囊，就着杯子里的水喝了下去。

"今天大家都早点休息吧。"

易浩俊像班主任一样说道。大垪双手捧起炖锅形状的碗，一口喝干了汤，然后将餐具和托盘送回厨房，跟其余三人一道走向南 -30。

他看着低头走路的朱迪，突然觉得有些奇怪。因为她不只是脸色不好，似乎整个人都变样了——这会是错觉吗？

大垪假装关心她的状态，暗自观察了一会儿，很快就抓住了异样感的源头。她胸前竟是空荡荡的。

不知什么时候，那个绿松石吊坠不见了。

*

醒来时，眼前是一片黑暗。

外面隐约传来不知什么动物的鸣叫声，还夹杂着好几个人的鼻息声。手表显示现在是 9 点 55 分。若是平时，此刻正是他喝掉四五罐啤酒的时间，但是由于身处异乡，又极度疲劳，感觉一躺下就能睡着。

他正打算闭上眼，总算察觉了自己醒来的原因。

有点尿急。

晚饭喝了那么多汤，膀胱正在发出抗议。

他缩着脖子站起身，打开门走出了宿舍。潮湿的空气扑面而来，天空隐约传来了云层流动的声响。兴许是要下雨了。

周围的宿舍都没有亮灯。他借着月光穿过居住区走向厕所，每一步的响动都显得异常夸张。

钻进低矮的小屋后，他关上了门。这里装的是手排式马桶，散发着浓烈的臭气。他憋着气排空了膀胱，忍着肺部的痛苦逃也似的打开了厕所门。

"不好意思。"

他吓得心都蹦到了嗓子眼儿。

看向声音的来源，只见一个眼熟的女人躲在屋檐底下。那是今天在学校采访过的其中一人——露易丝·雷兹纳。大坜记得她顶着一副放弃一切的表情，从头到尾都在说唬人的话。

"干……干什么啊——"

"请你安静点。"

露易丝说着，把手插进外套口袋，拿出了一张对折的纸片。他细看之下，发现这人竟是一副快要哭出来的神情。见大坜接过纸片，她就一言不发地看了看四周，然后跑进了黑暗中。

大坜觉得莫名其妙，下意识地打开了字条。上面是一行马克笔写的小字。

请带我们离开这里。

远处传来了雷声。

第二日：1978年11月16日

◆

法拉利轻快的鸣笛声震动了鼓膜。

床头的时钟显示现在是7点8分。这司机一大早的可真性急。他坐起身，脱下被汗水浸湿的睡衣，拿起水杯喝了一口水，把口香糖放进口中，又将撕下的银色包装纸扔进垃圾桶。拉开窗帘，湾区热闹的风景跃入眼帘——这一切，都是假的。

眼前只有混杂着泥土和雨水，丝毫感觉不到文明气息的令人窒息的开垦地风景。震动鼓膜的并非鸣笛声，而是白钟伞鸟聒噪的叫声。

乔丹镇内务长彼得·韦德斯潘扪心自问：我为何来到了这种蛮荒之地？是因为没有反对搬到圭亚那创建乌托邦的疯狂计划吗？可是一旦接受了人民礼拜会的信

仰，就不再拥有反对教主的选项。那么，是不是不要相信那个可疑的男人就好了？后悔很简单，可是对七年前的自己而言却不可能。

唯一的后悔机会，便是那个夜晚——得到在俱乐部认识的那个大叔的邀请，去参加派对的夜晚。换言之，这都是自作自受。后悔也来不及了。

他挠了挠凌乱的头发，轻触右眼眼睑，眨巴了一下眼睛。就为了这个连刚出生的婴儿都会做的眼睑的开合动作，彼得把生命都献给了人民礼拜会。

他听见有人走上了门前的台阶，紧接着便是敲门声。应该是事务员来送早餐了。

乔丹镇的居民大多住在奴隶船舱一样的宿舍里，每天早、晚集中到居住区中央的大破房子里吃饭。唯独吉姆·乔丹和几名干部能够居住在拥有隐私的地方，也能在住处用餐，每天早上 7 点和傍晚 6 点，都会有人来送饭。

彼得抽出纸巾吐掉没嚼多久的口香糖，又用手指理了理头发，转动锁扣打开了门锁。

"早上好。昨天下了好大的雨啊！"

事务员妮可·费舍尔微笑着递出了放着早餐的托盘。他的发型宛如头上顶了一只死猫，耳垂还挂着朋友送的银耳环。这种脑子不怎么聪明，但是开朗可爱的小姑娘在市中心随处可见。

彼得头一次遇见妮可时，她还在渔人码头的酒吧打工攒学费。记得她曾说，今后想考到加利福尼亚大学攻读医学遗传学。先不说她的梦想有多现实，可以肯定的是，她的未来有着无数的可能性。

但是妮可选择了一条舍弃未来的道路，她把所有存款都捐给人民礼拜会，还搬进了乔丹镇。她被那个异想天开的骗子蒙骗了，就算那个男的要她吃屎，她可能也真的会去吃。这已经不只是令人无语，更是叫人觉得可笑了。

"谢谢。今天肯定也很热吧？"

彼得勾起嘴角，违心地问候道。七年了，他一直在扮演性格清冷的男人。他没有资格说妮可，因为他也是一丘之貉。

他目送妮可走向隔壁那位新任律师的房间，转身放下托盘，关上了房门。

今早只有一碗生菜叶子配廉价麦片的沙拉。配餐堪比酒店的客房服务，关键的菜品却如此简单。每天早上吃着这些东西，他都有种肠子悔青的感觉。

八年前，也就是 1970 年的春天，彼得从法学院毕业，并取得了加州的律师从业资格，在奥克兰一家面向法人的律师事务所谋得了工作。翌年，他参与了港口扩建工程的迁移交涉工作，从州政府赢得了历史最高的补偿款。彼得一跃成名，许多知名企业纷纷来找他做代理工作。

那年末，大街小巷开始沉浸于圣诞氛围时，彼得受到经常光顾的俱乐部主事人的邀请，参加了奥克兰大酒店举办的派对。会场聚集了众多政治家、企业家、医生、大地主，还有不知来历的富豪。舞台上站满了主办方特意从仓库街带来的各色美女，其中明显混杂着尚未成年的少女。

零点一过，那帮老男人陆续带着女人进了房间。

彼得在主事人的劝说下，也带了一个十几岁的少女走进大床房。少女酩酊大醉，进屋后仍旧不停地对瓶喝威士忌。仔细一看，不知是不是被谁打了，她的右眼肿得像塞了个高尔夫球。

彼得他们轮番欺侮了少女，最后少女全身痉挛，抽搐呕吐，并被呕吐物噎住了，渐渐没了声音。

那帮老男人这时才意识到事态的严重性，赶紧去别的房间拽来了正在享乐的医生。医生清除了少女咽部的呕吐物，并尝试心肺复苏，但她再也没有恢复呼吸。

这帮老男人陷入了恐慌，要躲过酒店工作人员搬出少女的尸体肯定不可能，必须有人站出来顶罪。可是，谁会抽到那个下下签呢——

在一触即发的气氛中，主事人安排彼得先行离开了现场。他慌忙穿上裤子，系好领带，若无其事地走出了酒店，然后在停车场坐上法拉利，踩下油门。

现在回想起来，他真是太天真了。他在一群老狐狸中间，就像个不谙世事的傻小子。恐惧、后悔、绝望、兴奋，这些情绪麻痹了他的反射神经。彼得尚未开出两百米，就转向失误一头撞进了酒店的大堂。

等他恢复意识，已经是八天之后。彼得躺在加州大学旧金山附属医院的病房里，脖子有点轻微的疼痛，但好在没受重伤，而且医生告诉他，略有衰退的四肢力量也能在几天的复健后恢复正常。

两天后，他感到了异样。右眼异常干涩，喝水时唇角会漏水，表情无法正确地反映心情。他意识到自己的半张脸瘫了，右眼已经发作了严重的角膜炎。

彼得接受了面部神经移植的手术，额头、脸颊和嘴角总算恢复了过来，但是他的眼睑还是一动不动。

他站在洗手池前注视着自己扭曲的脸，不知为何竟与少女的脸重叠在了一起。那个右眼高高肿起，像是塞了高尔夫球的少女的脸。这是她降下的惩罚吗？心虚的猜测一直盘踞在他心中，迟迟没有消散。

为了与过去诀别，彼得走遍了加州的大学医院和医疗中心，但无论去到哪里，医生的回答都一成不变。既然神经移植没有效果，那就再也没有别的办法了。他只能一辈子顶着这张瘫痪的面孔活下去。他服用过增强自愈能力的营养剂，也接受过可疑气功师的治疗，但眼睑始终无力地下垂着。

就在那时，在旧金山当汽车修理工的伯父给他介绍了刚从红木谷搬过来的人民礼拜会。据说有很多人只是去参加了集会，就治好了伤痛和疾病。他觉得这都是唬人的，但也因为走投无路，最终去教会看了看。

奇迹果然存在。

他在听吉姆·乔丹演讲时，眼睑竟然能动了——这种事情当然没有发生。不过在听了讲解员的推荐，到教会宿舍住了一个星期后，眼睑真的一点一点恢复了功能。

彼得当然不是白痴，他知道这种事不可能发生。尽管如此，原本一动不动耷拉着的眼睑真的能动了——至少彼得真的感觉到了。

"丹特先生，你没事吧？"

外面传来妮可·费舍尔的声音，接着是咚咚咚的敲门声。

彼得住在干部宿舍中间的北 –2 房间，两周前，一个名叫阿尔弗雷德·丹特的律师住进了他右边的北 –3。妮可刚才敲的便是那扇门。看来她去送早餐时，里面无人回应。

他突然陷入了现实与梦境相融的感觉。

昨天深夜，他听见了奇怪的响动。男人的叫声，还有人倒在地上拼命翻滚的声音。那真的是梦吗？他无数次在梦中听见那个少女的声音，但从未听过男人的声音。那也许是现实。

记忆接二连三地被唤醒。听见响动后，彼得迷迷糊糊地看了一眼时钟。当时是 11 点 40 分。丹特会不会在那一刻遭遇了意外？

他感到一阵躁动，忍不住走出门去，看见另一边北 –1 的保安队长乔瑟夫·威尔逊也走了出来。想必妮可的声音也传到了相隔一个宿舍的他那里。他唇边沾着一点牛奶，应该是刚刚还在吃麦片。

"那个，丹特先生一直不出来。"

妮可紧张地说道。她托盘上的松饼碟子咔嗒咔嗒抖动个不停。彼得与乔瑟夫各自锁上房间，走向北 –3。

"这家伙的早餐怎么不是麦片？"

乔瑟夫看着丹特的托盘，多余地问了一句。妮可抖得更厉害了，辩解一般说道：

"是他吩咐送点别的东西，丹特先生说他吃不了麦片。"

彼得拧了一下北 –3 的门把手，还拽了一下窗户，两边都上了锁。窗户上嵌着厚重的磨砂玻璃，看不见里面的情况。

"昨天夜里是不是有人叫了一声？"

乔瑟夫也试探着门窗，同时问了一句。原来这家伙也听见了丹特的喊声。

"可能是从床上跌下来撞到头了，又或者是心脏病发作。"

乔瑟夫既没有肯定也没有否定，只是耸了耸肩。他似乎想说，这件事该由内务长来定夺。

宿舍没有备用钥匙或万能钥匙，这里也没有人懂得开锁，他们能做的只有一件事——

"打碎窗玻璃吧！"

命令妮可返回宿舍后，彼得与乔瑟夫前往武器库，扛着 M1903 走了回来。

"我可真砸了？"乔瑟夫最后问了一句，确认周围没有信徒后，举起枪身砸向玻璃。窗玻璃像遭到了攻城锤的击打一样，顿时出现了同心圆形状的裂缝。乔瑟夫对准圆心又砸了一下，玻璃彻底碎裂，出现了一大块破口。

"这……"

乔瑟夫呆呆地嘀咕了一声。彼得透过破口看向屋内，同样发出了惊呼。

一个男人倒在了进门半步的地方，周围已是一片血泊，他手上抓着的，好像是雨衣，他穿着衬衫的背部有好几道伤口，脑袋边上则掉落着染血的匕首。

无须细看，那人肯定是死了。既不是磕到头，也不是心脏病发作。事情比他们猜想的麻烦许多。

阿尔弗雷德·丹特被谋杀了。

"也许凶手还藏在里面。"

保安队长乔瑟夫说了句称职的话，接着从破口处伸手进去。

他拨开窗锁，爬进了房间。彼得也紧随其后。他们检查了衣柜内部和床底下，却没有发现凶手的踪影，门窗上也没有动过手脚的痕迹。

"所以是有人捅死了他，然后锁上门走了，对吧？"

乔瑟夫看着尸体说。

"不，"彼得看着鞋柜，摇了摇头，"不可能。"

乔瑟夫诧异地看着彼得，继而顺着他的目光看向鞋柜，最后惊呼一声。

那里摆着不应该存在的钥匙。

1

他从床上撑起身子，只觉得两眼又干又痛。

手表显示现在是 7 点 12 分。他平时睡觉的时间至少是现在的两倍，但是因为下大雨，他睡得不太安稳。明明已经醒了，他还是觉得恍恍惚惚，像在做梦一样。

"朱迪小姐，你怎么样？"

易浩俊给朱迪递了一杯水。

"我好多了。"

朱迪朝他竖起了大拇指。正如本人所说，她的脸色好多了，而且似乎比易浩俊和凛凛子起得还早，此时已经穿戴整齐。

"你要出门吗？"

"有信徒邀请我去喝茶，定的是 10 点钟在 E 教室，所以我打算早点儿吃早饭。"

不愧是大名人，连这里的人都很喜欢她。

"这次茶话会上，我也许能听到一些采访中听不到的话。要是有值得关注的，我会告诉你们。"

朱迪说到这里，突然按着左胸愣怔了片刻，但很快摆摆手跟他们道别，走出了南–30。

他咬紧牙关咽下了哈欠，顶着沉重的脑袋探出床外，发现窗户开了一条缝。

"那扇窗不能关上吗？雨声太吵了，我都睡不着。"

"不好意思，我好像有点幽闭恐惧症。"

易浩俊内疚地缩了缩脖子。大坰正要抱怨几句，却听见凛凛子冷静地开口道：

"不用在意这个了吧？如果丹特先生的猜测没错，我们今天就能离开了。"

易浩俊闻言，抚着胸口长出了一口气。

"话说，昨晚有人给我塞了个奇怪的东西。"

大坰从口袋里掏出了对折的字条。凛凛子和易浩俊轮流看了看。大坰告诉他们，是露易丝·雷兹纳等在厕所门口，把字条塞给了他。

"露易丝小姐遇到什么事了吗？她昨天接受采访时好像也瞒着什么。"

易浩俊挠着鸟窝一样的头发，在房间里踱起了步子。

"要不要问问她？"

"不行。"凛凛子生硬地说，"露易丝小姐专门找了没人的时间把信塞给你，证明她不希望被别人知道。我们不应该贸然接触她。"

大坰想起了她宛如逃跑的背影。

"那该怎么办？"

"首先想想这张字条透露了什么信息吧。"

凛凛子把字条压在墙上抚平了皱褶。文字内容很简单，只有一句话："Please get us out of here."（请带我们离开这里。）

"我比较在意的是，露易丝小姐为什么在这个时候塞字条。我们三个人早在两周前就住进了乔丹镇，她应该有的是机会搭话或者塞字条。可是，她为什么要到现在才向我们求助呢？"

"也许是经过昨天的集体采访，觉得我们值得信任吧。"

"应该有这个原因，但恐怕不是全部。露易丝小姐没有写'救救我们'（help us），而是写了'带我们离开'（get us out）。这看起来就像是她知道我们很快就要离开乔丹镇了。但是连我们都没有得到正式的通知，作为一个普通信徒，她又是怎么知道的？"

"哈哈，我知道了。"大埘一拍手，"偷听我们跟丹特交谈的人就是她。"

大埘指的是昨天下午在丛林中与丹特碰面的事情。丹特被蜂巢吓得连连后退时，他们听见了有人跑开的声音。想必那个人就是露易丝。

"我也认为是这样的。正如易先生所说，露易丝小姐通过昨天的采访，应该对我们产生了信任。于是她在工作时不动声色地观察我们，发现我跟大埘先生离开南-30 走进了丛林。她觉得奇怪，就跟了过去，得知新来的律师跟我们是一伙的，而且调查团马上就要被放走。于是她产生了一个想法，希望跟我们一起走，这才做出了塞字条的行动。"

"她为何这么想离开乔丹镇？"

"这个从文字中也能看出来。你们看这句话的宾语不是'我'（me），而是'我们'（us），证明她并非一个人，而是想跟别人一起逃离乔丹镇。那会是什么人呢？这个不问她可能无法断言，但是按照常识推测，很有可能是家人。她在采访中提起过自己的女儿。乔丹镇规定孩子必须住在孩子专用的宿舍，所以我猜测她应该是无法忍受跟女儿分开的生活。"

"哦，原来如此……"

易浩俊感慨地摸了摸脸，突然瞪大眼睛看向大埘。他的表情似乎在说：不是你才是老板吗？

就在那时，门突然被粗暴地推开了。三个男人不打招呼就走了进来，他们分别是内务长彼得·韦德斯潘、保安队长乔瑟夫·威尔逊，以及击杀了乃木的保安拉里·莱文斯。

"你……你们突然闯进来干什么？"

不等易浩俊说完，M1903黑洞洞的枪口已经对准了他。那把枪好像是匆忙之中拿出来的，上面还粘着枯叶。

"各位一直在欺骗我们啊！"

乔瑟夫语气平淡地说道。

"你到底在说什么——"

"我在说丹特先生。"

彼得看向凛凛子，拉里的枪口也转向了她。

"阿尔弗雷德·丹特是你们的同伙。他伪装成旧金山派来的人民教会信徒，为的是窃取我们的情报。我说错了吗？"

他们当然不能承认，必须想办法蒙混过去。然而易浩俊嘴巴一张一合，什么话都说不出来，连凛凛子都沉默不语。

不过话说回来，丹特为什么暴露了身份？昨天他还游刃有余，这是出了什么岔子？

"我们从他的行李箱里发现了他私自抄写的教会财务资料和儿童名单。"彼得似乎看出了大埘的想法，继续说道，"本来我们不会搜查律师的行李，但是这次情况特殊。"

"情况特殊？"凛凛子皱起了眉。

"阿尔弗雷德·丹特先生被谋杀了。"

枯叶从M1903的枪身落下，上面布满了虫蛀的孔洞。

三人被彼得、乔瑟夫和拉里带出去，走向天父之家。只要一放慢脚步，拉里的枪口就会顶到背上，这让他很担心自己随时会落得个内脏飞溅的下场。

"进去。"

彼得打开电子锁，拉里把他们三个推了进去。屋里窗帘开着，空调的温度也挺高。看来昨天那情况真的是为变戏法准备的。

"我对你们很失望。"

吉姆·乔丹靠在高背椅上，直白地开口道。也许是没时间涂脂抹粉，他的脸色很差，像病人一样。

"我欢迎你们来到这里，可你们却选择了恩将仇报。"

"关于这件事——"

"本来我应该亲手降下制裁，但你们不过是受聘之身，把你们困在这里，是我过于愚蠢，所以请你们立刻离开乔丹镇。"

虽然真正的原因是莱兰德议员的来访，但是只要能离开乔丹镇，他绝不会多说一句话。大坜正要带头离开房间，凛凛子却开口道：

"我想问清楚一件事。"

听到这里，他真的想踹这姑娘一脚。

"丹特先生的确伪造身份潜入了人民礼拜会，但他跟我们一样，都是查尔斯·克拉克聘请的调查团成员。我们明知他的身份，却没有告知，我为此向你道歉。"

"你们已经失去我的信任了。"

"那我就直说了，是你杀死了阿尔弗雷德·丹特先生吗？"

这家伙不要命了？果不其然，拉里·莱文斯一把抓住凛凛子的头发，把她按在了桌子上。

"你胆敢侮辱教主——"

"我不是凶手。"吉姆平淡地回答道。

凛凛子灵巧地调动着被死死压住的面部肌肉，继续说道：

"那就意味着杀死丹特先生的凶手潜伏在这里。如果我们就这么返回纽约，查尔斯先生一定会询问丹特的行踪。遗憾的是，我们只能这样回答：他被人民礼拜会的人杀了，但是凶手身份不明。"

拉里横着 M1903，枪口对准凛凛子的咽喉，厉声道："闭嘴！"

"所以我有一个提议。你能让我们调查这个案子吗？"

由于咽喉被顶住，凛凛子的声音就像濒死的老人。

"你在威胁我？"

"如果你觉得这是威胁，那我道歉。丹特先生是我们的伙伴，请允许我们查出杀害他的凶手。"

"我拒绝。"

"教主大人，"内务长彼得·韦德斯潘插嘴道，"到昨天为止，我已经旁听了十二次集体采访。他们并不否定我们的信仰，并且十分尊重我们的信徒。我认为，不该把他们与胡编乱造的报社记者和电视台采访团混为一谈。"

吉姆像乌龟似的缩了缩脖子，宛如视力正常一般注视着彼得的脸。

"他们欺骗了我，这个事实无法改变。"

"教主大人说得没错。可是如果就这么赶走他们，也许会引来不必要的麻烦，因为——"

彼得越过窗户，看向干部宿舍。

"丹特先生遇害的房间上了锁。钥匙只有一把，放在房间里。教主大人您说人不是您杀的，信徒恐怕不会相信。他们应该会想，欺骗人民礼拜会的丹特先生遭到了天谴，不，遭到了教主降下的天谴。因为在这个乔丹镇，能制造奇迹的人只有一个。"

他注意到吉姆的脸色阴沉下来。

"如果放任不管，教主大人就会遭到冤枉。要防患于未然，只能请他们找到真凶。"

流云掠过，阳光洒落房间。

吉姆像是避开光线一般垂下头，肩膀微微颤抖。

"现在几点？"

"7 点 55 分。"

彼得掏出怀表看了一眼。

吉姆缓缓抬起头。

"三个小时。"

他一字一顿、咬牙切齿地说。

"11 点钟派车开往凯图马港。在此之前，要他们找到杀死阿尔弗雷德·丹特的真凶。"

2

"你不想早点回日本吗？"

一走出天父之家，大坰就追问道。

"当然想回去啊。可我不能扔下丹特先生的案子不管。"

她终究是说出了小说里侦探角色的台词。

"逞什么强，万一变成'最后一案'怎么办？"

"也只能在发展到那个地步之前查出真凶了。"

"现在离开乔丹镇，相当于抛弃了给我们塞字条的露易丝小姐呢。"

易浩俊面不改色地支持了凛凛子。他刚才在天父之家一句话都不说，怎么现在如此恬不知耻？

"没时间了，赶紧去现场吧。"

吉姆任命的陪同人员彼得·韦德斯潘带头走向离开天父之家后左手边的干部宿舍，其余三人紧随其后。

干部宿舍是狭长的排屋造型，三个房间连成一排。房间门上都贴着门牌，从左边的北-1到右边的北-3。现在北-3的窗户破了，能看见里面的床和地板。

他们刚走到那里，就见北-3的门开了，里面出来一个眼熟的女人。那是乃木中枪时被乔瑟夫喊过来的医生——洛蕾塔·沙克特。她抬着担架一头，正要运走尸体。

彼得走过去说明了情况，沙克特医生点头知会，翻开了覆盖担架的被单。

丹特的脸满是血污，原本梳成背头的白发凌乱不堪，镜片也裂开了。可见他受伤之后痛苦挣扎了很长时间。

他的伤在背后，看得出是隔着衬衫制造的。因为衬衫和皮肤都被割得一团糟。涌出的血液从头流到了大腿。易浩俊一阵作呕，把昨天吃的麦片全都吐在了草丛里。

"凶器应该就是房间里的匕首。尸体被伤的伤口都与刀刃的宽度一致。"

沙克特医生简洁地说明道。她的态度让大坰联想到了每个初中班级都能见到的、跟一切琐事保持距离的优等生。

"能看出死亡时间吗？"大坰问。

"尸体发现时已经感觉不到体温，血液也凝固了，从四肢僵硬的程度来判断，死亡时间应该是 7 到 9 个小时前。"

"所以遇害时间是昨天晚上 11 点到今天凌晨 1 点之间，对吧？"

"你说得没错。"彼得插嘴道，"不过他被杀的确切时间应该是 11 点 40 分左右。"

"你怎么知道？"

"我就住在隔壁的北–2，昨天夜里听见了丹特先生的叫声。当时我迷迷糊糊地看了一眼时钟，显示的就是 11 点 40 分。"

他说的时间符合沙克特医生的推测，应该就是确切的死亡时间了。

"现场有这么多血，凶手很可能被血液溅到了。当时虽然是深夜，但也不能排除目击者的存在。能请你向信徒们询问，昨晚是否有人看见了可疑人物吗？"

"我这就叫手下去确认。"

彼得拿起挂在腰间的对讲机，走到离担架几步远的地方通话。隔了大约两秒钟，沙克特腰间传出了彼得伴随着杂音的声音。看来她的外套底下也有一台对讲机。

说了约莫两分钟，彼得收起了对讲机。

"我安排下去了，有消息就会报上来。"

凛凛子对彼得道过谢，又对扶着担架的沙克特医生欠身行礼，告诉她已经看完了。沙克特医生叫住正好走出了天父之家的拉里·莱文斯，二人抬起担架，把尸体送去了陵园。

"丹特先生是在这里倒下的。"

彼得打开北–3 房门，斜着身体让他们能够看见里面。门口的地板上有一大片血迹。

这个房间面积大约 15 平方米，入口布置得很简单，一开门只有一块化纤地毯和一个木制鞋柜。进门右手边是床，正前方是铝材书桌，左手边是嵌入式衣柜。房间左侧的一整面墙壁都是镜面，另外三面则是木板。地上铺着淡红色的瓷砖。这里的装潢比大埼他们住的宿舍豪华许多，但是风格缺乏统一感，给人一种廉价的印象。

血泊之上掉落着一件宽大的雨衣，据说丹特死时紧紧抓着它。雨衣的尼龙面料还带着一点潮气，可以推测他昨天穿着这件衣服出去过。除去上面沾染的血迹，雨衣没有异常之处。

窗边的墙上贴着吉姆·乔丹的海报。那是他在马丁·路德·金人道主义奖颁奖典礼上发表讲话的照片，大埼在飞机上看报纸时看到过许多次。这想必是丹特为了伪装成人民礼拜会的信徒特意贴上的，不过要是在大半夜猛地看见，感觉会吓一跳。莫非这海报后面有什么秘密通道？他满怀期待地撕开了一个角落的胶带，却发现墙面上只有虫蛀的小洞。

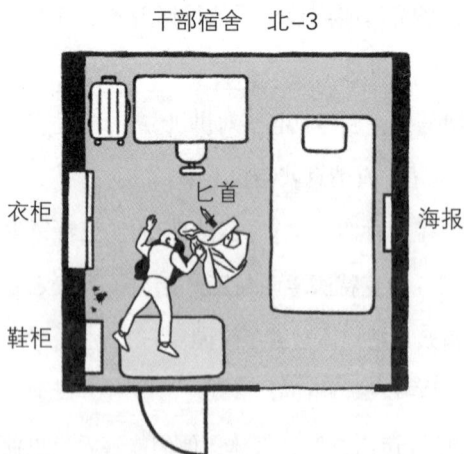

干部宿舍　北-3

彼得穿过房间，拿起桌上卷成筒状的毛巾，解开后发现，里面赫然出现一把带血的匕首。

"这就是刚才沙克特医生说的匕首，发现时掉落在尸体旁边。"

那把匕首很眼熟。黑色圆筒的一段伸出了银色的刀刃，正是昨天在丛林碰面时，丹特受到蜂巢的惊吓，不慎掉落的折叠式匕首。

"这是他用来防身的匕首。"

凛凛子也发现了。

彼得罕见地扬起了眉毛，握着拳头在肚子上比了个切腹的姿势："他难道是自杀？"

"不。丹特先生的死因是背部遭到反复戳刺。自杀的人不会刻意去刺自己的后背，而且那也无法解释你们两位听到的惨叫声。"

"那有无可能是故意用了貌似他杀的手段，把自杀伪装成他杀？"

"那他就不应该用自己的匕首。可以推测，凶手出于某种原因与丹特先生发生争执，其间丹特先生掉落了匕首，凶手将其拾起，并从后方刺死了丹特先生。"

彼得不好意思地放下了比画切腹的手。

"是谁发现的尸体？"

"我和保安队长乔瑟夫·威尔逊。不过最先发现异常的是事务员妮可·费舍尔，她昨天负责给干部宿舍送早餐。"

妮可送来的早餐托盘还摆在北－3 的窗前，上面放着一沓松饼。原来丹特吃不了麦片，因此厨房特意为他准备了这个。

"乔瑟夫听到她的声音，察觉异常后走到北－3，发现门窗都上了锁。"

"我问个问题，"凛凛子生硬地说，"你们两位走出房间时，都锁上了门吗？"

"是的，我锁上了。因为教主大人经常提醒我们要随手锁门。乔瑟夫应该也锁上了。"

"为保险起见，能请你问问乔瑟夫先生吗？"

大坰不太明白凛凛子这么问的意图，彼得倒是二话不说就拿起了对讲机，把问题转达给乔瑟夫。乔瑟夫的回答跟彼得一样，二人出门后都锁上了房门。

"谢谢你。"

凛凛子没有做任何解释，而是让他继续往下说。

"我们让妮可离开后，从武器库拿了步枪打碎窗玻璃，接着就发现丹特先生浑身是血地倒在地上。他的房间钥匙就摆在鞋柜上，凶手却不在屋里。"

换言之，杀害现场就是一个密室。正如彼得在天父之家所说，人民礼拜会的信徒得知这件事后，必定会认为那是吉姆降下的天谴。

"能让我看看钥匙吗？"

凛凛子提出要求后，彼得拿起桌上的钥匙递了给她。

"干部宿舍的钥匙每个房间只有一把。我们打破窗户探头查看时，就发现钥匙放在鞋柜上，所以不可能是乔瑟夫进屋后偷偷放上去的。"

凛凛子拿着钥匙翻来覆去地打量了好一会儿。那就是一把黄铜制成的普通钥匙。大坰替她问了下去：

"发现尸体后，你们做了什么？"

"我用对讲机联系了沙克特医生，乔瑟夫则跑去通知了教主大人。最先到达现场的是教主大人。他听我们说明情况后，下令检查丹特的行李。我们搜查了书桌抽屉和行李箱，然后在他行李箱的盖子内侧发现了这个东西。"

彼得从桌边的行李箱中拿出了笔记本。翻开中间的页面一看，上面密密麻麻地写着乔丹镇学校就读儿童的姓名、年龄、出生地、信仰程度、父母职业、父母捐款金额等信息。这跟凛凛子四年前拿到的圆内神道的名单如出一辙。

"教主大人一直很怀疑丹特先生的身份，昨天 10 点半过后还把他叫去了天父之家，向他打探与前任律师交接的情况。话虽如此，他还是没想到丹特先生竟然是间谍，所以当我汇报了笔记本的内容时，教主大人非常吃惊。"

丹特发出惨叫的时间是 11 点 40 分，那就是说，在案发大约一小时前，吉姆·乔丹见过丹特。

"然后，教主大人命令我们把各位带到天父之家，于是我和乔瑟夫，还有在食堂门口碰到的拉里·莱文斯一道去了南–30。后面的事情，你们都知道了。"

后面的事情，就是拉里拿枪指着大坿、凛凛子和易浩俊，把他们押到了天父之家。

凛凛子若有所思地走出房间，把钥匙插进锁孔。"咔嚓"一声，房门侧面的锁舌弹了出来。

"看来也不是其他房间的钥匙。"

"很遗憾，这里既没有备用钥匙也没有万能钥匙。虽然可以配钥匙，但是这片开垦地既没有材料也没有掌握这项技术的人。"

大坿仔细打量了锁孔，上面并没有插入铁丝开锁的划痕。

"有无可能是在外面锁了门，再想办法把钥匙弄到室内？"

易浩俊咬着手帕说道。他似乎还在强忍着恶心。

"能有什么办法啊？"

"用细线做成滑索，从底下的门缝把钥匙弄到鞋柜上。"

好简陋的诡计。

"应该不行。"大埘关上房门，证实上下都没有缝隙，"你瞧！"

书桌左上方有个换气口，但也用双重铁丝网覆盖着，没有塞钥匙的缝隙。

"彼得先生，你们发现尸体时，门真的上锁了吗？"易浩俊坚持道，"会不会是门被什么东西卡住了推不开，你就误以为是上锁了？"

"我进屋后马上查看了房门，没有卡住任何东西，窗户也一样。"

"那会不会是你们进入房间时凶手就躲在里面，然后趁你们不注意逃走了？"

"我们检查了床底下和衣柜里面，没有发现人。"

"会不会瓷砖底下有秘密通道——"

"没有。正如你所见，这座房子的做工比业余木匠的手艺强不了多少，怎么可能会有密道？"

大埘和易浩俊很快就想不出更多可能性了。再看凛凛子，她正忙碌地拨弄着手上的念珠，口中念念有词。

"我问个比较琐碎的问题，你们发现尸体时，钥匙就在鞋柜上没错吧？我刚才要求看钥匙时，你是从书桌上拿起来的。究竟是谁动了钥匙？"

彼得歪着头想了想，然后恍然大悟地一拍手。

"调查房间时，乔瑟夫不小心踢到鞋柜，震落了钥匙。虽然没有沾上血迹，但是为了避免重蹈覆辙，他就把钥匙放在了远离尸体的书桌上。"

凛凛子松开念珠，呢喃道："原来如此。"

"你想到诡计了？"易浩俊兴奋地问道。

可是大坍觉得不管钥匙原本放在什么地方，都不可能从外面锁上房门。

"我排除了一种可能性。要是再有一点线索就好了——"

凛凛子嘀嘀咕咕地说着，垂眼注视地上的血泊。她突然发出疑问的声音，弯腰仔细查看衣柜门。

"这里的血迹连不上呢！"

衣柜高度约为 1.7 米、宽约 50 厘米。跟左右两边的墙壁一样，双开式柜门也贴着镜面。仔细一看，柜门下方溅上了血迹，而正如凛凛子所说，两扇门的血迹不是连贯的。左边的血迹向上错开了大约 3 厘米。

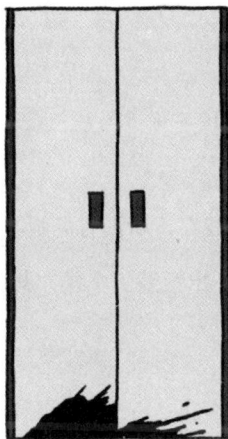

"这可有点意思了。"

凛凛子抓着门又开又合，一脸不可思议地观察着衣柜。左右两扇门分别被上下两个铰链固定，螺丝上得很紧，没有被拆卸过的痕迹。

再看衣柜内部，与头同高的地方架着一根横杆，上面挂着一个衣架。凛凛子又仔细观察了衣柜的侧面和底板，没有发现任何痕迹。

"原来如此。可能性已经大幅缩小了。"助手把上司扔在一边，意味深长地说，"还差一点就能找到答案了。"

他们突然听见类似收音机噪声的响动。彼得拿起腰间的对讲机，走开几步说话。

"找到目击证人了吗？"

易浩俊略显兴奋地说。如果真的找到了，案子就能立刻解决。彼得朝着对讲机答了一声"知道了"，然后转向大埘等人。

"没有人目击到凶手，但是有人昨天深夜看见丹特先生像是在逃离什么。"

3

手表指向 9 点 30 分，离约定的时间还有 90 分钟。

身长跟乌鸦差不多的飞蛾在头顶欢快地飞舞。大埘心情烦躁地等待着目击证人，只见一个年龄在 30 岁上下的女人东张西望地走进了食堂。

"那个……打扰了。"

女人看见彼得，犹犹豫豫地开了口。彼得问道："有事吗？"看来她并不是目击证人。

"请问你知道洛蕾塔·沙克特医生在哪里吗？我在诊所没看见她。"

她看起来魂不守舍的，说话声也很呆板，听不出情绪。不仅如此，她还气喘吁吁，浑身大汗，像是刚出去淋了一场雨。

"她去陵园了，应该很快就回来。你怎么了？"

"不不不，没什么。"

她摆着双手，实际却是一副很严重的模样。话虽如此，真正摆动起来的只有左手，因为她右手手肘以下被截肢了。

经过昨天的集体采访，大埘再一次仔细观察乔丹镇，终于发现了一件事。这个部落的居民大多数身体有伤疤或缺陷，有的表现出了患病的症状。只需要粗略一看，就能看出每三四个人中便有一人身体有问题。也许他们都是为了得到人民礼拜会的恩宠——或者说幻觉，才聚集在了一起。

女人像是双手齐全一般交叠起手臂。

"真不好意思，打扰你们了。"

说完，她就背过身去，朝着陵园跑走了。

"出什么事了吗？"

彼得有点不放心地嘀咕道。女人刚走没多久，就有两个矮小的身影进了食堂。彼得站起来朝二人招招手。这次应该是等候多时的目击证人了。

"怎么是孩子啊？"

大坜本以为谁也听不见他刻意压低的抱怨声，却被易浩俊瞪了一眼。

其中一个孩子很眼熟。那是他昨天在天父之家见过的亚裔少年。是他露了一手把蜥蜴比尔送去疗伤的表演，记得吉姆管他叫 Q 来着。

另一个孩子是白人，身高跟 Q 差不多，看起来却成熟许多。他给人的感觉就像学生会长，会毫无理由地傲视周围的人。而且，他看向大坜一行的目光，也充满了猜忌。

"谢谢。W 可以回学校了。"

彼得让 Q 坐下，转头对另一个人说。难道这个部落的孩子都被称呼为英文字母？

"是学 007 的。"

易浩俊对他耳语道。

007 系列的电影确实有用英文字母做代号的角色登场。大坜几年前看过的作品中就有一个负责研发的 Q。只不过——

"那他不应该是 M 吗？"

还有一个角色是 007 的上司，也是情报机构的老大，代号是 M。大埘从未听过代号是 W 的角色。这两个代号就像海之庭的招牌一样，反转过来了。

"一定是觉得光模仿太没意思了吧？"

易浩俊噘着嘴，像是被大埘问烦了。那个 W 听从彼得的指示，独自离开了食堂。

"你能告诉我，昨天夜里发生了什么吗？"

彼得坐在少年面前问道。

"米克被薮犬的生灵杀了。"

Q 用感冒一样的声音回答。

"……啊？"

"薮犬的生灵钻进我睡觉的地方，杀了米克。"

"米克是……那条蜥蜴？"

"是负鼠。"

"它怎么会被薮犬的生灵杀了？"

"我睡在床上，突然听见了那条狗的叫声。我产生了不好的预感，往笼子里面一看，发现米克不动了。"

这算是狗带来的感应吗？

"狗一般不会作祟弄死负鼠吧？"

"它肚子饿了，可我没有喂吃的，所以它生气了。老师说不能喂野生的猴子和狗吃东西，我就没喂，可是狗不懂这些。"

Q 皱起了眉头，仿佛下一刻就要哭起来。

"那好吧。然后呢？"

"米克翻着肚皮，无论我怎么晃笼子，它都一动不动。而且我凑过去一看，米克还发出了尸体的气味。我想趁它的灵魂飞走前让它活过来，就决定带米克去天父之家。"

虽然不知道负鼠长什么样，不过它显然不同于上次的蜥蜴，很受这孩子的宠爱。

"那是几点钟的事情？"

"离开宿舍时我看了一眼钟，是 11 点 35 分。外面下着很大的雨，我就穿上雨衣，然后提起米克的笼子去了天父之家。经过干部宿舍门前时，我听见厕所那边传来了男人的喊声。我吓了一大跳，连忙躲到宿舍的阴影里。就在那一刻，我看见丹特律师从刚才发出声音的方向跑了过来。"

凛凛子闻言凑了过去。丹特遇害前去过厕所吗？

"丹特先生一次都没停下来，飞快地跑进了北-3。我正疑惑出了什么事，大约过了 10 秒，又听见北-3 传出了大声的惨叫。我害怕极了，就直接回了宿舍。"

大人们盯着少年看了好几秒钟。

"我想确认一下，"凛凛子开口道，"丹特先生跑回去后，有人追上来吗？"

"没有人追上来。"

"那当时丹特先生受伤了吗？"

"没有受伤。"

四个人面面相觑。

假设 Q 的证词准确，那么丹特就是在厕所碰见了凶手，并在逃进宿舍后断了气。可是，如果他逃出厕所时还没受伤，那凶手只能追进宿舍，从背后将其刺死。可是 Q 又说，除了丹特他没看见任何人。

"凶手有两个吧。一个在厕所袭击丹特先生，另一个在宿舍痛下杀手。"

大坍淡淡地说。

"为什么要做这么麻烦的事？如果凶手有两个，一起埋伏在他上厕所的地方不是更保险吗？"

果不其然，凛凛子发起了反驳。大坍被她怼得说不出话来。可是，少年为什么没看见凶手的身影呢？一想到凶手可能像一阵烟似的从密室里消失了，大坍也开始怀疑所谓的薮犬的生灵。

"话说你的负鼠米克怎么样了？不是去请教主大人复活了吗？"

易浩俊也提出了关键的疑问。

"它到早上就活过来了。肯定是教主大人听见祈祷，帮助了我。"

Q 大大咧咧地回答道。简直荒谬。

接下来那 5 分钟，凛凛子和彼得变着法子想从少年口中得到更多的信息，但是一无所获。

"谢谢你。等下你回学校，也代我向雷伊·莫顿校长表示感谢。"

彼得拍拍他的肩膀，Q 应了声"好"，转身离开了食堂。

"啊，我还能再说句话吗？"

凛凛子似乎想起了重要的事情，叫住了少年。Q 停下脚步，惊讶地扬起了眉毛。

"我接下来要说的话，绝不是在否定你的信仰。你有信仰的自由，但是——"

凛凛子走向少年，蹲下身直视着他的双眼。

"负鼠米克活过来，并不是因为教主大人。"

Q 像小鸡一样眨了眨眼睛："啊？"

"我以前听学校的老师说过，负鼠有一种装死的自保本能。在遭到猎食动物袭击时，它们会倒下装死，让肌肉变得十分僵硬，一动也不动，甚至还能耷拉着舌头，制造出类似腐臭的气味。它们就是这样欺骗敌人、保护自己的。"

"你是说，米克发现了薮犬的生灵吗？"

"不对，那不是生灵。"

"可是宿舍里没有猎食动物啊！"

"你只是没发现而已。我想，应该是蛇或者蜥蜴趁你睡觉的时候偷偷钻进宿舍，又在你睡醒前离开了。你们宿舍昨天是不是没关窗？"

Q 挠了挠头："我……我不记得了。"

"刚才你说听见薮犬的叫声后醒来了。但是你也说前往天父之家时外面下着大雨。要是宿舍窗户关着，动物的叫声应该会被拍打屋顶的雨声盖过去，听不见的。

"米克发现了外面钻进来的猎食动物，于是在笼子里装死。因为并没有真的死去，只要猎食动物离开了，它又能恢复生机。这是自然之理，而不是奇迹。"

Q 没有回答，而是呆呆地张大了嘴。他的表情有点悲伤，仿佛刚刚发现自己珍藏的东西竟是假的。

"大姐姐为什么这么了解我？"他小声说道，"难道你是预言家，甚至是神明？"

大坜险些笑出声来，凛凛子却一脸严肃地回答道：

"我只是普通人，不过在干侦探这种少见的工作。"

"侦探——？"

少年眼中闪出了光芒。他微笑着，涨红了脸蛋。

大坲想到 20 年前第一次听九二男叔叔说起自己的工作，当时的自己，也许就是这样的表情。

"不过，其实我只是助手而已。"

凛凛子害羞地看了一眼大坲。就在那一刻——

伴随着一阵极不自然的响亮脚步声，一个女人走进了食堂。那是刚才来找沙克特医生的独臂女人。她浑身大汗，脸上却没有一丝血色。而且一改 30 分钟前呆滞的样子，此刻她的脸上满是惊恐。

"怎……怎么了吗？"

彼得跑过去，扶着她的肩膀问道。

"那……那个，我——"

她断断续续说出的话，印证了侦探既不是神明，也不是预言家。

◆

"克里斯，你接下来有空吗？"

蕾切尔·贝卡不断转动煤气炉的开关，头也不回地问道。

克里斯蒂娜·米勒停下了剪四季豆的手。蕾切尔是比她早进烹饪组的前辈，她怎么突然发出了邀请？莫非对克里斯蒂娜有好感？那不可能。也许是因为工作时不说上两句话会觉得尴尬。一定是这样。莫非她想哄骗自己接受邀请，然后冷嘲热讽？应该不会。肯定——

"你有约了？"

蕾切尔咔嗒咔嗒地转着开关，转头看了她一眼。煤气炉一直发出嘀嘀嘀嘀的声音，就是点不上火。

"没有。不过，真的可以吗？"

"当然可以啊。就这么定了。布兰卡、克里斯还有我，有三个人，朱迪老师一定很满意。"

蕾切尔似乎抑制不住内心的兴奋，甚至跺了跺脚。

自从朱迪·兰迪两个星期前来到乔丹镇，蕾切尔她们就彻底迷上了那个人。

朱迪·兰迪是以严厉批判伪科学出了名的精神科医生。她的功绩不胜枚举，曾经让预言家吉恩·迪克逊哑口无言，让超能力者尤里·盖勒把汤匙塞进橱柜里逃跑。不过这些故事大部分都是从蕾切尔口中听来的，克里斯蒂娜只记得自己在电视上看见过那个人。

朱迪他们到来的前一天晚上，部落在大帐篷召开了临时集会。内务长彼得说，他们是接到查尔斯·克拉克的指令，前来调查人民礼拜会内部情况的。人民礼拜会一直以来饱受袭击者们恶魔般的执拗攻击，但只要能让查尔斯成为伙伴，形势就会立刻逆转。最后彼得还再三吩咐她们，一定要积极配合调查。

第二天，调查团就开始采访这里的居民。他们每次都请几个人到学校的 E 教室，进行大约一个小时的交谈。听被选中的人说，调查团问的都是人民礼拜会的事情和乔丹镇的生活，并没有刻意揭发教会黑暗面的意图。

亲爱的蕾切尔·贝卡殷切盼望着自己被叫去 E 教室的那一天。克里斯蒂娜一开始很看不惯她赤裸裸的好奇心，但是在听她讲述朱迪的故事时，渐渐意识到这个人是真的很喜欢朱迪·兰迪。

但是无论怎么等，都等不到那声邀请。

而就在前天，蕾切尔命运的瞬间到来了。

阳光洒进厨房的傍晚 6 点多，蕾切尔刚把盛好牛奶汤的盘子一一排列在货厢后面摆放的桌子上。如果摆得太乱，要被布兰卡唠叨，所以这项工作很花时间。只要再过几分钟，饥肠辘辘的信徒们就会聚集过来。蕾切尔把所有盘子朝着同样的方向摆放整齐后，转身就要返回货厢。可就在那时，她注意到其中一个盘子上漂浮着蚂蚁。

这批汤盘是在旧金山的折扣店批量购买的，两边安了把手，像一口浅浅的锅。蕾切尔抓住把手正要撤下爬进了蚂蚁的汤，却被人抓住了另一边的把手。

"那个，这里面有蚂蚁——"

她连忙抬起头来解释，赫然发现朱迪·兰迪的面孔就在几十厘米之外。

"啊，对不起。"

蕾切尔像不小心与意中人拿了同一本书的偶像剧主人公那般，飞快地缩回了手。朱迪依旧拿着盘子，不解地眨了眨湛蓝的眼睛。

"那个，你好，我叫蕾切尔·贝卡。请问我的采访要等到什么时候？"

蕾切尔用比平时尖了两度的声音问。

不巧的是，就在几米之外，吉姆·乔丹正好被孩子牵着手走进食堂。吉姆每月都要跟孩子们在食堂吃一次晚饭。目光柔和却不乏精明的雷伊·莫顿校长也跟在后面看着那些孩子。

看见信徒跟外来者聊得正欢，吉姆会不会不高兴？克里斯蒂娜站在通往货厢的台阶上看着她们，内心闪过一阵不安。

"不，暂时没有计划。"

朱迪爽快地回答道。原来采访的对象都是由调查团成员商议决定，而遗憾的是，蕾切尔并没有位列其中。

"不过难得有缘，也请让我听听你说话吧。如果方便的话，请厨房组的各位都来参加。"

也许是注意到她毫不遮掩的失落，朱迪马上开朗地提议道。不用说，蕾切尔高兴得跳了起来。

"那下次见。"

定好时间和地点后，朱迪把汤放在托盘上，朝她微微一笑，转身走进了食堂。

吉姆朝这边看了一眼，表情没有什么变化，照旧跟孩子们走进了食堂。克里斯蒂娜自然是松了口气。

就这样过了两天，临时发起的茶话会即将到来。

蕾切尔还在咔嗒咔嗒地点火，最后抱怨道："不行，根本打不着。布兰卡，这炉子坏掉了。"

"那怎么可能？"

布兰卡·霍根清洗着布满尘土的盘子，语气很是烦躁。早在三年前，她就跟随先遣队来到了乔丹镇，是厨房组的老资格。现在，她的职位是内务厨房组的组长。

"我说真的，肯定是翻乱厨房的人把炉子弄坏了。"

布兰卡叹息一声，关上水龙头，左手伸向炉子："你得先按下去，然后用力一转。你瞧！"旋钮一转，蓝色的火焰就冒了出来。

"哎？真的打着了。"

蕾切尔的语气顿时虚了很多。布兰卡马上走回了洗碗池，若无其事地重新拿起海绵擦清洗碗碟。克里斯蒂娜也照旧剪着四季豆。

"对了，我有个好主意。"蕾切尔似乎忍受不了尴尬的气氛，强行改变了话题，"朱迪老师说不定能查出闯入厨房的人是谁。"

"那个人不是专门查弯曲汤匙和心灵感应的吗？"

"正因为是这样啊！你们想，今早厨房的光景，像不像经历过超自然现象——"

说到这里，蕾切尔突然惊呼一声。

"啊！我昨天做了个特别可怕的梦。一个死人的灵魂紧紧抓着我的右手，像是要把我拖走呢！那个灵魂看起来很高贵，像是会住在丹麦古城里的那种人。也许就是那家伙跑到这里来引起了骚灵现象。"

"一个高贵的灵魂怎么可能拖走蕾切尔？"

布兰卡毫不留情地反驳道。蕾切尔不知为何竟有点高兴，耸着肩膀说："是吗？"

这个人性格开朗外向，对什么人都能敞开心扉，一点都不会拘束。克里斯蒂娜很不擅长应付她。

因为蕾切尔的行为举止一直在向克里斯蒂娜展示着她所没有的东西。

展示着她不惜失去右手也想得到的东西。

事情起源于 16 岁那年夏天，克里斯蒂娜正坐在红木谷高中的校车上打瞌睡，灾难却从天而降。校车撞断了消防栓，一头冲进路边的植被里。因为前方突然出现一对浣熊母子，司机情急之下猛打了方向盘。

车上的大多数学生只是从座位跌了出来，唯独克里斯蒂娜的面部狠狠撞在不锈钢扶手上，流了一地的血，还晕了过去。好在她的大脑并未出现问题，折断成 "L" 形的鼻梁也恢复得笔直，无须再做鼻软骨修复手术。

事故发生一周后，克里斯蒂娜脸上打着石膏来到学校，仿佛重生成了偶像剧的女主人公。走廊上所有人都回头打量她，来上课的老师也纷纷称赞她完成手术的勇气，甚至此前跟她没什么交集的漂亮女同学们都哀叹她的不幸，还出言鼓励了她。

然而受伤的加成效果只持续了几个星期，大家看见克里斯蒂娜拆掉石膏，鼻梁没有任何问题后，就再也不关注她了。原来引人注目的并不是她，而是她折断的鼻梁。

从那时起，克里斯蒂娜就变得有些古怪。那一定是种病。每当她感到孤独和不安，就会伤害自己的面容。比如用打火机烧燎额发，用针戳刺嘴唇，甚至用剃刀刮眼角膜。一开始，班上同学发现她的伤口和肿胀，都会担心地上来问候，但是半年后，再也没有人理睬她了。

克里斯蒂娜愤怒不已。她都已经这么惨了，为何没有人在意？难道学校的老师和学生都没有心吗？哪天她死了，就是这帮人的错。她越想越气，终于有一天崩溃了。

17 岁那年夏天，就像一年前的浣熊那般，克里斯蒂娜冲到了马路上。校车司机猛地向右打方向盘，但车头还是狠狠撞到了克里斯蒂娜的左胸，她跌倒在马路上，右臂被轮圈直径 21 厘米的车轮碾得粉碎。

19 天后，克里斯蒂娜醒了。她模模糊糊地意识到自己还活着，但是好像被浸泡在开水里，也不知自己身在何处。

又过了 10 天，败血症导致的高烧退去，克里斯蒂娜终于察觉到自己的身体已经变了个样。她的右臂只剩下一半，本来应该是手肘的地方变成了一道裂缝似的缝合伤口。看见病房镜中的少女，克里斯蒂娜开始诅咒自己的愚蠢。她想变回原来的样子。她从心底祈祷着，却不能对上帝合起双手。

克里斯蒂娜退学了。走到舞台之下，她就再也没有了想要得到关注的烦恼。她没有目标了，却也不想死去。就这样，每一天都变成了煎熬。

那天，为了确认一眼家门之外还存在着整个世界，她强迫自己打开了并不想看的电视。NBC 每夜新闻的男主持人还是跟往常一样，脸上挂着做作的微笑，他正在读一份毫无意义的新闻稿，宣称一家报社发表了本年度最有代表性的人道主义文章。

画面切换到录像，电视屏幕上冒出了一张戴着飞行员墨镜的男人的脸。他脸上青筋突出，挥舞着拳头，正在唾沫横飞地演讲。明明不是什么总统选举，底下的听众却送上了阵阵喝彩。

"不分人种和宗教，对每一个人平等地给予关怀。仅仅是这样，我们就能感受到内在的神性。"

信口胡诌，惺惺作态。克里斯蒂娜虽然这样想，内心却莫名地动摇了。

这个人真的能平等地关怀每一个人，无论是总被一群朋友围在中间的明星小孩，或是像她这样默默无闻的人？哪怕她是一个为了赢得关注而失去了一条手臂的蠢姑娘？

不知为何，克里斯蒂娜就是挪不开目光。

洗好餐具，准备好晚餐的食材后，蕾切尔、布兰卡和克里斯蒂娜一行三人如约来到了学校。

朱迪·兰迪已经先到一步，站在 B 教室窗外观看里面的数学课。

"正等你们呢！"

她说出这句话，让蕾切尔无比高兴。

E 教室又闷又热，像走进了桑拿房。布兰卡打开了窗户。虽然只是一扇 40 厘米见方的小窗，但窗外吹来了一阵凉风，连天花板上悬挂的灯泡也跟着摇晃起来。

她们在靠近门口的椅子上落座，自然形成了三人围着朱迪的状态。

布兰卡从筐子里拿出茶具摆在长桌上。她冲了一壶大吉岭茶，倒过沙漏计算茶叶浸泡的时间。

"你们想参加集体采访对不对？其实我也想更放松地跟居民们聊聊天。"

朱迪说着，露出了亲切的笑容。她这样的态度，给人一种跟好朋友谈心的安全感。

"其实我有件事想请教老师。"蕾切尔迫不及待地开口道，"有个气质高贵的鬼魂在我们工作的地方引发了骚灵现象。"

"你别故弄玄虚，就是有人溜进去捣乱而已吧？"

布兰卡右手拿着茶碟，左手麻利地摆着玫瑰色的饼干，压低声音说道。朱迪似乎有点好奇，催促道："出什么事了吗？"

蕾切尔的表达虽然有点夸张，但她们工作的地方确实出了奇怪的事情，害布兰卡不得不清洗了一堆沾染到尘土的餐具，克里斯蒂娜只能用剪刀处理四季豆。真的有人进厨房捣乱了。

乔丹镇的居民每天上午 7 点到 8 点半吃早餐，为了赶在那个时间开饭，厨房组每天 6 点就要开始准备。

今天，11 月 16 日上午 5 点 50 分，克里斯蒂娜来到由移动直播车改造的厨房，发现砖块砌成的台阶上有几个泥脚印。脚印既有进入货厢的，也有离开货厢的。她猜测是不是有人半夜进去过。

克里斯蒂娜觉得奇怪，打开货厢门一看，平时见惯的工作场所竟变了模样。深锅翻倒在地上，餐具柜向前倾倒，靠在了对面的墙上，餐具也掉了一地。盘子都是不锈钢的，因此没有损坏，但是菜刀却断成两半，没了刀柄。

布兰卡几乎跟克里斯蒂娜同时到达，5分钟后蕾切尔也来了，但是她们三个都不知道究竟是谁干的。

蕾切尔简明扼要地说明了情况，又故意添了一句：

"还有，炉子打不着火了，那兴许也是超自然现象呢。"

布兰卡一边往摆成一圈的杯子里倒红茶，一边断言道："那是你笨。"

再看朱迪，她像觉得天冷一样双手捂着嘴，一脸严肃地陷入了沉思。

"那个，你也别想得那么认真，反正只是恶作剧而已。"

布兰卡准备分发红茶，朱迪慌忙站起来说了句"谢谢"，拿起自己的那杯。重新坐下后，她喝了一口热气腾腾的茶水。其余三人也拿了杯子，不发出任何响动地喝起了红茶。

大约过了1分钟，朱迪突然深吸一口气。

"我想确认一下，厨房门上没有锁，对吧？"

"是的。乔丹镇没有小偷，应该只有天父之家和干部宿舍安了门锁。"

"橱柜倒下、餐具滑落，这些都会造成很大的动静，附近宿舍的人却什么都没说吗？"

"不会。其实那辆货车以前是移动直播车，货厢里贴了吸音材料。只要把门关上，声音就不会跑出来。"

"原来如此。那么这件事就没有超自然现象。很遗憾，我的专业好像不太对口。"说到这里，她笑了笑，"不过我可以提示几个可能性。"

蕾切尔的五官齐齐张大了："你的意思是？"

"你们都觉得有人弄乱了厨房，可是如果想不到具体的动机，我认为应该先想想别的可能性。"

"那不就是骚灵——"

"是自然现象。厨房是由移动直播车改造的，因为不像别的建筑物那般打了地基，所以更容易晃动。"

资格最老的布兰卡接过了话头。

"我三年前就搬到乔丹镇来了，其间经历过好几次足以掀起整个部落的强风天气，可是厨房从未变得像这次一样乱七八糟。它原本虽然是一辆车，但已经拆掉了轮胎，又在地上打了木桩固定，应该不容易晃动才对。"

"原来如此，那就不是地动山摇的自然现象了。"朱迪很干脆地收回了说法，"那有没有可能是动物跑进去捣乱了呢？乔丹镇好像规定不能随便投喂野生动物，是吧？也许有些饿肚子的动物被食物的气味吸引过来，顺着气味钻进了厨房。"

"货厢门是关闭的。"

"灵长类动物完全有能力开门。"

蕾切尔尴尬地瞥了一眼布兰卡，说：

"我刚才忘了说，其实有足迹。"

她又补充了砖砌台阶上留有疑似捣乱者脚印的信息。

"原来如此，那就不是类人猿干的了。"

朱迪苦笑了一下，伸手去拿茶碟上的饼干。

"既然是人为作案，就得做些更让人不舒服的想象了。也许那人对厨房组的某个人，或者对所有人心怀怨恨，才把厨房弄成这样，给你们添乱。"

"嗯，有道理。"

在朱迪的带头下，其余三人也拿起饼干，享受了一番味蕾上的英式下午茶。

"可是仔细一想，那个人的行动还是有矛盾的。如果想为难厨房组的人，大可以敞开大门让里面进水，或是打坏烹调工具，办法多得很。"

"也许那个人并不想害自己没饭吃。"

"那个人也可能是故意打翻了锅和橱柜，假装成为难厨房组的人，实际另有企图。"

"哦哦！"蕾切尔踢动双腿说，"肯定是这样，不会有错了。"

"可是，那个人的真正目的究竟是什么呢？莫非厨房里藏着什么东西？那个人趁着晚上下大雨溜进厨房，就是为了寻找那个东西，可是怎么找都找不到。情急之下，那个人试图查看橱柜背后，却不小心推倒了橱柜。餐具掉了一地，那人却不知道如何复原，于是干脆把别的架子也推倒，还打翻了锅，伪造出有人在厨房捣乱的假象。"

蕾切尔一副呆滞的模样，而布兰卡果然插嘴了。

"刚才也说了，我三年前就跟先遣队一同来到了乔丹镇，并且从当时起就负责厨房工作。我还记得往空货厢里搬入煤气炉和橱柜的情形，根本没有藏东西。"

"原来如此。这么一来——"朱迪表情严肃地喝完红茶，突然微笑起来，"那就没办法了。很遗憾，那应该就是恶作剧。"

"就是吧。"布兰卡耸耸肩道。蕾切尔表情气鼓鼓的，其实还挺开心。

"红茶很好喝，味道清雅，略带甘甜。"

朱迪拿着茶杯，对布兰卡微笑道。

"对了，我觉得有点奇怪。"克里斯蒂娜随口说道，"菜刀怎么就断成两截了呢？断在了刀柄和刀身连接的地方。我觉得是放在橱柜里，跟着餐具一起掉在了地上，但是又觉得刀不会这么容易断掉。这会不会是个线索啊？"

她刚说完，一抬眼就吓了一大跳。朱迪的脸色特别差，跟 10 秒钟前判若两人。只见她瞳孔强烈收缩，嘴唇不停颤抖，脖子上涌出了豆大的汗珠。

"那……那就有点奇怪了。我本来是开玩笑，但是现在看来并非如此。那个人闯进厨房是——"

空茶杯从朱迪手中滑落。只听见"啪嚓"一声，碎片四散飞溅。蕾切尔尖声惨叫。回过神时，克里斯蒂娜手中的茶水已经倾泻在地。

"你……你没事吧？"

布兰卡扔下吃了一半的饼干跑向朱迪。朱迪捂着胸口，像缺氧似的开合着嘴巴，然后突然倒在地上，朝着自己坐过的椅子呕吐起来。接着，她全身痉挛，在教室里不停翻滚。这明显不是吞咽了异物，而是急性中毒症状。

"……为什么？"

她忍不住喃喃道。

乔丹镇没有伤痛也没有疾病。她正是坚信这一点，才从红木谷跟了过来。这个样子，不对啊。

"蕾切尔，快去叫沙克特医生。"

布兰卡的吼声令她猛地回神。蕾切尔注视着地上的朱迪，没有动弹。布兰卡见状，又转向克里斯蒂娜。

"克里斯，去叫医生来。快点！"

克里斯蒂娜不明就里，闷头冲出了教室。

4

"朱……朱迪老师喝了红茶就……就——"

一阵温热的风穿过食堂，独臂的女人身体一晃，跪在了地上。彼得受到惊吓，松开了手。女人好像晕过去了，没了支撑之后整个人瘫倒在地。

"朱迪小姐怎么了？"

易浩俊声线颤抖，凛凛子脸上也没了血色。假如继丹特之后，朱迪也遭到了袭击，那么凶手的目标无疑就是调查团成员。

"朱迪小姐在什么地方？"

"有信徒邀请她，今天 10 点在 E 教室开茶话会。"

"原来如此，那我们去学校看看吧。"

彼得用对讲机叫来手下，托付好晕倒的克里斯蒂娜之后便带头走出了食堂。大坜、凛凛子、易浩俊三人紧随其后。少年 Q 似乎也想跟过去，却被彼得用一句话拦下了："你给我待在这里。"

学校已经是一片骚动。孩子们都跑出来，聚集在了 E 教室门前。

"都回去上课，别让校长为难。"

彼得尝试遣散那些孩子，但他们看见干部现身，似乎认定出事了，反倒变得更加兴奋，在那里又跳又叫。

门前站着一个留着长胡子、宛如迪士尼电影巫师角色的男人——那人想必就是校长雷伊·莫顿。他张开双手，拼命阻拦着孩子们。刚才带 Q 过去的那个 W 则站在窗前，背部紧贴着窗玻璃阻挡孩子们的视线。看来他刚才觉得这孩子像学生会长的判断没有错。

一行人分开围观人群，走进了 E 教室。

里面有三个女人。其中两个应该是参加茶话会的人，另一个则是先到一步的沙克特医生。

课桌上还留着简单朴素的茶话会的痕迹。装了茶叶的茶壶、开水壶、沙漏、收纳筐，还有几杯没喝完的茶。茶碟上也剩了几块饼干。

朱迪·兰迪高大的身躯蜷缩在桌子脚下，已经死了。

茶杯的碎片、倾洒的红茶、吃了一半的饼干、沾染了呕吐物的椅子，这些东西都分布在朱迪的尸体周围。五官深邃、很适合上镜的面孔上沾满了泪水和鼻涕，还像个调皮捣蛋的孩子一样吐着舌头，显得有些好笑。如此悲惨的尸体身上还散发着大吉岭的高雅香气，也同样有些滑稽。

"最好别靠过去。"

彼得正要靠近尸体，就被沙克特医生拦住了。

"她嘴里残留着类似苦杏仁的气味，死因应该是氰化物中毒。呕吐物中说不定混有残渣。"

彼得停下脚步，用对讲机联系了吉姆·乔丹，然后给手下吩咐了一些事情。接着，他擦了一把脖子上的汗水，环视众人道：

"为了防止事情进一步闹大，大家还是先出去吧。沙克特医生，麻烦你去食堂看看克里斯蒂娜。出席茶话会的这两位，能到我房间来一趟吗？凛凛子小姐，还有你们几位也过来吧。"

六人纷纷点了点头。

一行人开门走出 E 教室。大树看了一眼 W 没能完全遮挡的窗户，只见一摊呕吐物从椅子边缘滑落到了地上。

"应该是在我冲的红茶里下了毒。"

布兰卡·霍根虽然害怕得牙齿打战，还是口齿清晰地回答了凛凛子的问题。她称自己在旧金山便负责人民礼拜会的餐饮，是资历很老的厨房组成员，现在担任内务部厨房组的组长。

彼得、大坶、凛凛子、易浩俊四个人走进彼得生活的干部宿舍北-2，向参加茶话会的其余二人询问了情况。时间是上午 10 点 45 分。大坶觉得仅用剩下的 15 分钟恐怕查不出两个案子的真凶，但凛凛子似乎还没有放弃。

"是弄乱厨房的那个人干的。是那个人在红茶里下了毒，肯定没错！"

蕾切尔·贝卡歇斯底里地说。她左手拿的杯子随着她的动作洒了些水出来，打湿了高腰裤。跟冷静的布兰卡相反，蕾切尔彻底失去了冷静。

她在半年前加入礼拜会，代替正好退教的信徒被分到了厨房组。两天前的晚上，正是她与在食堂吃饭的朱迪有了一场宛如偶像剧的相会，并当场约定了茶话会的事情。

综合二人的说法，事情的经过是这样的：

今天上午不到 6 点，厨房组的三个人先后到达工作地点，发现货厢被人翻乱了。她们扶起橱柜，洗干净餐具，忙碌了好一会儿才总算赶上了早餐供餐。

上午 10 点，三人收拾完厨房，准备好晚餐要用的东西之后，前往学校赴约。她们跟朱迪碰头，走进 E 教室，布兰卡冲了红茶，蕾切尔则抓紧机会向朱迪咨询了厨房发生的事。朱迪提出了几个假说，在得知菜刀断掉后，似乎有了什么想法。但是她还没说出具体想法，就突然出了问题，没多久就死了。

"我想确认一下，"凛凛子用心理咨询师的语气说道，"不仅是朱迪小姐，你们三位也喝了红茶，对吧？"

"那当然。我、蕾切尔，还有克里斯，都喝了红茶。"

布兰卡马上回答，蕾切尔也点了点头。

"冲好红茶后，也是布兰卡小姐把茶递给朱迪小姐的吗？"

"不。我冲好红茶后，朱迪老师自己拿了茶坐回去的。"

那就怪了。厨房组的三个人没有中毒症状，偏偏朱迪选的那杯茶出了问题。凶手是怎么让她选中那一杯的？

假如凶手并没有特定的目标——也就是只要有个人死了就行，那么问题就能迎刃而解。因为凶手只需要事先往任意一个茶杯上抹毒就行了。但是考虑到大约十小时前，丹特被杀害了，可以肯定被盯上的正是调查团成员。

凶手又一次用近乎奇迹的方式杀了人。

"茶壶和茶杯平时放在什么地方？"

凛凛子继续询问。

"一起放在筐子里，筐子保存在厨房。"

"今天的茶话会，有谁对别的信徒提起过吗？"

"没有，因为这有点像走后门硬要朱迪老师挤出时间来，所以没好意思跟别人说。"

布兰卡说完，蕾切尔也点点头。克里斯蒂娜估计也一样。

"朱迪小姐死亡前，有没有提起身体的变化？"

"没有。她看起来很痛苦，好像顾不上说话了。"

"遗体周围的红茶是朱迪小姐弄洒的吗？"

"那是克里斯蒂娜弄洒的。朱迪老师在倒下前已经喝完了杯子里的茶。"

"茶杯有什么能够成为标记的东西吗？比如有一处图案不一样，或者有小裂缝、小划痕之类。"

"应该没有。但如果仔细找，说不定有划痕。"

"现在假设布兰卡小姐倒红茶时，只有一个茶杯被下了毒。如果把那个茶杯放在朱迪小姐那一侧，你能让她选中那杯吗？"

"应该不能。"布兰卡的语气僵硬了许多，"我倒茶时把四个杯子摆成了一圈，完全无法预测朱迪老师会拿哪一杯。你怀疑我没有用。"

她求救似的看向蕾切尔，蕾切尔把水杯往桌上用力一放，说道："绝对没错。"

"那饼干呢？"大坰插嘴道，"我看教室地上有没吃完的饼干。那是朱迪吃的吗？"

"不是。"布兰卡说，"那是我吃的。朱迪老师倒下时已经吃完了饼干。"

"你们都吃了饼干？"

"是的。我把饼干摆在盘子上，大家一起吃的，朱迪老师并没有单独吃别的饼干。"

布兰卡毅然回答道。蕾切尔也点了点头。显然跟红茶一样，凶手无法只在一块饼干里下毒，并确保让朱迪吃到。

"这也太奇怪了，应该还有盲点。"

易浩俊抱着胳膊沉吟道。布兰卡见状，勾起左颊僵硬地笑了笑。

"那个，请等一等，大家都误会了吧。"

易浩俊疑惑地看着她，布兰卡依旧表情扭曲地摆了摆手。

"没有什么盲点。肯定是昨天晚上闯进厨房的人在茶叶里下了毒。我们喝的都是有毒的红茶。现在朱迪老师中毒死了，我们三个都活着，这有什么问题吗？"

大坝不禁失笑。他都忘了，这几个人是邪教信徒。

"我们喝了毒红茶没有死，这是理所当然的呀！因为我们是人民礼拜会的信徒。"

彼得叫来手下送布兰卡和蕾切尔回宿舍，一行人再度前往案发现场。

"我有一件事想不明白。"凛凛子避开水坑走着，对彼得开口道，"吉姆·乔丹先生为什么要把氰化物带进乔丹镇？"

彼得脸上闪过一丝僵硬，但马上换成了自嘲的笑容。

"你为什么这么想？"

凛凛子并没有用逼问的语气，而是平淡地说道：

"不同于能够从植物中萃取的生物碱类毒素，氰化物必须经过化工厂等渠道购买。那种东西出现在一个丛林深处的开垦地里，只能是吉姆·乔丹先生出于某种目的购买并进口过来的。"

凛凛子歪过头，似乎在问他这个说法怎么样。

"你说得没错。教主大人一年前向俄亥俄的一家化学品公司购买了氰化物，现在仍保存在仓库里。"

"他用来做什么？"

"教主大人一旦对我们这些干部和信徒失去信任，就会把他们叫过去，喝下放了毒药的果汁。"

彼得满不在乎地说道。

"他为什么要这样做？"

"为了验证他们的信仰。只要是真心信仰人民礼拜会的人，喝了毒药也不会死。氰化物就是教主大人的石蕊试纸。"

凛凛子张大了嘴，却说不出话来。

不消说，只要摄入了致死量的氰化物，人就会死。无论信仰什么宗教都不管用。没有症状只是他们的妄想罢了。

也许吉姆谎称那是下了毒的果汁，实际只是普通的果汁。他是靠信徒敢不敢喝果汁的态度来确认其信仰的坚定程度。与其说是石蕊试纸，这更像是踩圣像①。

"这里的人都知道仓库里有氰化物吗？"

"大部分人应该知道，因为没有刻意封口。"

"仓库的警备情况如何？"

"没有警备。因为这里的人都是人民礼拜会的信徒。"

所以只要有意，谁都能搞到氰化物。

走到学校后，半个小时前还又跳又闹的孩子们消失得无影无踪。是彼得派手下把他们集体带回了宿舍。

大塀想打开 E 教室的门，却只推开了一条几厘米的缝隙。一开始他还以为有人在里面挡着，但是透过窗户一看，却发现不是。

朱迪的呕吐物从椅子上滴落，在门前汇集成了一摊。因为门板与地面几乎没有缝隙，干燥后的呕吐物变硬，就卡住了教室门。大塀双手撑着门用力一推，随着一阵令人反胃的阻力，门终究是开了。

---

① 江户时期，日本打击基督教，通过让民众踩圣像来找出暗中隐藏的基督徒。

大坝迈开大步，越过呕吐物走进了教室。

想起洛蕾塔的忠告，他一边注意不触碰呕吐物，一边仔细观察朱迪的尸体。她的面部虽然糊着眼泪和鼻涕，衣服却不怎么凌乱。裤子口袋里放着手帕和药盒，但还是没见到她之前戴的项链吊坠。

大坝直起身，目光转向茶杯碎片。黑底白色圆点的杯身，一看就是在瓷器市场上廉价出售的东西。正如布兰卡所说，杯子碎片跟留在课桌上的其余三人的杯子没有区别。

"……嗯？"

站在大约两米开外观察整个房间的易浩俊突然喊了一声。彼得和凛凛子同时转过头去。

"刚才那里应该掉了一块饼干吧？"

他指着凛凛子的臀部位置说道。这时大坝也注意到，刚才掉在地上那块没吃完的饼干不见了。

"这可奇怪了。莫非是我们跟布兰卡小姐和蕾切尔小姐谈话时，凶手闯进来拿走了饼干？"

凛凛子困惑地看着地面。

"会不会是凶手在饼干上下毒了，得知我们正在调查这件事，担心真相败露，就藏起了饼干。"

"落在地上的饼干不是朱迪小姐的，而是布兰卡小姐吃过的。她没有中毒症状，证明饼干没毒。"

凛凛子看向茶碟上的饼干，数量并没有少。显然凶手只拿走了落在地上那块吃过的饼干。

"凶手会不会误以为地上的饼干是朱迪小姐没吃完的？"

"就算是这样，那个人也没必要特意潜入凶案现场拿走饼干。"

凛凛子少见地尖声说道。

四个人呆滞地盯着地板，突然听见转动门把手的响动。

他们齐齐转头，原来开门的是保安队长乔瑟夫·威尔逊。他身后还跟着持手杖的吉姆·乔丹。

"凶手查出来了吗？"

吉姆低沉的声音回荡在教室中。看起来很高级的皮鞋一脚踩到了呕吐物上。

"现在还不清楚。"

凛凛子如实回答道。

"乔，现在几点？"

"11 点 2 分。"

乔瑟夫看着手表说道。时间到了。

"那就到此为止。你们马上收拾东西，去凯图马港机场。"

"请再给我们一点时间，麻烦你了。"

凛凛子坚持道。

"你们够了！"

乔瑟夫·威尔逊一声怒喝。他端起一直扛在左肩上的 M1903，枪口对准了调查团成员。枪声的残响顿时复苏，大垳感到手心汗湿了。

"现在连朱迪小姐都被杀了，我们不能就这样离开。"

"闭嘴——"

"你一定要留下来吗？"

吉姆·乔丹打断了手下的话。

凛凛子立刻回答："是的。"易浩俊看了她一眼，低声说道："我也是。"二人又回过头，看着大垳催促他回答。

大坍当然不想留下来。他朋友刚到这里就被杀了，现在虽然暂时安全，却冒出来一个不明身份的人盯上了他们的性命，他可没有那么不知好歹，主动留在这样的地方。

可是他都跋山涉水来救助手了，也不能扔下凛凛子独自回日本。

"我也——嗯，好吧。"

他很没出息地应道。

"那么没办法了。"吉姆背过身，拍着乔瑟夫·威尔逊的肩膀说，"把他们关进牢房。"

5

离开学校后，天上下起了蒙蒙细雨。走到牢房门口时，雨势已经变大了。

部落南端与丛林交界的地方是一片宽约 10 米的斜坡，但那并非公园一般整齐漂亮的坡地，凹凸不平的地面上散落着大大小小的石头和土块，一旦跌倒恐怕会遍体鳞伤。牢房就位于斜坡边缘，如果发生滑坡，那里恐怕会第一个滑下去。

他们听从乔瑟夫·威尔逊的命令，深一脚浅一脚地走了进去。牢房其实是两座房子，被分成了一号牢房和二号牢房，中间连着管道一样狭窄的走廊。每座牢房里只有两个监舍，所以可能是搬过来后用的机会更多了，后来才加盖了一座。两座牢房都只有一个通气孔，屋顶和墙壁覆盖着生锈的铁板。

"你们被释放了。"

监舍里原本关着三个年轻黑人男子，大坍他们进来后三个男子就被释放了，个个带着诧异的表情走回了居住区。

乔瑟夫安排大坶和凛凛子住进一号牢房，易浩俊则被关在了走廊另一头的二号牢房。

"希望二位平安无事。"

易浩俊铁青着脸摆摆手，独自走向二号牢房。他说他有幽闭恐惧症，现在要被关进牢里，恐怕吓得不轻。大坶也摆摆手说了句："辛苦你了。"转身走进了一号牢房。

"有事就叫人。"

昨天在学校采访过的人——参加过越战的富兰克林·帕特因对他们说了一句，然后锁上了牢门。他在采访中自称隶属于特殊事务组，实际工作应该就是牢房看守。兴许是他去哪儿都要坐轮椅，很难参加农活和部落警备，才被分配了这个工作。不过本人一心觉得自己的腿长出来了，这也算是无意识的逻辑自洽行为。

富兰克林抽出圆柱形钥匙塞进口袋里，转动轮椅返回了牢房门口的看守室。

"没想到我也有被关起来的一天啊！"

大坶靠在墙边，用日语嘀咕道。监舍面积约有 3 平方米，狭窄程度不亚于宿舍床位。

另一侧监舍的凛凛子没有说话，可能有点忌惮隔着一条走廊的看守室里的富兰克林。大坶盯着墙壁，想看看上面有没有虫蛀的痕迹，不过什么都没找到。

晚上 8 点半，通气孔外面的天色暗了下来，拍打屋顶的雨声越发绵密。就在那时，屋檐底下的扬声器传出了吉姆·乔丹的声音。

"我的孩子们，15 分钟后在大帐篷召开紧急会议，请马上集合。

重复一遍——"

看守室那边传来了富兰克林打开房门、操作轮椅离开的响动。左侧墙后响起一声叹息。

"我说，你也太有礼貌了吧，有点囚犯的样子行吗？"

"比如什么样子？"

"辱骂看守，用叉子挖墙。"

凛凛子大声笑了。

依照大塀对凛凛子的理解，她坚持留在乔丹镇，恐怕早就料到了自己会被关进牢房。

虽说已经死了一半，查尔斯·克拉克派来的调查团依旧是吉姆·乔丹的救命稻草。他之所以突然要赶人，是因为担心他们被里奥·莱兰德议员发现，惹出大麻烦。如果能关在不被人注意的地方，那么留在这里也不碍事。凛凛子应该一开始就预见到了这个事态。

他们被杀人犯盯上，现在又被剥夺了自由移动的权利，说不害怕是不可能的。但是一想到看守一直在门口坐镇，比起没有门锁的宿舍，反倒是这里更让人放心。

"多年以来，我们一直被恶魔般的袭击者威胁着。他们企图用残忍的手段夺走我们的性命。想必你们内心都感到了不安。但是今天终于证实了，乔丹镇得到了上帝的庇佑。"

扬声器又传出了吉姆·乔丹的声音。这回还伴随着人们的喧嚣声，想必是大帐篷的集会开始了。

"两名伪装成善人潜入部落的袭击者——阿尔弗雷德·丹特和朱迪·兰迪遭到了上帝的惩罚，剩下三名袭击者也已经被关进牢房。我们的生活再一次恢复了安宁。"

"好冤枉啊，怎么连我也是袭击者？"

大墫抱怨道。

"他刚刚才说自己不是凶手，现在为了演讲又改口了。"

凛凛子冷冷地说。

"然而，危机并没有完全过去。这里没有疾病和意外，我们是唯一得到上帝庇佑的共同体。有无数的人都企图毁灭这个地方。

"明天，一个名叫里奥·莱兰德的政治家将要来到这个部落。他的目标是利用恐惧统治整个世界。你们只要稍微露出破绽，他就会率领特殊军队彻底毁灭乔丹镇。"

"他疯了吗？说的话怎么跟得了被害妄想症的老太婆一样。"

"他在集会上一直都这样。"

凛凛子窸窸窣窣地动了几下，可能从平躺换成了坐姿。

"你们万万不可听从恶魔的低语。我在表面上会跟你们一道欢迎他，但绝不会真的敞开心扉。凡是背叛者，都将遭到天谴。"

"他那样也能吸引到 900 多个信徒啊？"

"听说来到乔丹镇之前，他还稍微正常些，集会时也念念《圣经》、做做祷告，但最近这一年全是这种演讲。可以看出，吉姆的精神状态已经处在崩溃的边缘。"

"信徒都不觉得奇怪吗？"

"想必还是有人觉得的。"

"那他们为什么不离开？"

"跟米勒派一样。"

凛凛子说了句莫名其妙的话。

"啊？"

"19 世纪初，一个来自新英格兰名叫威廉·米勒的农夫预言，1843年 1 月 1 日到 12 月 31 日期间，基督将会再临。相信他的人都倾家荡产帮他传教，为基督再临做准备。"

"那可真是辛苦他们了。"

"但是结果如你所见，过了最后一天，基督还是没有再临。你猜他们后来怎么样？"

"那只能大醉一场，回到原本的生活中吧？"大圷哼了一声，"毕竟谎言被拆穿了。"

"他们首先更改了预言的解释。用犹太历法计算，基督再临应该发生在 1843 年 3 月 21 日到第二年 3 月 21 日之间。就这样，他们把期限延长了 3 个月，并且更卖力地传教。"

"怎么还死缠烂打起来了？"

"最后连 3 月 21 日都过了，基督还是没有再临。于是他们又把期限改为 10 月 22 日，开始了更狂热的传教活动。到了那天还是无事发生，于是新的解释层出不穷，直到现在仍有 1000 多万信徒坚信着米勒的话。"

"好执着啊！"

"当然，他们的信仰应该得到尊重。但可以说，人一旦接受了某种信仰，就很难再走出来。"

"那不是 130 年前的预言吗？"大圷对着墙壁高声道，"现在都是登月的时代了，他们就不能聪明点？"

"大约 20 年前——1954 年的夏天，芝加哥的赛德拉修女接收到了来自宇宙守护神的可怕信息。那年 12 月 21 日黎明将会暴发大洪水，而在 17 日会有飞碟从天空降临，救赎被选中的人群。他们舍弃了财产，忍受着人们的嘲笑，静候那一天的到来。"

"这话听着怎么这么耳熟？"

"结果那天并没有飞碟降临，后来也没有暴发洪水。赛德拉修女更改了解释，称自己又接收到了新的信息，结果她的预言还是落空了。"

大埘觉得接下来的事情不需要再听，但还是出于礼貌接了一句："然后呢？"

"相信赛德拉修女的人又提出了新说法，认为上帝怜悯他们，最终没有降下洪水。从那以后，他们开始了狂热的宣传活动。直到现在，他们还在变着法子继续传教，信徒数量可能已达好几千人。"

"怎么会变成这样？"

"当信仰与现实出现龃龉，信徒就会给出新的解释予以消除，然后加大传教活动，试图印证自己的正确性，其结果反而强化了信仰。如果非要解释，应该是这样了。

"米勒派与赛德拉修女的团体有个共通之处，那就是双方的信徒都陷入了绝对无法回头的境地。他们舍弃了日常生活，舍弃了个人财产，暴露在人们怪异的目光之下，等待着预言实现的那一刻。此时回头已晚，所以信仰促使他们超越了现实。"

"原来如此。"大埘靠在墙边，慢悠悠地躺倒了，"正如那些投资给百津商事的老人坚信将来会有分红，即使被人劝阻也要不断投入财产。"

"我不赞同你把宗教和诈骗混为一谈，不过二者作为现象的确有相似之处。"凛凛子的声音冷了下来，"人民礼拜会也一样。"

人民礼拜会的信徒舍弃了美国的生活，把私人财产全部捐赠给教会，远渡重洋搬到了热带雨林的开垦地。他们已经彻彻底底没有了退路。

"就算教主说会遭到特种部队的攻击，他们的信仰也不会动摇啊！"

"你说得没错。"

被扬声器放大的吉姆的声音里，夹杂了凛凛子念珠摇晃的响动。

此时，大坼深刻意识到，自己闯进了一个极其异常的世界。不仅如此，他们还要在这里查出杀人案的真凶。在这个信仰优先于对错的世界，真的能依靠逻辑解开谜题吗？

"你对凶手心里有数了吗？"

他对着那面墙壁说。

"现在暂时没有。大坼先生呢？"

"我也毫无头绪，甚至不知道凶手进出丹特房间的方法和毒杀朱迪的方法。"

他摇摇头，想起了几个小时前凛凛子说过的话。

"之前调查丹特的房间，你看见衣柜上的血迹，不是说可能性缩小了吗？那是什么意思？"

"这个嘛……"凛凛子深吸了一口气，"打个比方，就像弯曲汤匙一样。弯曲汤匙只是一个结果，但是可以有好几种方法。最简单的就是利用杠杆原理，也可以事先划开要弯曲的部分，或者使用低熔点的金属。同理，让现场成为密室的方法也有几种。正因如此，才要靠现场的痕迹来锁定凶手使用的方法，而凶手下毒的方法也一样。"

她已经想到好几种方法了啊！果然不是一个世界的人。

"还有一点我不明白，"凛凛子压低了声音，"凶手为什么要制造密室，以及制造乍一看根本没机会下毒的状况？"

"凶手是邪教的教徒，这么做的意义可能只有那家伙知道。"

"那是幼稚的偏见。人民礼拜会并没有肯定用奇迹的方法杀人的行为。"

"那也说不准。你想到动机了吗？"

"还没有，不如再讨论讨论吧。"凛凛子发声的位置变高了，想必是站起来抻了抻筋骨，"首先有个大前提，凶手可能并不是故意制造了充满奇迹色彩的凶案，而是机缘巧合变成了这样。话虽如此，考虑到乍一看不可能的凶案接连发生，基本可以肯定凶手是故意这么做的。"

"嗯，是这个道理。"

"首先可以考虑的动机——就是为了嫁祸给号称能够引发奇迹的上帝或吉姆·乔丹。如果这是正确的，那么吉姆·乔丹刚才说出二人遭到了上帝的惩罚，就正中凶手的下怀。"

"有上帝帮着顶罪，那个人想必能高枕无忧了。"

"只不过，这个假说有个很大的问题。只要凶手是人民礼拜会的信徒，那么遮盖事件的真相，或者嫁祸他人就几乎没有意义。"

"为什么啊？"

大坰忍不住提高了音量。

"一般来说，杀人犯为什么要隐瞒罪行呢？是因为他们知道，罪行一旦败露就会被警察逮捕，并遭受刑罚。但是乔丹镇又如何？圭亚那警方不会介入这个部落的事情，这里唯一的掌权者就是吉姆·乔丹。他并没有惩罚开枪打死乃木的拉里·莱文斯。他也许责备过两句，但后来拉里依旧是保安队的成员。这就证明，在乔丹镇杀死我们这些外人，无须担心受到惩罚。"

她说得没错。就是被她这么一说，大坿才真的感到害怕了。

"也就是说，凶手并没有嫁祸于人的必要性。"

"当然，可能也有不论是否会遭到惩罚也想隐瞒罪行的凶手，可是仅仅为了这个就大费周章，明显不划算。"

"那凶手为什么要搞这种类似奇迹的谋杀？"

"有个表里一体的可能性，就是凶手为了展示自己是神圣的存在。如果是这样，那么凶手就是吉姆·乔丹了。他已经表演过不少假装成奇迹的戏法，说不定这个案子也是其中一环。如此一来，他刚才说的二人遭到了上帝的惩罚，就是一种犯罪声明。"

"那不对吧。"大坿耸耸肩，"那家伙没有理由杀掉丹特和朱迪。"

"你说得没错。吉姆·乔丹希望得到查尔斯·克拉克的帮助，那他肯定不会杀死克拉克派来的调查团成员。就算他有奇迹杀人的动机，也没有杀死那两个人的动机。因为这样会本末倒置。所以——"

咚咚咚，指尖敲打地面的声音。

"嗯……想不出来。"

就在凛凛子放弃思考之时，走廊深处传来了大门合页转动的吱嘎声。接着是轮胎滚动声和看守室的开门声。应该是富兰克林从集会上回来了。腕表显示现在是 11 点。

大约 30 秒后，看守室再次打开，被雨淋湿的富兰克林出现在监舍前。他头上的巴拿马帽凹陷处还积着雨水。

"别想着逃跑。"

他看向监舍威胁道。此时的他与集会前的他判若两人，脸上没有笑意，眼中还深藏着敌意。想来是听了吉姆的演说，把大坿他们当成了袭击者。

"能跑早就跑了。"

他并没有理睬大坲的嘲讽，穿过走廊去了二号牢房，应该是要查看易浩俊的情况。大约 3 分钟后，他再次返回，一言不发地进了看守室。

大坲听着关门声，回想吉姆·乔丹刚才的演讲，突然感到灵光一闪。

"我知道了。凶手之所以要用类似奇迹的方法杀人，就是为了嫁祸给吉姆·乔丹。但那个人的动机不是自保，而是想达到潜入乔丹镇的目的。"

"啊？"

"明天，里奥·莱兰德议员要访问乔丹镇。政治是一场表演。他从旧金山千里迢迢来到这片南美的开垦地，绝不可能空手而归。这个案子是莱兰德议员的阴谋。"

"哦哦，原来如此。"不知为何，凛凛子先用英语嘀咕了一句，然后用日语催促道，"然后呢？"

"莱兰德议员在出访前派刺客潜入了开垦地，用让人联想到吉姆所为的方法杀死了那两个人，给吉姆戴上了凶手的帽子。"

"这里有 900 多个信徒，刺客为什么偏偏杀了我们的人？"

"因为他们两个是大人物。丹特是常年与 FBI 合作的卧底特工，朱迪是世界知名的伪科学批判权威。与其杀死毫无声名的信徒，杀掉他们两个更能制造话题。而曝光案子的莱兰德议员肯定也能得到巨大的功绩。"

"原来如此。我们也是因为不出名，所以捡了一条命啊！"凛凛子抠了抠不知什么地方，"你的推理很有意思，但也存在很大的问题。"

大坜瞪了一眼墙壁："什么问题？"

"假设莱兰德议员派来的刺客是凶手，那个刺客为何知道丹特先生是卧底特工？"

"啊？"

"查尔斯·克拉克先生曾命令我们调查团成员，绝不能对外透露前往乔丹镇的消息。我之所以跟你说要去参加哥伦比亚大学的学会，也是为了遵守命令。当然，其他成员来这里时也隐瞒了真正行踪。我不认为莱兰德议员掌握了调查团的成员信息。

"当然，朱迪小姐是个大名人，凶手碰巧看见她，察觉了她的身份，这也很正常。然而丹特先生一直都伪装成信奉人民礼拜会的律师，也不像朱迪小姐那样广为人知。若是跟丹特先生有直接接触的吉姆和教会干部怀疑他的身份，倒也合情合理。但我不认为一个悄悄潜入乔丹镇的刺客有机会看穿他的身份。"

本来只是杀了个律师，刚巧他是卧底特工——这样解释恐怕不行。大坜不动声色地"啧"了一声。

对面传来调整姿势的动静。大坜也保持躺着的姿势，伸直了双腿："干什么？"

"综合之前的分析，凶手必须是有理由嫁祸给吉姆，并且知道丹特真实身份的人。我能想到一个这样的人。"

"谁啊？"

"查尔斯·克拉克先生。"

大坜猛地坐起身来。

"那不就是派你们到这里来的人吗？他派出调查团，又自己杀了，这简直荒谬啊！"

"但是查尔斯先生知道丹特先生的身份，也有杀死丹特先生的理由。"

"什么理由？"

"五年前，丹特先生受到 CIA 的委托，卧底在查尔斯先生手下的 CC 石油公司。事情曝光后，查尔斯先生看中他的本事，没有处置他，但是对公司来说，放跑窃取了机密情报的间谍意味着极大的风险。那么假设查尔斯先生先委派了工作，等到不再需要丹特先生了便将其杀死，这也毫不奇怪。"

"就算是你说的这样，也没必要专门把他派到邪教部落里再下杀手吧！"

"查尔斯先生可能对吉姆的纠缠感到不胜其烦了。如果被派遣到乔丹镇的调查团成员惨遭杀害，那他就有理由拒绝吉姆的请求，得到一石二鸟的结果。"

"那朱迪呢？那个女人也有被什么石油公司盯上性命的理由吗？"

"没有。杀死她只是为了隐藏真正的目的。我和易先生被派过来也是一样的理由。"

如果这是真的，凶手很可能还会对剩下的两个人下手。他们现在被关在牢里，无疑是最好的机会。

"不对，凶手不是查尔斯的刺客。"

大坍靠在墙边说。

"为什么？"

"因为厨房的橱柜被推倒了。"

"咚"，脑袋撞到墙壁的动静。"什么？"

"如果查尔斯真的是幕后黑手，那么凶手在袭击丹特时已经带有明确的杀意。当然，他也应该准备好了凶器。然而丹特是被自己随身携带的匕首杀死的。可以推测，凶手在与丹特打斗时无法使用自己的凶器，情急之下夺走丹特的匕首刺死了他。"

"有道理。"

"那凶手本来要用的凶器是什么？根据厨房组那三个人的说法，当天夜里发生了厨房被乱翻的事件。橱柜被推倒了，压在底下的菜刀刀身与刀柄断开。可是仅仅从橱柜里掉出来，菜刀不可能断掉。那么，菜刀究竟经历了什么？"

"哦，原来如此。"凛凛子少见地发出了感叹，"凶手为杀害丹特先生准备的凶器，就是那把菜刀。"

大坰对着墙壁点点头。

"凶手在袭击丹特之前溜进充当厨房的货厢，拿走了菜刀。那个人可能打算行凶后洗掉菜刀上的血迹，然后将其归位。可是袭击丹特时，凶手遭到了意料之外的反抗，导致菜刀断成了两截。虽然那个人在情急之下夺走丹特的匕首将其杀死，但是折断的菜刀已经无法归位。所以凶手翻乱了厨房，推倒橱柜，制造了菜刀是因为掉落在地所以折断的假象。虽然厨房附近就有宿舍，但因为货厢四壁贴有吸音材料，就算在里面大搞破坏，也无须担心被人听见动静。

"如果凶手是专门为了杀死丹特而从外面潜入的人，当然应该准备了凶器，而无须跑到厨房拿菜刀。"

"凶手也有可能故意就地取材，嫁祸给吉姆或者信徒啊！"

"那他就不可能把菜刀放回去，还推倒橱柜制造菜刀断开的理由。

先是为了伪装成内部犯罪而使用厨房的菜刀，事后又企图隐瞒，这也太不对劲了。凶手就是乔丹镇的居民，或者说目前停留在乔丹镇的人，而不是查尔斯·克拉克派来的刺客。"

"你说得很有道理。"

凛凛子很干脆地收回了自己的说法。

"那么包括里奥·莱兰德是幕后黑手的假说在内，所有从外部派遣刺客杀人的推理都不能成立了。凶手为什么要用那种方式杀死他们呢？嗯……应该有理由才对的。"

看守室的门再次打开。富兰克林先看了他们的监舍，然后走向二号牢房。几分钟后，他又一次回到了看守室。

腕表显示现在正好是凌晨 1 点钟。刚才富兰克林是夜里 11 点过来的，所以他每两个小时就会起来巡视一次。

之后，大墅和凛凛子又讨论了很久关于动机的问题。他记得富兰克林又来巡视了两次，所以即使昏昏欲睡，他也应该直到 5 点过后还醒着。

他们并没有讨论出合理的结论，等到通气口外面的天空开始泛白，大墅才睡了过去。

*

嗡——嗡嗡嗡——

他听见一阵宛如老式空调运作的扰人噪声。

微微睁开眼，通气孔外洒下了明媚的阳光。

"吵死了——"

他转向噪声的来源，瞬间清醒过来。

眼前是一只蜂子，展开翅膀的体积足有麻雀大小，六肢也格外地长。鼓胀的腹部末端，有一根黑亮的尖刺。

"呜……呜哇！"

他手脚并用地爬开，屁股和背部紧紧贴着墙壁。耳边传来刮擦金属的声音。他战战兢兢地扭过头，一只停在墙上的蜂子正歪头看着他。

"骗……骗人的吧？"

他感到四肢发软，并且由衷地忏悔了那天嘲笑被蜂巢吓跑的丹特的行为。

"喂，凛凛子，你醒了吗？"

他不敢动弹，奋力挤出了声音。

"怎么了？"

墙的另一头传来了迷迷糊糊的声音。

"有蜂子，特别大，而且是两只。快……快叫富兰克林过来。"

凛凛子没有回应他，而是拍拍监舍门，喊了富兰克林的名字。大坍只能听见野蜂飞舞的响动，完全听不见看守走出来的动静。

"奇怪，他是不是出门了？"

"你……你……你快想想办法啊！"

"我能想什么办法啊？以前听小学老师说过，只要离它 3 米远，就不会被蜇。"

整个监舍的宽度都不足两米，要怎么离它 3 米远？他急得想捶墙，突然听见了牢门打开的响动。

"太……太好了——"

他还以为富兰克林回来了，但很快意识到并非如此。因为走廊上传来了一阵慢慢接近的脚步声。

"会是谁啊？"

凛凛子耳语般说道。

"你……你们好。"

不等见到人，光听那如同感冒的声音，他就知道了对方是谁。是之前见过的亚裔少年——Q。

少年走到监舍前，轮流看着他们，还不停地咬指甲、拽衣服。

"你是来救我们的吗？"

凛凛子的语气有点像英语老师。

"我听说侦探被关起来了，有点担心。"

Q略显羞涩地说道。可能在负鼠那件事之后，他彻底迷上了侦探。

"太好了，那你能先打开我这边的门吗？"

Q从看守室拿了备用钥匙，插进锁孔里。圆柱形的钥匙向右转动，U形锁头"咔嚓"一声打开了。大坜推开监舍门跑了出来。

"差点就变成'最后一案'了。"

大坜开玩笑时，Q也打开了另外一扇门。凛凛子来到走廊，二人一边祈祷蜂子不会追过来，一边逃了出去。

"我觉得好对不起易先生啊！"

凛凛子撑着身子不让自己滚下斜坡，同时低声说道。他们刚才彻底忘了，易浩俊还被关在二号牢房呢！

"我可不去救他。"

大坜抢先说道。因为去二号牢房得先经过有两只大蜂子的一号牢房。

"他有幽闭恐惧症，一直关着太可怜了。"

"那个，你们说的那个人……"

Q从看守室探头出来，想必是去归还监舍钥匙了。仔细一看，他像是咬了舌头一样，嘴巴扭曲着。

　　"今天早上，有人发现那个人倒在大帐篷的舞台上了。"

　　他愣了好一会儿，听不懂少年究竟在说什么。

　　"难道他死了？"

　　Q 看着大坰，点点头。

　　"那个人，身体变成两截了。"

第三日：1978年11月17日

◆

白色的雾气笼罩着丛林。

每向前走一步，胶靴底都会陷进潮湿的泥土里。也许因为刚才还在下雨，周围几乎听不到虫鸣和鸟叫。此时此刻，丛林中唯一清醒的，也许只有自己。

露易丝·雷兹纳走了大约15分钟，发现前方有一棵低矮的伞树。粗壮的枝条在比头顶稍高的地方分叉。露易丝解开钢丝绳，挂在了树枝的分叉处。

她把钢丝绳绕在脖子上，发现太长了，这样不能把整个身体吊在上面。

她四下打量，发现1米开外有一棵吉贝木棉。她把伞树垂下来的钢丝绳缠在那棵树上，这下长度合适了。

她用力拉了几下，确定树枝不会折断后，再次把钢丝绳绕在脖子上，然后靠着树干，做了个深呼吸，放松了全身肌肉。

视线像钟摆一般摇晃了几下，很快就停了。粗糙的钢丝绳紧紧绞着脖子。她感到脑子好像着了火，手脚不停地颤抖。不能呼吸的苦闷渐渐融化到甜美的感觉中。

她究竟在哪里行差踏错了？当初是否不该来乔丹镇？可是若留在得克萨斯，她和西德尼只会迎来更悲惨的末路。

露易丝出生在得州莫里斯维尔教区的黑人村落。19 岁那年春天，她结婚了，随后在丈夫经营的修鞋店工作了 7 年，生下可爱的孩子，过着平凡而幸福的生活。

但是两年前，丈夫被警察逮捕了。他被怀疑深夜挟持白人少女进保龄球场企图强奸，因少女抵抗而将其掐死。

露易丝一开始并没有认识到事情的严重性。因为他们早已习惯了白人警官的歧视行为，而且在少女遇害的时间，丈夫正和她在店里工作。露易丝满以为，警方没有证据，丈夫不可能被起诉。

三个月后，丈夫站在了州法庭的被告席上。有人站出来指证，声称亲眼看见他袭击少女。那个证人是因暴力罪被收监的白人至上主义团体干部，他跟检方做了司法交易，出庭证明丈夫有罪，因此获得了大幅减刑。直到丈夫被判一级谋杀，在死刑牢房上吊自杀后，露易丝才得知背后的真相。

在那之后的一年间，露易丝仿佛在看一场陈腐而不合逻辑的戏剧。为了养育孩子，她每天坚持工作，但是内心充满了空虚。如果丈夫是被恶人杀害，她还能用憎恨来掩盖悲伤。然而杀死了丈夫的，却是露易丝无力改变的国家制度。

后来，是人民礼拜会把她从那样的日子里救赎出来。

1977年年底，露易丝在回顾过去一年的NBC新闻特辑中看到了吉姆·乔丹。

"《圣经》上写着要爱你的邻人。可是这个国家的白人蔑视穷人，打压黑人，各位难道不觉得这很荒唐吗？"

吉姆在肯尼迪国际机场的航站楼里面对着麦克风，朝电视机前的露易丝诉说道。

"乔丹镇不存在人种、阶级，甚至财产。那是让你能够活成自己的地方。"

那个人说完便离开了美国。露易丝感觉，他跟自己憎恨着同样的东西，也同样试图反抗。于是她在旧金山办好入教手续，贱卖了莫里斯维尔的房子，带着女儿西德尼一起越过了加勒比海。

她在乔丹镇受到了居民的热烈欢迎。其后，露易丝被分配到内务部事务组，负责修补鞋子和衣物。

但是，当露易丝渐渐熟悉了这里的生活时，内心的异样感也越来越强烈了。在农田里挥汗如雨的都是黑人，住在宽敞房间中的干部却都是白人。这种光景俨然南北战争之前黑奴劳作的种植园。那个在机场高声抗议种族歧视的吉姆·乔丹，究竟如何看待这个情况？

更让露易丝内心动摇的是，住在乔丹镇，她几乎见不到自己的女儿西德尼。由于孩子们都被集中在了跟大人分开的宿舍，莫说工作的间隙，连就餐和睡前都见不上面。每次只有提早结束工作，趁着晚餐前赶到学校附近，她才能在玩耍的孩子中看到女儿的身影。

搬到乔丹镇两个星期后的某天傍晚，露易丝同样早早换好了工作鞋的鞋底，赶到学校附近寻找西德尼。

她漫不经心地看了一眼教室窗户，发现大人正跟一个孩子面对面待在一起。她以为是老师留堂，没想到走近之后，竟听见里面传出了笑声。原来那孩子在跟老师玩"上课游戏"。

再凑近一些，正跟孩子玩耍的男人注意到了她。

"W，我出去一下。"孩子说。

男人转头看着孩子说："怎么了，校长先生（Mr. Principal）？"

"老师，我出去谈点事情，能休息 5 分钟吗？"

孩子说完，跑出教室去找别的孩子了。男人目送他离开，继而走向露易丝。

"他对你的称呼好奇怪啊！"

"我为了跟孩子亲近，便让他们随便称呼我。我是这里的校长，雷伊·莫顿。"

他抬手置于胸前，报上了姓名。

"他们叫你什么，你都不会生气吗？"

"是啊。但是有人叫我傻瓜先生（Mr. Pumpkin）的时候，我还是有点生气的。除此之外，几乎所有孩子都跟刚才那孩子一样，一本正经地称呼我。"

男人看了一眼学校门前的广场，压低声音继续道：

"露易丝小姐，希望你听了这番话不要产生误解。你现在做的事情，在这里不受欢迎。我理解你想念孩子的心情，但是能请你收敛一些吗？"

一个初次见面的人竟对她说出这种话，露易丝忍不住开口反驳。

"我来见自己的孩子，为什么不行？"

"因为教主大人不赞同。"

她难以接受校长的回答。

其后，露易丝仍旧坚持去看西德尼，也被貌似干部的人警告过很多次。尽管如此，她还是没有放弃，渐渐地，连周围的信徒都对她冷眼相看了。

又过了两个多星期，在一个格外闷热的夏夜——

"紧急集会，请全体孩子马上集中到大帐篷。"

遍布整个部落的扬声器传出了吉姆的播报。

他说所有孩子，那会不会见到西德尼呢？露易丝怀着淡淡的期待，快步赶向大帐篷。

"露易丝·雷兹纳来了吗？"

吉姆在内务长的引导下走上舞台，突然开口道。

信徒们四下张望。露易丝旁边的厨房组的女人指着她"啊"了一声，瞬间吸引了所有人的目光。露易丝呆站在原地，不一会儿就被保安队的人拽上了舞台。

"生活在这里的人都是上帝的孩子，是我的家人。"吉姆不通过麦克风放大的声音听起来比她想象的更粗糙，"然而愚蠢又傲慢的露易丝·雷兹纳误以为，只有她和自己的女儿是不同的。"

有这么一刹那，露易丝不明白他在说什么。

吉姆对舞台附近的信徒问道："你怎么看她？"信徒们纷纷咒骂："不知好歹。""恶魔的后代。""丑陋的野兽。""天生的罪人。"

露易丝哭着向吉姆忏悔，答应今后一定循规蹈矩。她决心不再给伙伴们添麻烦，一定要痛改前非，得到教主的认同。

但是露易丝每次在居住区看见西德尼，内心都会动摇。她当初来到乔丹镇，就是为了与害死丈夫的社会诀别。可是为什么来到了这里，她却不得不跟女儿分开呢？

正当露易丝沉浸在无止境的纠结之中时，由三个人组成的调查团来到了乔丹镇。吉姆说他们是"掌握着人民礼拜会命运的人"，命令他们在调查团面前要加倍勤奋。

那三个人与信徒同吃同住，观察他们的生活，还不时请几个人到学校的 E 教室进行采访。露易丝猜测不到他们究竟在调查什么。

调查团进驻两个星期后，11 月 15 日，内务长彼得把露易丝叫过去，安排她接受采访。

她在规定的时间来到 E 教室，发现调查团又多了一个亚洲男人，变成了四个人。因为彼得也在那里，露易丝只能回答一些不痛不痒的话，另外两个人则无比热情地称赞了人民礼拜会。里面也有些在外人听来实属滑稽的话语，但是调查团的四个人都认真地听了进去。

采访结束后，她从学校走回自己在南 –25 的工作场所，远远看见孩子们在食堂玩耍。年纪小的孩子们正专心看着雷伊·莫顿校长用紫色的粉末制作果汁，其中应该也有西德尼。她不能在众目睽睽之下接近女儿，便决定从部落外围绕到工作地点。

她跨过钢丝围栏走进昏暗的丛林，避开叶片呈现圆弧状的蕨类植物和树木上低垂的气根，朝着南边走去。

大约走了 20 分钟，她觉得应该拐向居住区时，竟然意想不到地发现有人在秘密接头。仔细一看，原来是提早离开的两名调查团成员正在丛林里跟律师说话。

"吉姆·乔丹明天应该就会放你们回国了。"

律师说完，得意地吐了一口烟雾。

这些人应该在私下有联系。要是她偷听的行为暴露了，不知会有什么下场。她很想立刻离开，无奈双脚像生了根似的，一步也挪不动。

就在那时，她突然冒出了连自己都倍感震惊的想法。

如果这些人再过几天就能回国，能不能求他们把自己跟西德尼也带上呢？

吉姆痛恨退教者，称他们为叛徒，将会遭受可怕的天谴。如果只有露易丝一个人要离开，恐怕不会得到允许。要是跟调查团的人一起走呢？从采访的情况推测，他们跟吉姆应该是平等的关系。如果能得到他们的支持，也许就能离开这里了。

那天深夜，露易丝抓住一个上厕所的调查团成员，塞给他一张字条，上面写着："Please get us out of here.（请带我们离开这里。）"

第二天，可怕的事情发生了。律师和调查团的一个女人接连死去了。他们没有被告知详细情况，只知道那两个人都是被常识无法解释的方法杀死的。

露易丝止不住颤抖。他们一定是看了那张字条，想要救出自己，然后遭了天谴。

不怪别人。正是因为露易丝，无辜的人失去了性命。

——不知好歹。

——恶魔的后代。

——丑陋的野兽。

——天生的罪人。

在食堂，在工作地点，在床上，脑海中的这几个词都阴魂不散。

真正应该受到惩罚的是什么人？答案很明显。

一天后的早晨，露易丝在日出前离开宿舍，从田埂边的仓库里拿出钢丝绳，时隔两天再次进入丛林。

她不忍心丢下西德尼，但是这里有教主大人。只要信仰虔诚，不断努力，她终有一天会被带往天堂。

露易丝在树枝上挂好钢丝绳，上吊了——

啪嗒，木板断裂似的响动。

瞬间，腰部与后脑勺闪过剧痛。睁开眼，天空散发着紫色的光芒。身下是厚厚的落叶。应该是伞树或吉贝木棉的树枝断了。她摸了摸脖子，钢丝绳还套在上面，就像宠物狗的牵引绳。

撑着地面站起来，温热的液体从胯下流淌到脚踝。贴身的裤子紧紧贴在了腿上。

"……为什么会这样啊？"

要是被人看见她尿了裤子在丛林里走来走去，肯定又要挨骂了。必须在居民们起床前死掉。

可是她连上吊都做不好，又该怎么办？周围没有可以跳的河或悬崖，也没有尖锐的树枝或毒蘑菇——

她猛地拍了一下腿。

毒。乔丹镇有毒药啊！

为了防止教徒中混入叛徒，教主大人在仓库里放了氰化物。她已经背叛了教主大人，只要服下那些毒药，肯定能死去。

露易丝拖着钢丝绳走出密林，确认部落里还没有人之后，快步走向仓库。她穿过安静的居住区，在大帐篷前面向左拐弯。

突然间，她闻到了一股强烈的臭气。这让她想起了以前在莫里斯维尔上班时，距离工作地点 5 分钟路程的肉品工厂。露易丝被那种奇怪的熟悉感所吸引，定睛看向大帐篷。

"哇……哇啊！"

回过神时，她已经软倒在地，只觉得肠胃一阵翻腾，酸水涌上喉头。

讲坛被推倒了，上面放着一具动物的尸骸。腹部被一刀两断，肝、肠等内脏流出，就像张开大嘴呕吐的怪物。稍远处放着另一半身体，还露出了貌似破烂运动鞋的物体。换掉鞋底肯定会更好穿啊，露易丝心不在焉地想着，随即猛然意识到那是一具人类的尸体。

又有调查团的成员遭到了天谴。尸体应该是那两个亚裔男人其中之一。只因为露易丝塞了那张字条，上帝就要夺走所有调查团成员的性命。

吱——宿舍门打开的声音。也许是有人被露易丝的尖叫惊醒了。她不能光顾着腿软，得快点去仓库。

露易丝脑子里清醒得很，却怎么都站不起来。

1

"那些是什么人？"

人群围住了大帐篷和食堂。其中大多数是乔丹镇的居民，但也有一群气质明显不同、衣着十分考究的男人。有几个人还将摄影机和麦克风对准了居民。

"莱兰德议员和他带来的记者，还有要求带人离开的信徒家属。这还是第一次有那么多与人民礼拜会无关的人来到这里。"

Q 回答道。

吉姆恐怕不会同意随行者跟过来，应该是莱兰德议员坚持要带过来的。当着记者和信徒家属的面，保安队也不好像三天前那样开枪杀人。

大坿、凛凛子和 Q 从牢房走向南–30，躲在房间里透过窗户观察人群。

"易浩俊的尸体不是在大帐篷的讲坛上吗？"

"对。不过那些人到达的 30 分钟前，沙克特医生把尸体搬走，保安队的人清洗了血迹。"

露易丝·雷兹纳发现尸体的时间是早上 6 点左右，他们应该是合众人之力在莱兰德议员到达前把事情隐瞒起来了。其实他很想亲眼看看发现尸体的现场，但是以越狱犯的身份闯入人群，无异于飞蛾扑火。

他们想等外面平静下来，可是等了足足一个小时，人群还是没有散开的迹象。

"尸体被搬到陵园了，对吧？"

"是的，应该放在管理小屋里。"

毕竟光躲着也没用，三人决定去看看尸体。

陵园位于部落最北端，天父之家的另一头。如果从部落内部走过去，不可避免会被人发现。于是三人离开宿舍后，飞快地钻进了丛林。

他们在到处长满苔藓和藤蔓的树荫间穿行。这里的树木虽然高大，但是很多树只在高处生有叶片，因此走起来比想象中容易许多。拇指那么大的苍蝇一直在四周飞舞，让人心烦，怎么赶都赶不走，只好由它们去了。

三人绕过幼儿园、学校和干部宿舍的背面，周围开始蒸腾出类似刚下过雨的气味，空气湿度也越来越高了。

"陵园另一面是一大片湿地，风往这边吹，会把水汽也带过来。"

Q 给他们充当小导游介绍完，一行人已经来到了天父之家背面。

与丛林交接的地方是一片庭院般的空地，被高大的木板围了起来。旁边有座小小的木屋。

"围墙里面就是陵园，小木屋是管理小屋。这里平时由夏蓉·克雷顿阿姨管理。"

Q说着说着，表情苦涩起来。

"你很讨厌那个人吗？"

"不是。只不过她每次发现我在陵园玩，都要把我臭骂一顿。"

还真是个孩子气的理由。

Q让二人在林子里等着，独自钻过充当围栏的钢丝绳跑向小屋。他先透过类似弹子店换币口的窗子往里看了看，然后转头对他们竖起了右手大拇指。看来那个啰唆的女人不在。

二人跨过钢丝绳走向小屋，一打开门，强烈的臭气扑鼻而来。因为职业特殊，他们早已习惯了闻到尸臭，但是这间屋子里的臭味之浓郁，已经无法用语言形容。浑身泛起的鸡皮疙瘩恐怕不只是因为这里的空调格外冷。

他们用衣袖捂住口鼻，仔细打量了一圈。窗边摆着一张桌子，其余三面都是双层架子床。上下两层各摆着两个黑色尼龙袋。

"打扰了。"

凛凛子用日语说完，拉开袋子上的拉链。第一个袋子里装着背部被刺伤的白人男性，是阿尔弗雷德·丹特。第二个袋子里装着面容脏污的白人女性，是朱迪·兰迪。打开第三个袋子，他们才找到了浑身是血的亚裔男性，易浩俊。

"这也太惨了。"

她确认过Q已经走出房间，然后才完全拉开了袋子。

正如 Q 的描述，易浩俊被一刀两断，本就瘦削的身体显得更单薄了。

仔细观察断面，尸体的皮肤呈现锯齿状撕裂，就像被强行撕开的厚纸皮，应该是用大型利器刺入后反复拉锯，才完全切断的。脊椎断开处也有很多伤痕，显然是被硬物反复敲打导致断裂。

"这可不是件轻松的工作啊！"

尸体从头到脚都被血液染成了黑红色，连运动鞋里面都吸满了血，应该是从断面顺着双腿流进去的。只有鞋底因为沾满泥土而呈现出不同的色彩。

"头部侧面有被殴打的痕迹。"

凛凛子转过尸体的头部说道。仔细一看，被血液凝固成一团的头发底下，靠近右侧耳后的位置有个鲜红的伤口。

"凶手殴打易浩俊令其昏迷，然后用利器与钝器将身体一分为二，又搬到大帐篷去了吗？"

尸体臀部有什么东西动了。

抓住腰部翻开下半身，只见尸体的内裤与臀部之间钻出一只甲虫。大坰正要弹开虫子，却注意到尸体臀部有许多隆起的伤疤。

"这些伤疤是怎么回事？"

凛凛子弯腰看了看。

"不像是最近形成的。易先生两年前举报邪教暴力事件时，遭受过地方警察的电棍拷打，应该是那时候留下的伤疤。"

凛凛子平静地说完，拉起了内裤。那本应该是令人胆寒的折磨，但是跟内脏流出的断面一比，就显得如同轻伤了。

"我估计连吉姆·乔丹都不好意思说身体被一分为二是上帝的惩

罚吧。"

"确实。若是为了告诫信徒，这样未免太残忍了。"

"不过这个样子虽然残忍，却也不像之前那两个人一样令人费解。"

"不对，大坶先生，请你仔细想想。"凛凛子抬起头说，"凶手侵入易先生所在的二号牢房只有两种方法：要么从走廊的通气孔钻进去，要么从一号牢房穿过走廊过去。可是一个成年人绝对钻不过那个通气孔，也绝对无法从那里搬出尸体，所以凶手想要进入二号牢房，必须经过一号牢房的走廊，也就是从我们眼皮子底下走过去。大坶先生，你昨天看见凶手经过走廊了吗？"

"没看见。说不定是趁我们睡觉时走过去的呢！"

"露易丝小姐上午 6 点左右在大帐篷发现了易先生的尸体。我们是在窗外亮起来了才睡觉的。我来到这里之后，看过几次黎明的天空，知道天亮的时间在 6 点半左右。"

大坶忍不住深吸一口气，结果被熏得作呕，连忙从窗户探出头去。

"……所以凶手是趁着我们清醒时，从二号牢房搬出了易浩俊的尸体。"

虽然临近早晨他们越说越困，但也不至于看不见凶手搬着尸体离开。

"而且监舍的铁门上还挂着锁头，凶手必须穿过双重密室才能搬走尸体。"

为什么要这样做？究竟是怎么做到的？他百思不得其解。

"可以肯定的是，只有疯子才会这么做。"

凛凛子既没有肯定，也没有否定，而是拉上了尼龙袋的拉链。

三人顺着原路回到部落南端，爬上凹凸不平的斜坡走向牢房。

Q 像刚才那样看了一眼看守室，富兰克林还没回来。于是他们走进一号牢房，穿过走廊进了二号牢房。

"蜂子好像飞走了。"

他嘀咕着打开二号牢房的房门，首先映入眼帘的就是蜂巢。

"这是凶手留下的？"

蜂巢有婴儿脑袋大小，掉落在走廊尽头，离透气孔大约 1 米的地方。再仔细一看，里面似乎没有蜂子。

"看来刚才的蜂子不是从通气孔飞进来的，而是凶手带进来的。"

大埘觉得肯定是这样，凛凛子却没有被说服。

"凶手放出蜂子，是要杀死被关在一号牢房的我们吗？如果是同一个凶手所为，这也太依赖运气了。"

"那难道说，蜂巢是碰巧从通气孔掉进来的？"

"也有可能是小孩子恶作剧扔进来的。当然，也不能否定是凶手带进来的。"

凛凛子拍拍 Q 的肩膀，让他在原地等候，自己则穿过走廊，看了一眼靠近门口的监舍。大埘也跟了上去。

监舍里满是血迹。

铁栏门上挂着锁头，怎么推怎么拉都打不开。铁栏的间隙约为 15 厘米，就算尸体被一分为二，也不可能从那里拿出来。易浩俊显然是在这里遇害的，但是尸体却不翼而飞了。

"凶手以某种方式进入二号牢房，穿过监舍的铁栏门，在里面切断了易先生的尸体，然后带着尸体离开监舍和牢房，将其放在大帐篷的讲坛上。这一连串行为，就像气体人做的一样。"

凛凛子皱着眉看向走廊的通气孔。孔洞边长约为 40 厘米，依旧无法从那里搬运尸体。

"我觉得富兰克林有嫌疑。那家伙口袋里装着监舍钥匙，肯定能轻松打开这扇门。"

"如果他是凶手，密室之谜就少了一重，然而这依旧不能改变二号牢房本身也是一个密室的事实。富兰克林先生怎么从这里搬走了尸体？如果他扛着易先生的尸体经过，我们不可能看不见的。"

这个他也很清楚。

"你有什么好想法吗？"

"暂时没有。不问问相关人员，很难弄清案子的轮廓啊！"

凛凛子说了个冠冕堂皇的借口。

"咱们两个是越狱犯，怎么查问？"

凛凛子沉吟着，挠了挠出油的头发。她看了一圈牢房，"啊"的一声停下手。大坰顺着她的目光看过去，只见 Q 从门缝里探出了头。

"不好意思，你能再帮帮我们吗？"

凛凛子捏着嗓子问了一句，Q 得意地点了点头。

◆

"——富兰克林叔叔，你好啊！"

有人在旁边喊了他一声。

他歪头一看，一个亚裔小孩儿从轮椅背后冒了出来，还煞有介事地捧着一本橙色的笔记本。

虽然记不得名字，但他认得这是乔丹镇唯一的亚裔。听说这孩子的父母是日本移民，因为诈骗被警方逮捕。他险些要被送进福利院，后来被教主大人解救，带到了人民礼拜会。

"叔叔，我想问你几个问题。"

"去问别人。"

富兰克林·帕特因没好气儿地说道。这小子肯定觉得他是整天坐在中央公园，一脸幸福地看孩子玩耍，除此之外别无所能的老人。

今天早上，富兰克林转着轮椅来到学校门前的空地，然后就没挪过窝。他当然不是在看孩子，只是在监视外人。保安队长亲自下令，只要看到他们靠近天父之家或是陵园，就立即用对讲机联系应对。

"教主大人让我调查早上发生的事情。叔叔能告诉我易先生从昨天晚上到今天早上的情况吗？"

"教主大人？让你？"

他一眼就看出小屁孩在撒谎。因为教主大人从来不直接对信徒下命令。这小子好像以为自己能骗过大人。

富兰克林一直对学校的老师很有意见，觉得他们对小孩子太宽容了。那帮小屁孩不知是不是把乔丹镇当成了巨大的游乐场，别说农田和仓库，连诊所、厨房，甚至陵园和牢房都毫无顾忌地往里钻。老师们肯定都知道这件事，却从不管教孩子。连最后能够托付的校长，都被孩子们乱叫没礼貌的外号，甚至听了不生气，还乐呵呵的。

"——没什么奇怪的地方。"

富兰克林虽然不喜欢孩子，但还是决定配合这孩子的警察游戏。因为他已经厌倦了监视空地。不对，其实他一直很想跟别人聊聊那件事。

"昨晚集会结束后，我 11 点回到牢房，易那时还醒着，跟我说了两三句话。"

"你们说了什么话呀？"

"我看他脸色不好，就问有没有问题，那家伙说不喜欢狭窄闭塞的地方。我说这不是有通气孔吗，结果他恶狠狠地瞪了我一眼。"

小屁孩停下铅笔，表情变阴沉了。

"然后叔叔就进了看守室吗？"

"没错。我每隔两个小时去查看一次，凌晨1点看见他靠在墙上打起了呼噜。3点和5点都没有异常。"

然而短短一个小时后，露易丝·雷兹纳就在大帐篷发现了那个人的尸体。这如果不是上帝的惩罚，就完全无法解释。

"富兰克林叔叔什么时候知道了大帐篷的事情？"

"乔瑟夫6点50分用对讲机联络，命令我监视大帐篷周边。我也是那个时候看见尸体的。"

"在5点到6点之间，叔叔有没有听见二号牢房传出奇怪的响动？"

"没有。不过雨一直下到了5点半左右，如果不是特别大的响动，我恐怕都听不见。"

"那段时间有人进出牢房吗？"

"怎么可能？我一直待在能看见入口的看守室，没见到任何人进出。"

小鬼一脸复杂地盯着自己的笔记，最后放弃似的合上了本子。看来他并没有得到想要的线索。

"谢谢叔叔。"

他无精打采地说完，朝着大帐篷走了回去。

"站住。"富兰克林突然感到一阵不安，慌忙叫住了小鬼，"你该不会在想揭穿奇迹的手段吧？"

小鬼回过头，像看奇珍异兽一样看着他。

"富兰克林叔叔也觉得奇迹背后藏着手段吗？"

"别……别胡说！"

他忍不住加重了语气。这小子，竟然跟他抬杠。

乔丹镇有 900 多个信徒，但富兰克林应该是最受奇迹恩惠的人。

在加入人民礼拜会之前，富兰克林的身心都受到了严重的伤害。这个世界的一切都为有腿的人而设计。哪怕是去超市买一袋咖啡豆，富兰克林也要在路上、车站、卖场、收银台多次需要他人的帮助。

光是这样就够让人郁闷了，何况他的大脑也残留了后遗症。有时他下定决心转着轮椅离开家门，刚出门就眼前一黑，醒来时夜已经深了。

"我相信教主大人的奇迹。"

这是当然的。如果奇迹是造假，富兰克林的身体和大脑，还有组成自己的一切，都成了假的。

"背后没有手段，绝对没有。"

他转动车轮，背过身不再理睬那个一脸呆滞的小鬼。

◆

"——露易丝阿姨，你好啊！"

天使在呼唤她。

露易丝·雷兹纳感觉自己漂浮在奥兰治海面上，蓦然听见了那个纯真无邪的声音。世界无比安静、温暖、柔和。这里是天堂吧。她的灵魂得到了解放，一切罪孽得到了宽恕。

"露易丝阿姨？"

她想回应天使，但不知为何发不出声音。她也看不见天使美丽的容颜。于是她奋力睁开眼，发现一个脏兮兮的亚裔少年正低头看着自己。

"啊，你醒啦！早上好呀！"

露易丝猛地坐起身，环视四周。这里是诊所一角，她躺在用床帘隔开的病床上。应该是她在大帐篷晕倒后，沙克特医生将她送过来的。病床虽比宿舍的床柔软一些，但她竟能把这里错当成天堂，也是够傻的。

"你好像是——"

"我叫 Q，得到教主大人吩咐，想问阿姨几个问题。你能说说发现尸体的详细情况吗？"

Q 翻开橙色的笔记本，一脸骄傲地拿起了铅笔。她不明白吉姆为什么让一个小孩儿出来调查，但也没有力气想太多。兴许是大人们都忙着对付议员，抽不出人手。

"我没死成。"

露易丝说出了自己想在丛林里上吊，但是没成功，于是想去仓库拿毒药，结果在半路上发现了尸体的事情。Q 一边写字，一边表情复杂地听露易丝讲话。

"死在那里的人，是调查团的人吗？"

"是的，他叫易浩俊。"

"这果然是上帝降下的惩罚啊！"

"那——" Q 压低了声音，"我也不知道。你能告诉我易先生的尸体是怎么摆放的吗？"

"舞台上的讲坛倒了，那个人的上半身和下半身就摆在上面。上半身靠前面，下半身靠后面。我当时在舞台下面，没怎么看清下半身，但是看清了上半身，面对着我的方向，肚子里的东西流出来了。"

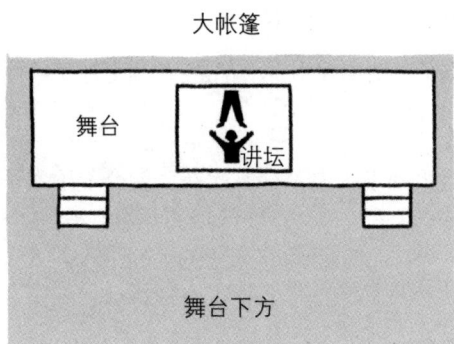

只是复述一遍当时的场景，露易丝就感到胃部发沉。Q飞快地走着笔，然后把本子转了过来。

"是这样的吗？"

露易丝点点头。脖子被钢丝绳勒过的地方一阵刺痛。

"发现尸体时，大帐篷还有其他人吗？"

"我没看见，但也不能保证没有人藏在什么地方。"

Q皱着眉，用铅笔屁股挠了挠后脑勺儿。

"阿姨有没有发现什么，或者觉得有点奇怪的地方呢？无论多么小的细节都行。"

露易丝闭上眼睛，搜寻着半天前的记忆。天亮前清冷的空气中融入了肉品工厂的气味，讲坛上摆着怪物一样的尸体。

"……我当时很想给他修鞋。"

说着，她睁开眼，发现Q怪异地看着她，仿佛看见鸡蛋里孵出了章鱼。

"尸体的脚不是冲着舞台下方嘛！"她指着Q的本子说，"我搬到乔丹镇之前，在得州开过修鞋店。当时我看见尸体脚上的鞋子，第一反应就是这双鞋该换新的了，不然就得好好修理一下。他也许是习惯一直穿同样的几身衣服和同一双鞋子的人。"

Q 僵硬地点了点头，在本子上记道："露易丝想给他修鞋。"

"谢谢阿姨。"

Q 可能觉得再问下去也不会有收获，就合上了本子，然后拉开床帘走了出去。

露易丝靠在床头轻叹一声。那个人的死，也是因为她给调查团的成员塞了那张纸条。她果然没有资格活下去。

"那个，阿姨你别怪我多管闲事。"

Q 一脸纠结的表情。

"什么？"

"调查团那三个人的死不是上帝的惩罚。"

她忍不住看向床帘外面。大帐篷周边很热闹，诊所附近倒是没什么人。

"……你可千万别说这种话。"

这孩子在否定教主大人的话。万一被干部听见，恐怕要在集会上教导他，甚至把他关进牢房。

"是真的，所以这不是露易丝阿姨的错。"

"那你说那些人是怎么死的？"

Q 回答不上来，只能用力攥紧卷成筒状的笔记本，直直地注视着露易丝。

"侦探很快就会解开谜题，所以在那之前，请你一定不要自杀。"

2

食堂中央设置了舞台，六人组成的乐队正在笨拙地弹奏《乡村路》。

乐队成员都是学校老师，但不知为何，W 也混在里面拍铃鼓。有些优等生确实总想着在大人面前露一手，这让大坿不禁担心他会遭到同学的排挤。信徒们在舞台下夸张地摇晃着肩膀，为主场拍手打节奏。

月光裹着月晕，垂眼注视着站在牢房屋檐下的两个越狱犯。招待来宾的猪排香气阵阵飘来，大坿忍不住咽了口唾沫。

"我们来的时候都没有肉吃。"

凛凛子素手抓了一把 Q 偷来的麦片放进嘴里，嘟嘟哝哝地抱怨着。

"我们来的时候吃的还是枪子儿呢！"

大坿喝干了不温不凉的水，抬手擦了擦嘴。

信徒们集中在食堂和大帐篷里，开了一场欢迎里奥·莱兰德议员一行的派对。之所以这么做，也许是想展示人民礼拜会并不是危险的邪教组织。吉姆·乔丹身穿红色衬衫，戴着大墨镜，也坐在大帐篷的舞台上。

"话说回来，今天没看见那条薮犬啊！"

凛凛子小指戳着圆圈麦片，低声说道。这么说来，大坿也没看见那条狗。

"也许已经进了莱兰德议员的肚子。"

"别这么说。"

凛凛子瞪了他一眼。

就算是人民礼拜会，也不会搞这种麻烦的恶作剧。可能薮犬觉得在这里蹭不到吃的，又返回丛林了。

"大家好像都忘记了今天早上那里还放着易先生的尸体。"

凛凛子注视着大帐篷的舞台咀嚼了一会儿麦片，他们头上的扬声器突然响起了刺耳的吼声。安装在部落各个角落的扬声器也传出了同样的声音。

"——今天能来到这里，我感到特别高兴。"

大埘看向食堂，摇滚乐队已经下去了，换成一个身穿灰色西装、系着领带的男人站在舞台上，那应该就是里奥·莱兰德议员。内务长彼得·韦德斯潘正弯着腰为他拿话筒。

"来这里之前，我听到了许多咒骂乔丹镇的声音。但是今天我才知道，也有人相信这个部落是世界上最好的地方，这一刻才是世界上最棒的一刻。"

信徒们齐刷刷地站起来，向莱兰德议员报以热烈的掌声。

"那个大叔完全被哄骗了吧！"

"人家是政治家，也许受到了这么热烈的欢迎，也就不好多说什么。但是他心里怎么想的，就很难说了。"

就在那时，一个小小的人影穿过宿舍走了过来——是他们的新人助手Q。

"派对快结束了，富兰克林叔叔也要回来了。"

Q代替他们混进派对，负责观察吉姆、干部、莱兰德议员和记者的情况。

"该回监舍了吧？"

大坜伸了个懒腰嘀咕道。凛凛子则在 Q 面前蹲下了身子。

"今天一天真是谢谢你了。我很想答谢你，但是什么都做不了，真对不起。"

Q 的耳朵唰地涨红了。他别过脸，有点喘不上气地说：

"我一直都是一个人。"

确实，乔丹镇除了 Q，没有其他亚裔居民。

"所以等我长大了，想去爷爷的家乡日本看看。到时候，你能带我去看看侦探事务所吗？"

这回轮到凛凛子害羞了。她笑了笑，不知为何拍了拍大坜的后腰。

"交给我吧。等你来了日本，我就给你讲我们解决过的案子，保证过瘾。"

大坜随口答应下来，Q 高兴地点点头，快步跑回了派对会场。

"展望未来不是不行，但还是要先解决眼前的案子啊！"

"有道理。"

说完，二人便沉默下来，注意着脚下的斜坡，小心翼翼地回到了牢房。

为了不让看守牢房的富兰克林回来后发现异常，他们得锁上监舍的门锁。从看守室抽屉里拿出备用钥匙后，凛凛子先进入监舍，大坜给她上了锁。接着大坜走进隔壁的监舍，从铁栏里伸出手锁上了自己的监舍门。然后，他用手帕包起钥匙以免发出响声，再将手帕塞进了裤子后袋。

大坜想了大约 10 分钟案子的事情，富兰克林回来了。他看了一眼两个监舍，转身进了看守室。因为他口袋里就有钥匙，只要不撞到二人跑出去，他不太可能发现备用钥匙没了。

"要是出事了，你就大声叫。"

等到轮椅移动的声音消失在看守室中，大圵对着墙壁提醒了一句。

按照常识思考，上了锁的监舍里应该是最安全的。可是考虑到易浩俊的遭遇，他根本放不下心来。

"我知道了。"

对面传来凛凛子生硬的回答。

他躺倒在冰冷的地面上，朝着天花板叹了口气。

回想三起案子时，大圵突然感到一阵浓浓的睡意。他本来就睡眠不足，又时隔一天填饱了肚子，大脑才会变得好似下午的打工人一般。

他才刚刚放下豪言壮语，怎么能睡过去呢？脑子里虽然这样想，可是没多久，大圵就合上了眼睛。

*

鸟儿的啁啾与外面的人声重叠在一起。

睁开眼时，通气孔外面已经洒下了天光。

"……凛凛子？"

大圵突然感到一阵悸动，猛地跳了起来。他拍了拍左边墙壁，没有回应。

"喂，凛凛子，你还好吧？"

他的声音在走廊上回荡。就在他慌忙掏出钥匙时，另一头传来了凛凛子拉长的语调。

"请你冷静，我还活着。"

他忍不住双腿一软，跪在了地上。

"吓死我了，虫子塞你耳朵里了吗？"

"一整个晚上鼾声震天宛如狗熊的人没资格说我。"

富兰克林听见动静过来查看，大坍慌忙收起了钥匙。富兰克林轮流看了两个监舍，留下一句"别太吵"，又返回了看守室。

"……你整夜都没睡吗？"

"是的，也多亏这样，所有的谜题都解开了。"凛凛子轻飘飘地说道，"凶手是雷伊·莫顿。"

"哈？"

"乔丹镇的校长，他就是一连串杀人案的凶手。"

第四日：1978年11月18日

1

"美国的种族歧视者诬蔑我是追逐金钱与权力的恶棍。"

吉姆·乔丹靠在椅背上，竖起食指对准 NBC 新闻采访组的丹尼埃尔·哈里斯。

"但是我把生命献给了乔丹镇的居民，我为那些长年承受着痛苦的人创造了一个所有人都能健康自由地生活的共同体。"

食堂昨晚还是乐队一本正经表演差劲节目的舞台，今早已经变成了宛如新闻演播厅的采访会场。两张扶手椅在舞台上斜斜地相对而设，右边坐着吉姆·乔丹，丹尼埃尔·哈里斯则坐在左边，双腿交叠。舞台下面设置了两台摄影机和枪式麦克风，捕捉着吉姆的一举一动。

"这里没有疾病，也没有意外，是全世界唯一的乌托邦。妄图破坏这个小镇的人，都是看不见真相的愚蠢之人。"

"我们媒体遇到无法理解的事物，总是会忍不住攻击呢！"

哈里斯软弱地应了一句，不动声色地看向舞台下方。里奥·莱兰德皱着眉，竖起两根手指对准自己的眼睛，意思是我可看着你呢，再强硬点。

"——我很认同你的理念，不过，人民礼拜会也有十分值得顾虑的事情吧？"

听到哈里斯接下来的话语，信徒们躁动起来。这个时间他们该去工作了，但食堂里还是挤满了男女老幼，人群甚至围到了外面。

"一位退教者说，教会拆散了家庭，强制他们分开生活。还有退教者说，他对人民礼拜会的严格戒律发出质问之后，被拉到集会上遭受信徒的集体谩骂。你说这个部落是自由的共同体，是否过于武断了？"

哈里斯故意维持着彬彬有礼的态度。这个人最擅长在挑衅采访对象的同时，不让观众感到失礼和冒犯。

"如果让我来说，你才是那个武断的人。"吉姆哑着嗓子说，"这个部落有 900 多个居民，有的人有家庭，有的没有。有的人始终信仰上帝，有的人曾经对其不屑一顾。这里有各种各样的人，而大家都要平等地生活，自然会发生一些矛盾和摩擦。"

"如果能和平解决矛盾和摩擦，当然没有问题。可是你使用的都是暴力手段。"

站在舞台一侧的干部张口就要解释，就被吉姆抬手制止了。

"荒唐。'暴力'这个词与人民礼拜会毫无关系。"

"但你会对不听话的信徒施加惩罚，对吧？很多退教者都表示，他们曾经被关进牢房，连饭都吃不上。"

"那都是无聊的谎言。背叛者为了得到豪车和无限额的信用卡，才说出了那种弥天大谎。他们必将遭到上帝的惩罚。"

"那么请你看向那边回答我的问题。"哈里斯指着肩扛 NBC 摄像机的摄影师，"你能够断言，自己从未用过暴力手段吗？"

"当然可以。"

"如果发现了相反的证据，证明你使用过暴力，你该如何负责？"

"我拒不回答荒唐的问题。"

"如果你问心无愧，应该可以堂堂正正地回答。"

"如果真的能够证明，"吉姆咽了口唾沫，"我就会毫不犹豫地以死回应，但是这一切都不会发生。"

"我们来聊下一个话题吧！"

哈里斯翻开了记事本。

"你还进口了武器吧。蒂梅里国际机场的工作人员目击到飞往乔丹镇的赛斯纳小型飞机装运了军用步枪和霰弹枪。"

"那应该是用于打猎的。"

"那你又如何解释乔丹镇从俄亥俄的医药品公司大量购买感冒药和降压药的事实？"

"为了居民的健康。"

"你在说谎。你以购买医药品为名目，还从该集团下属化工厂进口了两千克氰化物。"

吉姆可能被问了个措手不及，焦躁地推了两下墨镜。

"那都是假的。"

"我这里有一份订单复印件，你敢说这也是假的吗？"

哈里斯拿起放在座位旁边的文件夹，抽出几张文件递到吉姆手边。吉姆赌气地看都不看一眼。哈里斯摇摇头，举起文件对准摄像机。

"我们感到了危机。从昨晚到现在，好几名信徒找过来，请求我们带他们离开乔丹镇。如果人民礼拜会真的是与暴力无缘的共同体，他们又怎么会来恳求我们这些外人呢？"

吉姆坐在椅子上背对哈里斯，烦躁地敲打着扶手。底下的观众也发出了起哄声。哈里斯看了一眼舞台下方的莱兰德，微微勾起嘴角。

这样就好，对手的行为越丑陋，就越能衬托我方的英姿。

"很遗憾，你似乎无法洗脱用暴力手段控制信徒的嫌疑。"

哈里斯嘲讽地耸了耸肩。就在那时，设置在舞台两边的扬声器突然发出了沙沙的杂音，整个部落的扬声器都发出了同样的响声，信徒们纷纷疑惑地看着周围。

"——里奥·莱兰德议员，你不也是一样，用粗暴的手段操纵人心吗？"

扬声器中传出一个女人的声音。哈里斯本以为是吉姆的指示，但是连他也一脸惊讶地看向长官。这时哈里斯站起来，指着大帐篷惊呼一声。

"我不认为人民礼拜会是洁白无瑕的，但是你刻意操纵舆论，让人们误以为吉姆·乔丹是靠武器和剧毒物品控制信徒，我也很不赞同。"

信徒们齐刷刷地看向大帐篷，只见一个陌生的亚裔女子站在舞台上，手里握着麦克风。

"吉姆·乔丹先生，对于擅自离开牢房一事，我先向你表示歉意。另外也请你原谅我私自动用了礼拜会的器材。因为我有一些话，一定要跟信徒们说说。"

保安队长乔瑟夫·威尔逊朝对讲机嘀咕了几句。大约两秒钟后，食堂外围一个小个子男人的腰间传出了乔瑟夫的声音。他拿起对讲机，回答一句"收到"，旋即跑向大帐篷。他本想直接冲上舞台夺走女人的麦克风，旁边却突然冒出来一个亚裔男人，三人顿时抢作一团。扬声器爆发出尖锐的噪声，信徒们纷纷皱起了眉。

"乔，你在干什么？"吉姆站起来，朝他甩了甩手，"别做多余的事情。"

保安队长极不情愿地再次拿起对讲机，撤回了刚才的指令。两秒钟后，小个子男人松开了女人，女人重新抓好麦克风，环视周围的人群。

"我并不打算弹劾人民礼拜会，但是乔丹先生，你身为宗教家虽然具备了优秀的品质，却用无聊的戏法欺骗信徒，我对你非常失望。如果真的想救赎大众，你应该立刻悔改。"

人们都以为吉姆会像刚才那样出言反驳，没想到他却紧紧攥着扶手，倾听女人的话语。

"乔丹先生，聚集在这里的信徒有权知道这个部落正在发生的事情。如果你允许，我将在这里解开部落里的三起杀人案之谜。你能给我一点时间吗？"

一说到杀人案，NBC采访团顿时变了神色。摄影师看了莱兰德一眼，但莱兰德也没有反应过来。

"这是你的圈套吗？"

吉姆举起麦克风，对大帐篷的方向发问。

"不是。"女人摇摇头，"我站在这里，是为了保护人民礼拜会的人。"

吉姆左手轻抚脸颊，像是放弃了什么似的松懈下来，然后垂下了手。

"可以，那你说吧。"

他的指尖沾上了粉红色的粉末。

2

本来都在食堂围观电视台采访的信徒们屏息静气，静静等待突然出现在大帐篷舞台上的调查团幸存者——有森凛凛子的话语。一直以为二人都被关在牢房的看守富兰克林·帕特因，以及刚才试图把凛凛子拽下舞台的保安队员拉里·莱文斯都一脸不忿地盯着舞台。

凛凛子给大埘使了个眼色，缓缓开口道：

"我接下来要说的话，并非否定各位的信仰。每个人都有信仰的自由，但是——"

大埘想起自己前不久还听过同样的话，那是凛凛子解释负鼠为何能死而复生时对 Q 说的话。

"我的三名同伴在令人费解的状态下遭到了杀害——尽管表面看起来是这样，但他们并非遭到了上帝的惩罚。"

信徒们愣怔了片刻，然后面面相觑。吉姆的表情则没有变化。

"然而，若说这些案子与各位的信仰毫无关系，那也是不对的。事实上，正是人民礼拜会的信仰成了其中一条导火索，引发了这次的惨案。

"19 世纪初，威廉·米勒的信徒坚信基督会在 1843 年再临。米勒的预言落空了，但他们还是一次又一次地更改自己的解释，始终坚信预言的正确性。直到现在，他们还在以另一种形式持续着信仰活动。

"1954 夏天，赛德拉修女声称自己得到了宇宙守护神的启示，她的信徒坚信 12 月 21 日将暴发世界范围的大洪水。那一天洪水并没有暴发，可他们还是更改了自己的解释，提出新的日期，坚持相信赛德拉修女真的受到了天启。

"这两个信仰集团的共通之处，就是信徒舍弃原本的生活，陷入了无法回头的境地。生活在乔丹镇的人民礼拜会信徒，也同样处在这种境地。"

"你想说我们的信仰都是错误的吗？"

保安队长乔瑟夫·威尔逊大声吼道。观众人群里也迸发出骂声。

"不。各位与米勒派和赛德拉修女的信徒有一点很大的不同。信仰人民礼拜会的人都有具体的奇迹体验，那就是伤痛和疾病症状消失了。对于我这种外人而言，那是难以置信的，但是不能否定，大家确实有那种感觉。我想知道的是，人在直面信仰与现实的龃龉之时，会不会强行消除矛盾之处。"

等到起哄声平息下来，凛凛子继续道：

"现在来回顾具体的案发经过吧。首先是阿尔弗雷德·丹特先生被刺死的案子。15 日深夜，丹特先生在厕所发出惨叫声，然后逃进了干部宿舍北-3。不久之后，同样住在干部宿舍的保安队长乔瑟夫·威尔逊、内务长彼得·韦德斯潘，以及碰巧在附近的少年 Q 都听见丹特先生的房间传出了惨叫声。

"16 日早晨，事务组的妮可·费舍尔小姐送早餐到北-3，察觉情况异常，随后两名干部发现了丹特先生的尸体。死因是背部被反复刺伤失血而死。丹特先生的房间钥匙放在室内，凶手却不知所终。

·

"这个案子看起来就像幽灵从厕所开始追杀丹特先生，并在他逃进北-3 后将其刺死，但事实当然不是这样。要拆穿这个案子的诡计，首先要将丹特先生的遭遇分成两个部分。"

凛凛子竖起了两根指头。

"第一，丹特先生在厕所发出惨叫时，究竟发生了什么？第二，他逃进北-3 再次发出惨叫时，又发生了什么？

"对于第一点，可以列出无数的可能性，但几乎无法明确。他可能碰到了正好在上厕所的什么人，也可能被溜进部落的数犬扑了个正着。丹特先生生前曾被蜂巢吓跑，还用海报封住了被虫蛀的墙壁破洞，可见他是个十分害怕虫子的人。他也有可能在厕所见到蜂子或者飞蛾，一下没忍住叫了起来。连我都不知道正确答案是什么。我只想说，第一声惨叫有很多种可能的原因。"

面对一脸茫然的信徒，凛凛子竖起了两根手指头。

"问题在于第二点：丹特先生在北-3 发出惨叫时，他的房间里究竟发生了什么？

"有一个提示，就是附着在衣柜门上的血迹。那是一个双开门的衣柜，整面都是镜面。衣柜门的下方有一片横跨了两扇门的血迹，但是左右并不相连。这就证明，丹特先生流血时，衣柜门不是完全闭合的。可是左门如果开得太大，右门就不会粘到血迹，所以左门应该是半开的状态。

"丹特先生从厕所跑回北-3，立刻转身锁上了房门。反锁的转扣在房门右侧，所以丹特先生应该是转向左边反锁房门后，又一次转向了右边。就在那时，他看见了房间左侧半开的衣柜门。房间右侧，也就是床所靠的那面墙上贴着吉姆·乔丹先生的海报。丹特先生看见倒映在镜面衣柜门上的乔丹先生的身影，忍不住发出了惨叫。"

信徒们顿时骚动起来，似乎有一多半都不太信服，纷纷与同伴对视，或是窃窃私语。其中一人——厨房组的蕾切尔·贝卡对着舞台大声说道：

"如果你的推理正确，那么丹特先生两次发出惨叫，都不是因为遭到了凶手的袭击吗？"

"是的。更确切地说，丹特先生没有遭到任何人的袭击。"

食堂陷入一片死寂。信徒们显然都不理解她的话。

"那丹特先生为什么死了呢？夺去他性命的凶器，是他随身携带用于防身的折叠刀。丹特先生是在厕所遭遇意外时掏出了刀子，也许是为了防身，也许是为了赶走什么东西。

"他逃回北-3后，抓着刀反锁房门，这才松了一口气。可是刚转过身，他就看见吉姆·乔丹先生的身影，顿时吓得双腿发软。

"丹特先生软倒在地的同时，刀子也掉在了地上。紧接着，刀子反弹起来，很不巧地刺中了他的背部。疼痛与惊讶导致丹特先生产生恐慌，想也没想就拔出了刀子，最后害得自己因为失血性休克而死亡。"

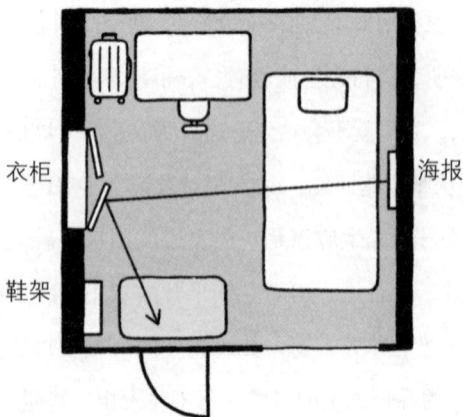

干部宿舍　北-3

"那么，丹特先生的死只是一连串的不幸所导致的意外吗？"

"你说得没错。"

"那不对吧？"坐在轮椅上的富兰克林·帕特因闷声道，"他背上被刺了好几刀。如果你的推理正确，那应该只有一处刀伤。"

"你说得也对。人没有办法反复刺伤自己的背部，也没有理由这么做。但是有另一个人反复戳刺了丹特先生的尸体，把死于意外的人伪装成他杀。"

"要确定这个人的身份并不难。北-3 的钥匙只有一把，当时放在鞋架上。谁也无法出入密室状态的现场，因此能对尸体做手脚的人，只有打破窗玻璃爬进去的那两个人，也就是保安队长乔瑟夫·威尔逊先生和内务长彼得·韦德斯潘先生。"

信徒们齐刷刷地看向站在食堂舞台边缘的二人。乔瑟夫·威尔逊嗫动着嘴唇，似乎想说些什么，彼得·韦德斯潘则一脸苦笑，似乎放弃了挣扎。

"这两个人为什么要对尸体做手脚？因为现场是密室状态，他们一定很快就考虑到了意外的可能性。但是吉姆·乔丹先生曾经无数次公开宣称，乔丹镇不存在疾病和意外。"

人群中传出了许多惊叹。

"如果这里只有信徒，他的话就不会与现实发生龃龉。因为各位的身上不会出现伤痛和疾病——至少你们的感觉是这样的。但是外来的丹特先生因为意外死亡，就使乔丹先生的话出现了矛盾。恰如米勒派和赛德拉修女的信徒那般，你们遇到了绝对不能出现的信仰与现实的龃龉。"

凛凛子目光转向吉姆·乔丹。

"两位干部想起了乔丹先生的话——这个部落不存在疾病和意外。那么，只要让丹特先生看起来并非死于这两种原因，就能保住乔丹先生的正确性。想到这里，二人开始思考既不是疾病也不是意外的死亡原因，最后想到了——"

"杀人吗？"

吉姆吐出一口浊气般问道。凛凛子点了点头。

"两位长官用刀子反复戳刺尸体背部，制造了丹特先生被人杀害的假象。"

那个瞬间，风骤然停歇。

"解不开的密室杀人之谜，其实是他们为了守护信仰而制造的幻象。"

*

"接下来要分析的是朱迪·兰迪小姐被毒杀的案子。"

凛凛子换了一只手拿麦克风。听众的骚动几乎完全平息下来。

"16 日上午 10 点，朱迪小姐前往学校的 E 教室，与厨房组的布兰卡小姐、蕾切尔小姐和克里斯蒂娜小姐开茶话会。四人到齐后，布兰卡小姐往茶杯里倒了红茶，每个人都自己挑了一杯茶喝起来，但是最后只有朱迪小姐被毒倒，然后死亡了。

"这个案子与另外两个案子存在着不同之处，那就是信仰人民礼拜会的人都不觉得里面存在谜团。即使喝了下毒的红茶，三位信徒都不会中毒。因此，只有朱迪小姐死亡被认为是理所当然的结果。"

就着凛凛子的话，厨房组的蕾切尔连连点头。

"正如我最开始所说，我并不会否定各位的信仰。但我并不是人民礼拜会的教徒，也从未亲身体验过奇迹。因此，我无法接受所有人都服用了毒药，却只有朱迪小姐一个人中毒的解释。

"那么，她究竟是怎么死的？四个人拿的茶杯花纹相同，也没有明显的破损或裂痕，而且倒茶时茶杯排成一圈，实在无法预测朱迪小姐会选择哪一杯。因此，凶手无法只在朱迪小姐那杯茶里下毒。再加上同样喝了红茶的另外三人都平安无事，证明朱迪小姐的红茶里没有被下毒。"

"那她为什么中毒了？"

同属厨房组的布兰卡困惑地问道。

"其实，朱迪小姐一直有心绞痛的毛病。在事发前一天晚上，她面色很差，状态明显不太好。虽然她本人说好像是感冒了，但我怀疑实际症状是胸口疼痛和呼吸困难。服用降压药后，朱迪小姐的症状有所缓解，但是在她去世的那天早晨，我还是注意到她短暂地表现出了心脏有点不太舒服的样子。

"我母亲生前也患有心绞痛，为了防止发作，医生嘱咐她一定要随身携带硝酸甘油舌下含服片。可以推测，在前往医疗体制不完善的丛林开垦地时，朱迪小姐也准备了足够的硝酸甘油片。可是我检查尸体时，发现她身上除了常用的降压药，并没有其他药剂。"

说到这里，凛凛子煞有介事地抚着胸口。

"朱迪小姐为什么没有随身携带硝酸甘油片呢？不同于每天都要服用的药剂，人很容易忘记只在发作时服用的药剂。在去世的前一天，朱迪小姐脖子上还挂着镶金的绿松石吊坠。那是她为了不忘记随身携带硝酸甘油片，专门用于存放药片的吊坠。"

大墘想起初见朱迪时，自己曾经疑惑她这个批判伪科学的权威怎么还佩戴能量石。想来，那应该是边框能够开合的盒式吊坠。假如挑选吊坠是出于实用目的，那她的选择倒是能够理解了。

"但是去世前一天晚上，朱迪小姐胸口的吊坠不见了。我想应该是搭扣松脱或者链条断裂，丢失在了什么地方。

"茶话会期间，朱迪小姐突然倒下并非因为中毒，而是发作了心绞痛。她抬手摸向胸口试图寻找硝酸甘油片，但是在那一刻才意识到项链不见了。就这样，她没能抑制病情发作，一命呜呼了。"

凛凛子看向布兰卡、蕾切尔和克里斯蒂娜。

"厨房组的各位当时处在了跟两位干部同样的困境中。如果乔丹先生说得没错，乔丹镇就不应该存在疾病，可是朱迪小姐是因为发病而死，现实与信仰发生了龃龉。"

厨房组的三个人慌张地面面相觑，或是摇头，或是捂嘴。

"经过与两位干部一样的内心纠结，她们决定对尸体动手脚。幸运的是，乔丹镇的仓库里放着乔丹先生从俄亥俄采购来的氰化物。她们拿了氰化物，化在红茶里给尸体灌了下去，制造出朱迪小姐被毒死的假象。"

凛凛子停下来，痛心地看着吉姆·乔丹。

"这件解不开的毒杀案，也是她们为了守护信仰而创造的幻象。"

*

"最后是易浩俊先生被杀的案子。"

凛凛子喝了一口水润嗓，再次拿起麦克风。所有听众都屏息静气地等着她说话。

"16 日白天，我们三人被关进了牢房。我和大�先生被关在外面的一号牢房，易先生则被关在隔着一条走廊的里面的二号牢房。要袭击易先生，必须经过我们所在的一号牢房走进二号牢房，然后穿过监舍的铁栏。可是 17 日早晨，有人在大帐篷的舞台上发现了易先生的尸体，易先生是被击伤头部之后，身体又被砍成了两段。"

NBC 的丹尼埃尔·哈里斯猛地瞪大了眼睛。他与摄制组成员交换了一个眼神，想必是没料到这里竟发生过如此惨烈的案子。

"在两重屏障中，监舍的铁栏门应该是出于某种理由被解锁了。显然不可能是负责看守的富兰克林先生故意打开了锁头，所以我推测，要么是把易先生关进去时，他忘了上锁，要么是锁头没有对准铁栏门的搭扣锁好。

"易先生患有幽闭恐惧症，应该在某个时间点无法忍受下去，离开监舍到了走廊上。他开合铁栏门时应该发出了响动，不过一号牢房跟二号牢房中间隔着一条走廊，当时又下着雨，所以我们和富兰克林先生都没有注意到。"

凛凛子瞥了一眼富兰克林，只见他抬起巴拿马帽的帽檐，目不转睛地瞪着凛凛子。

"易先生感到紧张的情绪有所缓和，但他所在的建筑物依旧是个密闭空间，所以，他当时一定很想出去。走廊上有个通气孔，但是无法容纳成年人进出。若是走向一号牢房，又会被我们发现。就算我们不说什么，他经过看守室还是会被富兰克林先生发现。

"就这么纠结着过了两个小时，富兰克林又一次出来巡视了。易先生当时已经失去冷静，趁富兰克林先生不注意将其打晕了。易先生看起来不像是身手很好的人，但是要偷袭坐轮椅的富兰克林先生也算是绰绰有余。接着，易先生戴上富兰克林先生的帽子，操作轮椅经过我们的监舍，逃出了牢房。"

富兰克林的脸部绷紧了，却没有开口反驳。

"易先生逃出牢房时,肯定是遭遇海难的人好不容易爬上了陆地的心情。然而正是那种兴奋夺走了他的性命。大家都知道,牢房正对着一道陡坡。由于不熟练轮椅的操作,再加上雨天地滑、能见度不高,他连人带轮椅滚了下去。"

人群中又一次传出惊叹声。

"彼时,丛林里正好有一位女士企图自杀。她先在看起来很结实的树木分叉处挂上了钢丝绳,想要在那里上吊。可是她带来的钢丝绳太长了,没法将她吊起来。于是她把钢丝绳的末端捆在了另一棵树上——也就是说,她把钢丝绳拴在了两棵树上,总算调整好了上吊的高度。

"钢丝绳勒紧她的脖颈时,也在两棵树之间绷直了。正好在那一刻,易先生坐在轮椅上飞快地滚了下来。"

"啊!"一声惊呼,厨房组的克里斯蒂娜·米勒抬手捂住了嘴。

"易先生肯定拼命想要停下轮椅,于是踩着地面绷直了双腿。正因为这样,他的鞋子才会满是泥泞,鞋底也变得破破烂烂。然而在湿滑的陡坡上,一切挣扎都是徒劳。轮椅一头撞向两棵树中间,钢丝绳把易先生的身体拦腰截断了。"

吱——一阵刺耳的金属摩擦声,原来是麦克风破音了。

"钢丝绳挂住靠背,瞬间截停了轮椅。易先生的上半身和下半身沿着不同的角度飞了出去。尸体头部的钝器伤,应该是那一刻磕在石头上造成的。

"因为轮椅的冲击,钢丝绳勒断了树枝,上吊的女人也跌落在地。等到脑部恢复供氧醒来之后,女人赫然发现,自己眼前竟多出了一具断成两截的男人尸体。

"她也陷入了跟干部和厨房组成员一样的困境。如果乔丹先生的话没有错，乔丹镇就不该发生意外，然而易先生很显然是意外身亡的。那一刻，又出现了现实与信仰的龃龉。"

大坜看见吉姆·乔丹叹了口气。

"跟前面那两批涉案人员相同，她也决心对尸体做手脚。只要没人知道易先生死在了山坡底下，那他的死因就怎么看都不像是意外。她用轮椅充当推车，把尸体拉到了山坡上，再推进居住区。而之所以要把尸体放在这个舞台上，是因为她觉得专门把人劈成两半的凶手肯定会有炫耀尸体的心理。"

凛凛子挺直身子，目不转睛地看着吉姆·乔丹。

"这桩极其残忍的案子，其实也是她为了守护信仰而制造的幻象。"

吉姆张开口想说话，却被保安队长乔瑟夫·威尔逊抢了先。

"你想说教主大人是个骗子，而我们则是盲信了骗子的蠢货吗？"

"不。我再重复一遍，我并不否定各位的信仰，也不打算谴责将意外和疾病伪装成谋杀的信徒。"

"那你为什么——"

"信仰本来就该是自由的。可是人民礼拜会的信徒被乔丹先生的话语所束缚，甚至触犯了亵渎尸体的禁忌。这种行为让我感到了危机。"

说到这里，凛凛子放下麦克风，走下了大帐篷的舞台。众人像摩西杖下的海水一般分开了道路。凛凛子径直走向食堂，对舞台上的吉姆·乔丹说道：

"乔丹先生，请你不要把信徒逼上绝路，而是创造一个让他们自由信仰上帝的宗教。这便是我的请求。"

◆

吉姆·乔丹站起身，朝着自诩为侦探的女人伸出右手。女人握住了他的手。吉姆轻轻摇动二人相握的手，信徒们爆发出掌声。那是与昨晚的欢迎派对截然不同的充满热情的掌声。

"我们内部存在着很多问题。但是这一天，将是全新的人民礼拜会走向辉煌的第一天。"

听了吉姆夸张的台词，信徒们又发出了喝彩声，甚至有的人开始擦拭眼角。连坐在舞台上的NBC记者丹尼埃尔·哈里斯都激动地拍着手。

开什么玩笑。

里奥·莱兰德一拳砸向大腿。他不远万里来到这个丛林深处，怎么能只上演一场廉价的人情喜剧？

吉姆·乔丹被信徒牵着手走下舞台。保安队长一声号令，信徒们带着畅快的表情各自走向工作岗位。连NBC的摄影团队都满怀成就感地收拾起了器材。

莱兰德正独自在一边咬牙切齿，突然被内务长彼得·韦德斯潘叫住了。

"如此唐突真是抱歉，请问你能把这两位也带上飞机吗？"

彼得身边站着刚才那两个亚洲人。破坏了别人表演的舞台，现在竟然还厚着脸皮来蹭飞机了吗？

"随便！"

其实莱兰德根本不想看见他们，只是想不到拒绝的理由，只好气哼哼地这样说道。女人留下一句"我去拿行李"，便跟男人一起走出了食堂。

莱兰德注视着二人离开的背影，突然注意到两个黑人在宿舍的屋檐下闲聊。他不认得脸上有疤的男人是谁，但是猜测那个坐轮椅的男人便是亚洲女人刚才提到的牢房看守富兰克林。二人体格都很健壮，但是看着不太聪明。

"喂，过来这边，开始拍摄！"

他对正在收起摄影机的 NBC 摄影师鲍勃·布兰特一声令下，然后走出了食堂。布兰特慌忙重新安好镜头，跟了上去。

"你好，你就是富兰克林吧？我想问几个问题，你有时间吗？"

他挤出了上个月支持者集会时的笑容，朝对方伸出右手。轮椅上的人瞥了一眼布兰特的摄影机，有点紧张地握了手。

"只要是我知道的都行。"

"谢谢。既然你相信吉姆·乔丹，想必你身体的伤痛已经治好了吧。"

"那是当然。"

"如果可以，能让他拍下你站起来的画面吗？"莱兰德抓住布兰特的手臂，将镜头移向富兰克林的腿部，"只要能看到那一幕，电视机前的观众一定都会相信人民礼拜会的奇迹。"

富兰克林羞涩地笑了笑，磕磕巴巴地回答：

"不行。这台轮椅是多年以来一直陪伴我的好伙伴，我早就决定了，不管腿好不好，我都要跟它相伴一辈子。"

"你自己能走路，却故意不走路吗？太让人难以置信了。"

莱兰德提高了音量，旁边那个脸上有疤的人立刻过来推了他一把。

"别说了，人家不愿意。"

"你们为什么来到了乔丹镇？如果有腿也不用来走路，那不就是浪费奇迹吗？”

"叫你别说了，他又不是供人围观的物品。"

"现在连马戏团的狗都能用两条腿走路了，你快起来走两步呀！"

莱兰德抓住椅背的把手，猛地推翻了轮椅。只听得一声尖厉的惊叫，富兰克林摔在了地上。他的脸和双手顿时沾满泥污，安在髋部的两根棍子却一动不动。

"站起来啊，你不是能站起来吗？"

"住手，你这疯子议员！"

脸上有疤的人一把揪住了莱兰德的领口。下一刻，莱兰德被迎面重击，跌倒在草地上狠狠撞到了腰，在他的鼻子底下和喉咙深处淌过了温热的液体。

"喂，拍到没？"莱兰德转头看向布兰特，"人民礼拜会的信徒对我施暴了！"

布兰特从取景窗前抬起脸，朝他点了点头。他的摄像机一直对着莱兰德。

"这是故意伤害，我要起诉到联邦法院，我要为正义而战！"

他每次发出声音，鼻腔都会喷出血泡。

脸上有疤的人冲向布兰特，试图夺走他的摄影机。可是就在他伸手抓住镜头的瞬间，突然浑身一僵，接着小声说道："对不起。"他的目光并没有对准布兰特，而是看向了摄影师的身后。

顺着他的目光看去，只见吉姆·乔丹定定地站在食堂门口。

他的脸上依旧没有表情，只是手杖的尖端在微微颤动。

3

　　大坍打包好行李，走出了南-30。凛凛子背着鼓鼓囊囊的背包，没多久也跟了出来。他们很想带走乃木和调查团成员的遗物，但实在是太重了，只得作罢。

　　腕表显示目前是 3 点钟，回国的路途无比漫长。他们先要乘坐教会的车前往凯图马港机场，然后换乘莱兰德议员安排的"双水獭"运输机飞往乔治敦的蒂梅里国际机场，再在那里换乘泛美航空越过加勒比海前往肯尼迪国际机场，然后购买飞往日本的机票越过太平洋。

　　他们沿着宿舍之间的通道斜穿过居住区，走向部落入口。二人走在一起时，他发现路过的信徒一直在对凛凛子微笑甚至合掌。

　　"你变成大红人了啊！"

　　"你在笑话我吗？"

　　凛凛子一边对信徒颔首致意，一边问道。

　　"我在夸奖你呢！因为你做了该做的事情。"

　　他们走出狭窄的通道，来到挂着"欢迎来到乔丹镇"招牌的大门口，收拾好行装的记者们已经聚集在了那里。他们好像还要等莱兰德议员带来的调查团成员。大坍四下一看，发现仓库旁边停着两辆翻斗车。

　　放下行李休息了一会儿，大坍注意到从居住地走出一个小小的身影。那个身影在几米外停下脚步，接着像憋着小便一样来回转悠起来。那是他们的新人助手 Q。

　　凛凛子招招手，把少年叫了过来。

"昨天谢谢你了，多亏了你，案子才能解决。"

她弯下腰，搭着 Q 的肩膀。少年脸上立刻泛起了醉酒似的红晕。

"能帮上忙我也很高兴。"

本来就像感冒一样的声音越发沙哑，变得好似哮喘。

"我很期待你到日本来。在此之前，还得保证事务所能一直开下去呢。"

"没关系，因为你有优秀的助手。"凛凛子拍拍手，像电影女主角一样说道，"对了，我把我的宝贝放在你这里，以后你要来还给我哦！"

"宝贝？"

"我有一串非常重要的念珠。"

凛凛子摸了摸左手腕，疑惑地"嗯？"了一声，她手上只剩下一只腕表了。之前朱迪也丢失了吊坠，看来乔丹镇具有让人丢东西的能量。

"你那个圆内神道的假东西？送那个有点不吉利吧！"

"那是我的宝贝。"

凛凛子慌慌张张地翻动背包，却怎么也找不到念珠。Q 尴尬得一会儿挠挠下巴，一会儿挠挠手肘。

"应该是掉在监舍或者宿舍里了。我去找找。"

凛凛子起身就要跑走，大埘慌忙拉住了她。

"别傻了，你想被莱兰德议员扔下吗？"

现在已经 3 点 10 分了。

"我很快就回来。"

"反正找不到的。"

"谁说一定找不到了？"

凛凛子抽出被大垆抓住的手臂，像是想起什么似的跑向仓库。她拿下挂在墙上的两个对讲机，调好频道后递给大垆一个。

"如果他们要走了，你就用这个叫我。我马上赶过来。"

说完，她撩起衣服把对讲机往皮带上一扣，摆摆手留下一句"拜托"，快步跑向居住区。

◆

天父之家的门一关上，吉姆·乔丹抄着木杖狠狠往地上一砸。

"为什么?! 为什么他们要陷害我?!"

他像耕地一样一下又一下地敲打着地面，第四下，地上的瓷砖就裂开了。

"外人都想破坏乔丹镇，我不是早就料到了吗？蠢货！"

无论吉姆多么激动，彼得·韦德斯潘始终心如止水。如果因为这点小事就大惊小怪，那可当不了这个人的手下。他一碰到麻烦事就会发脾气，这跟婴儿夜啼一样理所当然。

"彼得，你怎么不说话？都怪你引来了外人，事情才会变成这样！"

"让旧金山的马库斯·莱恩律师给 NBC 高层发函吧。如果他们公开这里的影像，就起诉他们损害名誉。"

"那种软弱的手段怎么会管用？"吉姆胡乱挥舞着手臂，"敌人不是 NBC，而是那个联邦下院议员。你除了面瘫还有脑瘫吗？"

"属下愚笨。"

这时，保安队长乔瑟夫·威尔逊故意清了清嗓子。吉姆指向他：

"你有什么想法？"

乔瑟夫深吸一口气，说道：

"人民礼拜会正面临着巨大的危机。现在唯一的希望，就是迁至苏联。只是，如果让查尔斯·克拉克看到那些影像，连这个计划也会泡汤。我们必须在他们离开前夺走摄影机，毁掉录像带。"

"要是这么做了，他们肯定会嚷嚷破坏私人财产。"

"那就只能封住他们的嘴。"乔瑟夫压低声音，"我们保安队囤积武器，每日操练，不正是为了这一天吗？"

吉姆以手掩腹，缓慢地做了个深呼吸。

"对，你说得没错。"

他发出了无比清醒的声音。

"乔，这件事就交给你去办。"

这下连彼得都感到心慌了。说下这番大话，乔瑟夫恐怕也是骑虎难下。如果只是让议员流流鼻血倒也罢了，万一发展成保安队袭击调查团导致多人负伤，人民礼拜会就再也洗不清了。到时候，全世界都会把人民礼拜会视作有武装的邪教。

话虽如此，就算他开口反对，吉姆也绝不会改变主意。烦恼几秒钟后，彼得决定拿起鸡毛当令箭。

"可是——我们这么做，上帝会原谅吗？"

"上帝？"

吉姆似乎早已忘了那个东西的存在，烦躁地挠了挠脖子。

"说什么蠢话呢？"

他不经意间看向吉姆身后，塞在书架上的《圣经》竟是上下颠倒的。

*

里奥·莱兰德议员走到部落入口时，身后跟着十几个信徒。

"看来是没人送行了，准备出发吧。"

他拍了拍翻斗车的窗子，满不在乎地说。坐在驾驶席上的人看了一眼后视镜，继而惊讶地探出头来。

"怎么这么多人？"他看了一眼聚集在门口的人群，摘掉了墨镜，"喂，怎么还有人民礼拜会的信徒？"

信徒们尴尬地转开了视线。

"这些都是想跟我们一起回美国的人，已经跟这里的内务长说好了，快让他们上货台去。"

莱兰德咋咋呼呼地说完，司机一脸诧异地跳下来，掀开了盖住货台的油布。一名记者走上去解开货台后部挡板，信徒们排队爬了上去。

另一辆车的司机也跳了下来，这时，大坝走过去叫住了莱兰德。

"不好意思，我的同伴回去取东西了，能再等一会儿吗？"

莱兰德毫不掩饰面上的不悦，装模作样地看了一眼手表。

"再等 10 分钟。3 点 50 分她不回来，我就带人走了。"

说完，他就背过身去再也不看大坝，而是跟记者交谈起来。

大坝走开几步，按下对讲机通话按钮。

"是我，你在哪里？"

"在牢房。"

那边很快有了回答。

"找到那个假道具了吗？"

"还没有。我先去南 –30 看了，没找到。"

"莱兰德再过 10 分钟就走了，你快回来——"

"我的孩子们。"

大坝吓得险些软倒在地。吉姆·乔丹粗重的声音变成了双重音效，分别从屋顶上的扬声器和耳边的对讲机传出来。

"现在召开紧急集会，15分钟后到大帐篷集合。"

不是刚刚才解散吗？怎么又要集会了？他几乎能听见下地干活的信徒们不耐烦的心声。

"喂，听见没有？10分钟之内不回来，他们就要扔下你了。"

大坜再次按下通话按钮。对讲机也能听见吉姆的声音，应该是凛凛子那边拾取到了牢房扬声器的播放声。

"知道了，我现在回去。"

几秒钟后，凛凛子回应道。

他把对讲机挂回仓库墙上，先爬上了翻斗车的货台。接着，他在上面看到一个很眼熟的男人从居住地跑了过来——那是开枪杀了乃木的保安队员拉里·莱文斯。

"怎么了，出什么事了？"

司机皱起了眉。拉里没有理睬他，而是拽住了莱兰德的手臂。

"议员先生，请你把我也带走吧。"

货台上的信徒顿时骚动起来。一个怀抱婴儿的女人高声说："他是骗子！"

"没骗你，我已经受够了乔丹镇的生活。"

莱兰德将了将一头银发，朝着翻斗车努努嘴说："随便你。"拉里向他郑重道谢，上了货台。

"喂，你的女人还没好吗？我们要走了。"

莱兰德一脚踏上货台，朝大坜吼了一声。他凝神注视居住地，却没有看见凛凛子的身影。现在已经3点45分了。

"等等，还有5分钟。"

大坩跳下货台，又一次拿起仓库的对讲机，按下通话按钮。

"喂，你在哪儿闲逛呢？快回来。"

5 秒、10 秒、20 秒——他等待了 30 秒，仍然没有回应。

这助手真是太麻烦了。大坩沿着小径返回，跑进了居住区。在走向大帐篷的信徒们怪异的目光下，他飞快地穿过宿舍，跑向牢房。

"凛凛子？"

他看了一眼前面的牢房，又走进二号牢房看了看，凛凛子不在里面。他又用对讲机喊了一遍，还是无人回答。

再看手表，3 点 54 分了。约定时间已经超过 4 分钟。那个议员不可能再等他们。

大坩靠在走廊墙边，长叹一声。

那个笨蛋到底在干什么？不回答对讲机的呼叫，难道是碰到头晕过去了？莫非走出牢房时滚下山坡了？

虽然觉得不可能，但他还是打开门看了一眼。斜坡上确实有一道下去的脚印，痕迹还很新，轨迹笔直，步幅稳定。看来不是滚下去的，而是自己走下去的。

大坩跟着足迹走了下去。那串痕迹隐藏在苔藓和落叶之中，绕过居住地往北去了。

凛凛子应该是去了陵园。她可能觉得昨天从密林去陵园的路上丢失了念珠。之所以不回应对讲机呼叫，也许是途中脚滑摔倒，晕过去了。

大坩跟着脚印走进丛林，耳边除了蚊虫飞舞的嗡嗡声，还有聚集在大帐篷的人群熙攘声。一想到只有自己被丢在这种地方，他就有点气不打一处来。

走过干部宿舍后面，来到弥漫着湿地气味的地方，他猛地停下了脚步。因为陵园那边传来了脚步声，还有粗重的喘息声——有人往这边来了。他原以为那是凛凛子，但是听声音却过于轻盈，就像在公园玩耍的孩子。

大坷觉得有点不妙，转身藏在了一棵大树后面。就在那时，一个小小的身影从另一个方向跑进了丛林。他伸头看了一眼，是 W。

他在这里干什么？这孩子之前把 Q 带到食堂，站在 E 教室窗前不让小孩子看到里面的尸体，还加入老师的乐队打铃鼓，演足了十二分的好孩子戏码。这样的好孩子有时为了讨好大人，甚至会做出大人想象不到的事情。他会不会就在搞事情呢？

那小鬼到底在——

想到这里，他意识到自己忘了一个重要事实。

脑中闪过最坏的可能性。

他全速冲出丛林，视野骤然开阔，眼前出现了高耸的木板围墙。不知何时，他跑到了陵园后面。

他透过木板缝隙向内张望，发现凛凛子俯伏在地上。

"喂，你没事吧？"

凛凛子一动不动。

他四处张望，看见对着丛林的围墙上开了一扇小门。他拽了拽把手，里面上了门闩打不开。他绕过围墙拉了一下对着居住区的门，这扇门能打开。

"你有什么事吗？"

一个头戴耳机的女人从管理小屋探头出来问道。

大坷穿过墓地，跑向凛凛子。她脖子上缠着钢丝绳。大坷将她抱起，那张小脸上没有一丝血色，舌头也耷拉在外面。

凛凛子死了。

◆

"到时间了。"

里奥·莱兰德靠在货台的挡板上，拍了拍驾驶席后窗。

"不等刚才那个人了吗？"

"我说到时间了，还不快走。"

莱兰德大吼一声，司机嘀嘀咕咕地发动引擎，把车开走了。不多时，另一辆翻斗车也跟了上来。

大约 20 个人挤挤挨挨地坐在货台上，有一半是莱兰德带来的记者和信徒家属，另一半是自称想离开乔丹镇的信徒。这些都是莱兰德向加州掌权者炫耀自己成果的重要证人。

30 分钟后，翻斗车抵达凯图马港机场。这里说是机场，其实只是跑道边上盖了一座候机小屋。莱兰德事先安排了一架"双水獭"双发飞机和一架赛斯纳飞机，现在都没到达。

他跳下货台，走进候机小屋正要坐下休息，《旧金山考察家报》的记者和摄影师已经走了进来。

"可以拍张照吗？"

摄影师格雷戈·罗伯逊将镜头对准了他。莱兰德抚平了衬衫，让上面的血迹更加瞩目。

"请问你感觉怎么样？"

记者托马斯·雷特曼翻开记事本问道。

"非常好。我们成功救出了被困在乔丹镇的人。这对热爱自由与正义的人来说，无疑是天大的喜讯。"

也许是听见了莱兰德的声音，NBC 的记者也陆陆续续走了进来。霎时间，简陋的小屋变成了记者招待会的现场。

回答记者提问时，"双水獭"和赛斯纳一前一后着陆了。机长打开登机口，信徒们排队上了飞机。

莱兰德走出小屋正要登上"双水獭"，却看见一个矮小的男人在登机口转过来，朝他咧嘴一笑，立刻上了飞机。

"刚才那人是谁？"

"哦，是临走前跑上车的那个人。"《旧金山考察家报》的托马斯翻开记事本说，"保安队的拉里·莱文斯。"

莱兰德突然有点不放心。这人在离开乔丹镇时还对他低声下气，刚才那个表情却像在嘲讽他。

"找个人去看看他身上有没有武器——"

就在那时，通往乔丹镇的小路上传来了引擎声，接着是轮胎驶过积水的声音。回头一看，只见一辆红色的卡车开上了跑道。

"那些人是谁？"

卡车穿过跑道，停在"双水獭"斜前方。大约十个男人从后面的车斗跳下来，都像游击队员一样扛着 M16 突击步枪和雷明顿 M870 霰弹枪。

"喂，你们想干什么——"

"砰"，枪声震动了耳膜。

飞机上传来一阵尖叫。

再看登机口，拉里·莱文斯端着自动步枪，朝乘客不断射击。

"呜哇啊啊！"

NBC 的丹尼埃尔·哈里斯逃到了"双水獭"的后轮处躲避，而他的同事鲍勃·布兰特已经在那里把摄像机对准了那些全副武装的人。

"开枪！"

保安队长乔瑟夫·威尔逊站在卡车上一声令下，鲍勃·布兰特的脑袋顿时开了花，满是鲜血的摄影机掉落在地上。

莱兰德呆呆地站在跑道上。他想跑，但是两条腿都不听使唤。赛斯纳那边的枪声依旧不断。

"别干蠢事了。"

他好不容易挤出了声音，干燥的舌头仿佛死死粘住了上颌。

"这么做，你们都会完蛋的。"

"看来你什么都不知道啊！"

乔瑟夫·威尔逊试图回答莱兰德，但是枪声同时响起，他的话并没有传到莱兰德耳中。

"——我们早就完蛋了。"

乔瑟夫·威尔逊指挥的人民礼拜会保安队突击小组花了大约 10 分钟，让里奥·莱兰德议员率领的调查团成员和试图退教的信徒沐浴在枪林弹雨中。

NBC 采访团的摄影师鲍勃·布兰特在"双水獭"尾翼附近被霰弹击中头部死亡。

NBC 采访团的记者丹尼埃尔·哈里斯在"双水獭"的右翼后方被霰弹击中左胸部死亡。

《旧金山考察家报》的摄影师格雷戈·罗伯逊在"双水獭"的左翼附近被子弹击中右肩，因失血过多死亡。

人民礼拜会的退教者帕特里夏·帕克在"双水獭"的登机口被子

弹击中头部一侧，死在了女儿特雷西面前。

率领调查团的里奥·莱兰德下议院议员在"双水獭"的右翼附近被二十余发子弹击中头部及其他部位死亡。他的头部被完全破坏，脑组织碎裂并散落在血泊中。保安队员拉里·莱文斯在赛斯纳机舱内向乘客开枪，但是被心怀警惕的信徒按倒，扔出了登机口。机长立刻操作飞机升空，离开了凯图马港机场。

跑道上只剩下因袭击严重损毁的"双水獭"货机，以及十余名伤者的呻吟。

终局

1

乔丹镇陷入了一片死寂。

900 多名信徒聚集在大帐篷中，专心致志地祷告。唯独吉姆·乔丹像烂醉之人一般叉开双腿，瘫坐在舞台的椅子上。人们怀疑他是不是睡着了，但他偶尔会咳嗽几声，吐出痰液，看来是醒着的。

彼得·韦德斯潘掩住面孔，轻叹一声。

下午 5 点 30 分，太阳沉向地平线，宿舍的屋顶被描上一道白边。通往凯图马港机场的小路传来了卡车行驶的声音。开关车门的响声落下后，保安队长乔瑟夫·威尔逊跑进了大帐篷。吉姆·乔丹站起身，张开双臂迎接了他。

"我们拦截里奥·莱兰德议员和他的同伴，夺回了录像。"

乔瑟夫兴奋地喊道。吉姆刚要露出微笑，乔瑟夫却说了下去。

"但是我们没能拦住另一架飞机升空。他们正在飞往乔治敦，一旦到达，可能会向大使馆请求救援。"

木杖掉落的声响。吉姆双肩一颤，坐倒在地。议论声像波纹一般散开。几个信徒跑上前去，架起吉姆坐到了椅子上。

"请放心，就算特种部队打过来了，我们也会誓死保护教主大人。"

"够了。"

吉姆没好气地说。

周围的嘈杂顿时平息下来。信徒们屏息静气，等待着教主的话语。

吉姆沉默了将近 5 分钟，最后长叹一声，神色严峻地拿起了麦克风。

"是时候离开了。"

*

真希望这是一场梦。这是大树有生以来头一次发自内心的祈愿。

老爸被情人刺伤时，乃木野蒜被子弹击中腹部时，甚至在得知九二男叔叔被黑帮杀死时，他都从未有过这种心情。

他为何如此慌乱？

因为这种事不应该发生。

那个天赋过人并且用自己的天赋不断救人的有森凛凛子，那个时而跟大树一起曝光诈骗犯的罪行、时而毫不客气地指出大树的错误、时而张开双臂为大树挡住 M1903 枪口的凛凛子——竟然死在那样的人手下，这种事不应该发生。那个人只会欺骗信徒，诱导别人把荒唐的妄想当作现实，那个人只不过是个骗子。

"——她死了吗？"

大坿回过头，女人脖子上挂着硕大的耳机，在他身后注视着尸体。她的衣服上散发着跟尸体一样令人窒息的气味，这应该就是之前把 Q 臭骂了一顿的陵园管理人夏蓉·克雷顿。

大坿左手掐住夏蓉的脖子，右手狠狠击中她的腹部。纤瘦的身子痛苦地弓起，胃液喷溅在了不知何人的墓碑之上。

"你……你干什么啊？"

夏蓉扭过身子想逃出去，大坿从背后一把抓住她的头发，把她的脸死死按在了围墙上。

"跟……跟……跟我没关系！"

指尖传来黏腻的触感。大坿察觉她后脑勺的头发被硬生生拔掉一片，还渗出了血。

"你不是侦探吗？怎么查也不查就打人，那跟街头混混有什么不同？"

夏蓉抬手撑起被按在围墙上的脸，硬张开嘴说。

"大坿先生应该认识到一件事，侦探也可能成为加害者。"

脑中闪过凛凛子的话语。那时他接到宫城县警小牛田的委托，调查侦探横薮友介被杀的案子，但是发表了错误的推理，被凛凛子开口警告了。

侦探有时也会变成加害者。与那时不同，现在的大坿有了清楚的自觉。

既然如此，他要做的事情就很明确了。显然不是继续折磨这个女人。

大坿深吸一口气，松开了女人的脑袋。

"你是陵园管理人吗？"

夏蓉靠在围墙上，缓缓滑坐下来。

"我是。"

仔细一看，她的四肢已经不能用纤瘦来形容。这人眼窝深陷、一片青黑，甲状软骨异常突出。朱迪之前提到的有进食障碍的信徒应该就是她。

"你什么时候进的管理小屋？"

夏蓉略显神经质的细长眼睛睒了大垪一眼，不情不愿地回答道：

"那个姑娘讲完话，我就回来了。应该是 2 点 30 分左右吧。"

"那你应该看见凛凛子进陵园了，告诉我是谁跟她一起过来的。"

"那我不知道。"夏蓉看向管理小屋的窗口，"这里的工作很无聊，没事的时候我就坐在里面看书。我只知道有几个人进进出出，但没注意是谁。"

小屋的桌上摆着一本平装书，封面印有"Psycho"字样。

"噗，西……那是什么书？"

"那个念'saɪrəʊ'，p 和 h 不发音。你连希区柯克都不认识吗？"

夏蓉高声大笑起来。大垪死死抠着脚趾，忍住了踹她的冲动。凶手不是笨蛋，肯定是知道这女人从来不看谁进了陵园，才会选择在这里作案。

"你这管理人还真够称职啊！"

"跟你有什么关系，而且我可以确定，下午 4 点以后这里没有人进出。"

"什么？"

"这里能收到圭亚那的 AM 广播。星期六 4 点开始有个名叫 *US Hot*

Requests 的节目，专门介绍美国的流行音乐。我每次都是从片头曲开始合上书本专心收听的。因为只是用耳朵在听音乐，如果陵园有人进出，我肯定会看见。"

夏蓉说完，还拿起脖子上的耳机晃了一下。

大坰按了按太阳穴。有点不太对劲。

莱兰德议员一行马上就要出发，他赶紧用对讲机联系凛凛子的时间是下午 3 点 40 分，当时凛凛子还在牢房。根据这几天的经验，从牢房穿过丛林走到陵园，紧赶慢赶也要 20 分钟。就算她结束通话后立刻冲进丛林，到达陵园的时间也是将近 4 点。

问题在于凶手。难道凶手是跟凛凛子同时到达，或者先于她进了陵园？可是无论事情进展得多么顺利，凶手掐死凛凛子时，肯定已经超过了下午 4 点。然而夏蓉却说，4 点以后并没有看到有人进出陵园。

大坰四下打量了一圈。那是一块木板围墙圈起的平地，只有六座闪长岩材质的墓碑，没有可以藏身的地方。

"……那扇门平时是锁着的吗？"

大坰指着与管理小屋方向相反，朝着丛林的小门。他刚才在外面推了几下，知道门闩是扣住的。

"不，可以打开啊！"

夏蓉用枯枝般的手臂撑起身体，顶着还在流血的头部走向陵园深处。她转了一下门锁搭扣，一拉就开了。

"不过，门一关上就会自动上锁。"

她松开把手，只听见一阵吱嘎声，门关上了。几秒钟后，把手复位，扣上了门闩。虽然是机械结构，但是这锁跟公寓和酒店的自动锁原理相同。

"毕竟外面就是丛林，万一有人忘了上锁，搞不好会有野生动物跑进来挖坟，所以这门从里面随时都能打开，但是无法从外面打开。"

能从里面打开就没问题，凶手应该是从这扇门逃进了丛林。

如此一来，可能的人选只剩下一个。

出门往左走是湿地，要返回居住区只能往右走。假设凶手在 5 分钟内解决了凛凛子，4 点 5 分离开陵园，当时大坍也已经走到了学校后面，他不可能没碰到凶手。

而他只在丛林里碰到过一个人。凶手就是 W。

"——那小鬼杀了凛凛子吗？"

大坍喃喃自语，却看见夏蓉像淋湿的狗一样摇摇头。

"不可能。"

她的血被甩到了肩膀上。

"我不知道凶手是谁，但肯定不是小鬼。因为教主大人严格叮嘱我绝对不能放小孩进去。那个人似乎认为年龄小的孩子不应该接近死人长眠的地方。"

他想起 Q 之前抱怨过，只要被抓到在陵园玩耍，就得挨一顿臭骂。

"我刚才说不知道 4 点前有什么人来过，但可以肯定没有小孩子来过。因为我有信心绝不会看走眼，不管是在看书还是在听广播，绝对不会。"

大坍感到一阵眩晕，连忙扶住了不知是谁的墓碑。

这陵园有两个出入口，乍一看似乎跟此前那几桩不可思议的案子大相径庭。

但是面朝部落的出入口有管理人守着，凛凛子被杀害的下午 4 点以后，并没有人进出陵园。

相对来说，面朝丛林的后门虽然处在管理人看不见的位置，可是凶手如果从那里离开，就必须跟大塀擦肩而过。大塀实际碰到的人只有 W，管理员却说小孩子绝对进不了陵园。

现场明明有两个出入口，却没有人能在进入现场后得以离开。这又是一个密室。凛凛子在密室中遭到了杀害。

"我可没撒谎，也没理由撒谎。"

听了夏蓉的话，他回过神来。

脑子还有点乱。他又想岔了。

"我拜托你，让我一个人待着。"

见大塀突然低头请求，夏蓉露出了诧异的神色。

"刚才打你是我不好。你应该很想马上就去找干部告状，但是请给我一点时间，我要真正解决这个案子。"

夏蓉怔怔地看着他，继而肩膀松懈下来，这时才想起掏出手帕捂住后脑勺。

"随你的便。"

说完，她慢慢走出了陵园。

◆

下午 6 点 40 分。太阳落山后，夜幕蔓延到部落的每个角落。

居民们都集中在大帐篷，因此宿舍没有灯光。连虫鸣鸟叫似乎都收敛了不少，穿林而过的微风显得格外喧嚣。

"我一直深爱着你们，一直为了你们尽心尽力。"

吉姆·乔丹瘫坐在椅子上，拿着麦克风说道。信徒们屏着呼吸，静静倾听教主的"演说"。

"你们像崇拜上帝一样崇拜着我，但我不是上帝。我的力量也已经无力回天。

"背叛者毁掉了一切。我们的同伴向莱兰德议员和他手下的人发起了袭击，但是行动失败，背叛者们逃去了乔治敦。他们将会带着圭亚那的军队回到这里，让我们的小镇化作一片火海。"

听众们发出了哀号，悲痛的话语在空气中交织——"不要""我不信"。

"预言者曾说，我的性命将不会被人夺走，因为我会主动交出。现在我要遵从他的话，安静地离开。"

哀号声吞没了大帐篷，甚至有人泪流满面。

彼得·韦德斯潘惊讶地察觉自己的胸中一阵悸动。他试图擦拭脸上的汗水，却意识到掌心也早已汗湿。这一刻终于到来了。他觉得有些唐突，又觉得盼望已久。

"我不会扔下你们。我绝不会抛下深爱的人独自离开。普通的毒药无法杀死你们，所以我准备了特殊的果汁。只要喝下果汁，就能平静地踏上旅途。让我们像古希腊人那样，一同饮尽杯中的毒酒吧！"

吉姆抬起右手，镇住喧嚣。

"也许有人会担心，主动结束上帝赐予的生命是否不可饶恕，但你们不用担心，因为我们并非自杀，而是要进行一场革命。"

"教主大人！"厨房组的克里斯蒂娜·米勒举手说道，"我……我们要是死了，孩子们怎么办？"

"我不是你们的教主了，因为我不再引导你们，而是与你们一同踏上旅程。从现在起，你们就叫我乔丹吧。"

吉姆敷衍了几句，又沉默了片刻。被老师带过来的孩子们正怯怯地看着舞台。

"我们当然也要带上孩子，因为袭击者即使是儿童也不会放过。正如美军在越南那样，他们会毫不犹豫地杀死无辜的婴儿。我们的敌人，就是如此邪恶。"

"现在还有时间，能不能至少把孩子送去苏联呢？"

"你什么都不懂。我们中了圈套，已经背上恶人的污名。苏联又怎么会欢迎我们呢？"

"你为什么如此肯定？不问问怎么知道呢？"

吉姆一手抚额，叫来了事务组的妮可·费舍尔，命令她联系乔治敦的分部。如果不这么做，克里斯蒂娜恐怕不会闭嘴。

妮可快步跑向了无线电联络机所在的北–11。克里斯蒂娜闭着眼睛，不断在胸前画十字，大多数信徒则怔怔地看着舞台。

15分钟后，妮可回到了大帐篷。

"乔治敦那边通过几种途径尝试交涉，但是苏联外交部不愿意接收我们。"

她神情严肃地汇报道。

"一切都完了！"跟克里斯蒂娜同属厨房组的蕾切尔·贝卡像舞台剧演员那般叫道，"教主大人——不，乔丹先生。再怎么挣扎也没用，我已经做好准备了，请带我走吧！"

现场爆发出排山倒海的掌声，中间还夹杂着称赞她的声音。

"谢谢你，谢谢你，我太幸福了。厨房组的各位，请把果汁搬过来吧。"

三人领命走向厨房，不一会儿就推着小车回来了，那上面放着一个铝制深锅。在集会开始前，她们就按照吉姆的吩咐准备好了

"果汁"。

"请放心，没有人会感到痛苦。"

布兰卡在舞台左侧摆了一张桌子，把深锅放在上面。里面盛满了散发着甜腻气味的紫色液体。那是为孩子们进口的零食组合中搭配的葡萄味酷爱饮料（Kool-Aid）。蕾切尔右手扶着深锅把手，用不锈钢汤勺搅动着果汁。

"从最小的孩子开始吧，因为他们需要有大人喂果汁。"

众人的目光集中在分班列队的孩子们身上。没有人主动上前。"快喝。""别磨蹭。"人群中飞出了起哄声。乔瑟夫·威尔逊看不下去，一把揪住靠近舞台的女孩子的脖子，把她拽到深锅跟前。

"来，张嘴。"

蕾切尔用滴管抽取果汁，捏着女孩子的双颊，将滴管探入口中。

"没事的，别害怕——"

"住手！"

克里斯蒂娜·米勒拿汤勺打中蕾切尔的下颌。蕾切尔尖叫一声，慌忙擦掉脸上的果汁。她的连衣裙胸口到膝盖部位已经被染成了紫色。

"乔丹先生，求求你，请你改变主意吧！"

克里斯蒂娜坚持道。乔瑟夫想按住她，但不知为何，拽住右臂的动作落了个空。

"在见到你之前，我只有一条手臂。17岁那年，我太想成为学校的红人，一时糊涂冲到了校车前面。我是个愚蠢的人，主动伤害了上帝赐予我的身体，但是后来，你拯救了我。"

乔瑟夫按倒克里斯蒂娜，扭住她的左臂，但她并没有停下来。

"乔丹先生，你错了。你现在要做的事情，跟我两年前的行为一样。"

"闭嘴""别得寸进尺""臭婊子"……起哄声越发激烈了。

"只有在面对困难的时候，我们才必须相信上帝。圭亚那的军队一旦打进来，这个部落就再也无法恢复原状。可是只要有你，我们还能重新振作起来。"

"啪——"拍手声响起。众人不约而同地看向舞台。吉姆放下手杖站起来，用力拍着手。

"太棒了。克里斯蒂娜·米勒，你真的太棒了。"

信徒们不明就里，静静地等待吉姆说下去。吉姆大张着嘴，表情像是在哭，又像是在笑。

"是我错了。原来只要活下去，就一定能找到希望。各位，不如看在克里斯蒂娜的勇气和信仰的分上，再相信我一次吧。让我们一起面对困难的现实吧。"

听到这番令人难以置信的话语，周围爆发出了排山倒海般的掌声与喝彩。3分钟前还在命令孩子去死的大人，现在却齐声高喊着"希望必定存在，我们不能放弃"。明明他们眼前的危机丝毫没有改变。

"太棒了！你是最棒的！"

呼喊声中混入了一个亚洲的口音。人们不由自主地看向声音传来的方向。

"我太感动了，真是一场好戏。"

步枪的拉栓声响彻四周，众人瞬间安静下来。手持武器的保安队员端着M1903，枪口对准了那个小个子的男人。

"别开枪，我身上没有武器。不信你看。"

小个子的男人敞开了牛仔衬衫。吉姆在舞台上低声问道："什么人？"乔瑟夫·威尔逊小声回答："是个叫大坍的亚洲人。"

"真让人吃惊啊，我以为你早就离开了。"

吉姆对着麦克风说。

"吃惊的应该是我才对。我知道我的助手有本事，没想到竟能因为她落下的东西而躲过枪林弹雨呢！"

大坍仿佛得了特赦，分开信徒走向舞台。他看起来不像在开玩笑，却不知究竟在想什么。

"先不说这个。既然让我看了一场如此令人感动的大戏，我怎能不回礼呢？所以，我有话要说。"

吉姆撇了撇唇角。

"我刚才已经听过你们的演说了。"

"那是假的。你心里也清楚得很，不是吗？"

大坍像恶魔似的嘿嘿笑道。

"我的助手其实是个很有爱心的人，她为了照顾你们的想法，才编造了如此复杂的谎言。不过你们好像决定直面困难的现实，不再选择逃避了。既然如此，我也要把真相说出来。"

"鬼才信你说的话！"农耕组的沃尔特·戴维斯厉声叫道，"自从你们来了，一切都毁了！"

"你这话说得好过分啊！我可不像某个议员那样存心谴责你们，我只想指出潜藏在你们中间的杀人犯的身份。还是说，你们害怕知道真相？"

大坍走上舞台，拿起角落的椅子摆到吉姆旁边，堂而皇之地抓住了麦克风。

"我能问个问题吗？"

克里斯蒂娜·米勒举手问道。大塀示意她说下去。不知何时，演讲的主导权已经到了他手上。

"我刚才在舞台近处听了凛凛子小姐的推理。她的话很符合逻辑，似乎没有质疑的余地。"

"能听到你这句话，我真是太高兴了。因为那是我们绞尽脑汁编造出的完美谎言。"

"那个推理究竟哪里不对了？"

"你这个问题未免有点不近人情了。虽然我很不愿意透露自己的底牌，但也没办法，还是解释给你听听吧。"

大塀坐到椅子上，傲慢地跷起了二郎腿。

这家伙究竟想干什么？吉姆感到心中充满了难以言喻的不安。

不知不觉，温热的风变得像冰一样冷冽。

2

"首先讲讲阿尔弗雷德·丹特被刺死的案子。"

如果尚未进入正题就被赶出去，一切就会失去意义。大塀飞快地说了起来。

"15 日深夜，丹特在厕所发出惨叫后逃进了干部宿舍北–3，并在里面第二次发出惨叫。翌日早晨，有人在北–3 宿舍发现了背部中了数刀的丹特的尸体。宿舍门上了锁，唯一的钥匙放在房间里面，凶手却不知所终。

"难道凶手穿墙进去杀了丹特，又穿墙走了？当然不是这样。凛凛子注意到了现场衣柜上附着的血迹。双开门的衣柜下方染有血迹，但是左右并不相连。由此可以推断，丹特流血时，衣柜门处在半开状态。而丹特之所以发出惨叫，是因为看见了倒映在衣柜镜面门上的吉姆·乔丹的海报。他吓得跌倒在地，被自己防身用的匕首刺中，失血而死。

"翌日，两名干部在北-3发现了尸体。为了消除吉姆·乔丹的话语与现实之间的龃龉，他们对尸体做了手脚，制造出丹特在密室遭到杀害的假象。这就是凛凛子之前的推理。那么，真的如此吗？"

大塀扫了一眼呆滞的人群，竖起食指。

"如果是普通的案件调查，应该做的只有一件事。只需询问发现尸体的两名干部有没有对现场做手脚即可。只要他们爽快承认做了手脚，凛凛子的推理就能得到立证。

"但是这个案子并不普通。现在就算问了他们，得到的答案也毫无意义。因为吉姆·乔丹已经接受了凛凛子的推理。在乔丹镇，他的言谈举止决定了一切。他说是对的，即使并非如此，信徒们也会将其视作正确答案。因此接下来，我将使用现场的证据和无关吉姆·乔丹言行的证词展开推理。"

吉姆·乔丹抿着嘴，愠怒地听着大塀的话。他的双眼虽然隐藏在墨镜之后，但此时定是用阴沉的目光注视着大塀。

"这么说可能有点夸张，不过只要看过现场再稍微想一想，就知道凛凛子的推理并不成立。

"有一个重要的线索是雨衣。丹特的尸体手上紧紧抓着雨衣。因为上面沾满了血，很容易让人误解，但实际上，丹特背部中刀时身上并没有穿着那件雨衣。如果他是穿着雨衣被刺中，那么衣服背部肯定会有破洞才对。事实上，那件衣服并没有破洞。可以推测，丹特是在受伤后试图抓起什么东西压迫伤口止血，而他抓起的正好就是附近的那件雨衣。

"那么，雨衣当时放在什么地方？可以确定的是，雨衣就在丹特倒下时所在的门口附近，但是具体位置还能再精确一些。

"在我们翌日早晨8点勘查现场时，雨衣还有点湿。然而衣服上没有匕首刺穿的痕迹，可以断定丹特最后一次穿着雨衣并不是在他死前出门上厕所的时候。这证明在此之前，他还穿着雨衣出去过一次。当天晚上10点半过后，丹特被吉姆召唤，去了一次天父之家。而雨是在晚上10点左右下起来的，由此可以判定雨衣是在这一次外出时被淋湿。他后来上厕所没穿雨衣，可能因为怕衣服沾上排泄物，也可能因为当时雨势正好不大，没有必要穿。当然，还可能单纯因为他懒得再穿上。

"重要的是，背部受伤的丹特为了压迫伤口抓住雨衣时，那件衣服还是湿的。因此衣服并没有叠起来放进衣柜或放在鞋架上，而应该是摊开了晾在什么地方。那么，丹特究竟把雨衣晾在了哪里？"

大坰张开双臂，对众人问道。

"房间里能挂衣服的地方，不是只有衣柜吗？"

事务组的妮可·费舍尔回答道。这两个星期，她每天都给丹特送饭，因此应该很熟悉房间里的情况。

"确实，衣柜里的衣服架子什么都没挂，最适合用来晾雨衣。但是按照凛凛子的推理，衣柜左门的镜子上映出了吉姆·乔丹的海报。那张海报张贴的位置比左门更靠里一些，假如在镜子上看见了海报，那么这扇门最多只能打开三十度左右。

"这就有问题了。如果衣柜里挂着打湿的雨衣，柜门应该开得更大才对。否则潮气无法排出，衣服怎么都晾不干。如此一来，丹特在镜中看见吉姆的海报这个推理就不成立了。"

"啊，原来如此。"人群里发出了议论声。

"话虽如此，晾衣服的确需要把衣架挂在有一定高度的地方。丹特身边的家具中，只有衣柜能达到那样的高度。"

"丹特先生会不会把雨衣直接挂在门上了？"妮可·费舍尔摆了个举起东西的动作说道，"他可以把兜帽挂在柜门上沿，这样就能符合柜门半开的条件了。"

"确实可以这样。但是这个衣柜只有 50 厘米宽，左右两扇门的宽度只有 25 厘米左右。如果丹特伸手就能抓到，证明雨衣挂在靠尸体那一侧，也就是衣柜左门上。雨衣是为了挡雨用的，兜帽自然也很深。假设兜帽的深度为 20 厘米，那么把它挂在柜门上沿，整件尼龙面料垂下来，应该基本覆盖了整个镜面。如此一来，海报就不会倒映在镜中，也不会吓得丹特又是惨叫又是跌倒了。这样，凛凛子的推理还是不成立。"

"那如果雨衣太重了，挂在门上的兜帽滑脱了呢？"妮可·费舍尔坚持道，"那样衣服就会掉在地上了。因为把兜帽挂在门上没有挂在衣架上那么稳定。丹特先生挂好雨衣后，可能一个不注意，它就几乎滑落，或者干脆掉在了地上。如此一来，乔丹先生的照片也就倒映在镜子里了。"

"你忘了一个重要的细节。衣柜门下方沾染了丹特的血迹。如果雨衣覆盖了整个柜门，或者掉落在地上，那么柜门下方就会被遮挡，也就不会沾染血迹了。"

大坍对妮可耸了耸肩，她再也没有反驳。

"整理一下线索吧。如果丹特把雨衣晾在衣柜上，镜中就不会映出吉姆·乔丹的海报。因此丹特受惊跌倒，被自己的匕首刺中这个推理也不能成立。"

大坰松弛肩膀，双腿换了个位置。

"接着讲下一个吧。也就是朱迪·兰迪被毒杀的案子。

"1日上午10点，朱迪在E教室与厨房组的人办了一场茶话会。在场的四个人都喝了布兰卡冲的红茶，唯独朱迪丧命。凶手究竟是怎么给她一个人下毒的？

"凛凛子的推理很简单——朱迪并没有被人下毒。她在茶话会途中发作心绞痛，但是因为丢失了装有硝酸甘油片的项链，她无法控制病情，就这么死了。厨房组的人目睹那个情景，为了消除吉姆·乔丹的话语与现实之间的龃龉，在朱迪死后制造了她被毒杀的假象。"

厨房组的三个人站在舞台左侧的深锅后面，仔细倾听着大坰的话语。

"这个推理跟其他案子的推理有着很大的不同，就是死者的死因。丹特和易浩俊都死于不幸的意外，而朱迪则是死于慢性疾病发作。

"不同于疏忽和错误造成的意外，慢性疾病在任何情况都有可能发作。正如要证明丹特并非意外身亡，证明朱迪不是病死也非常困难。

"那么，凛凛子的推理真的对吗？答案当然是否定的。因为这个推理跟其他两个推理有所不同，它存在着致命的瑕疵。"

大坰瞥了一眼旁边的吉姆·乔丹。

"厨房组的三个人目睹朱迪死亡，感到现实与信仰出现了龃龉。因为吉姆反复强调乔丹镇没有疾病，朱迪却因为慢性病发作而死去了。为了消除这个龃龉，她们给朱迪的尸体灌下了毒药。

"这里存在一个问题。厨房组的三个人并非医生，怎么可能知道朱迪的死因是慢性疾病发作？”
.　.　.　.　.　.　.　.　.　.　.

人群中发出了惊叹声。

“朱迪当时在跟那三个人聊天喝茶，突然就倒下了。无论是谁，都应该会想到红茶里被人下了毒。就算那是心绞痛发作，普通人也不可能看得出来。因为朱迪死亡前一句话都没说，所以也不可能是她亲口说明自己发作了慢性疾病。

“不过，如果她们不是人民礼拜会的信徒，话就不是这么说了。因
.　.　.　.　.　.　.　.　.　.
为她们没有中毒症状，可以判断出红茶没有被下毒——换言之，朱迪的死另有原因。然而，她们坚信吉姆·乔丹的话，认为自己即使喝下了毒红茶也会平安无事。这样一来，她们就没有理由怀疑朱迪被毒杀的事实。

“所以，厨房组的三个人即使受到了惊吓，内心十分慌乱，却并不认为自己的信仰与现实发生了龃龉，因此也不会跑到仓库拿来氰化物灌进朱迪的尸体口中。凛凛子的推理完全不成立。”

大坼对三人笑了笑，马上把目光放回观众身上。

“终于讲到第三个案子，也就是易浩俊被分尸放在这个舞台上的案子了。

“那家伙在 16 日白天就被关进了二号牢房的监舍。要袭击他，必须在我们眼皮子底下潜入二号牢房，再穿过监舍的铁栏才行。然而 17 日早晨，他就被一刀两断，扔在了这个地方。凶手究竟是如何潜入监舍，又将尸体转移到大帐篷来的？这一切看起来都像魔法，但事实当然并非如此。

“凛凛子的推理是这样的——易浩俊有幽闭恐惧症，趁着看守富兰克林忘记关锁偷偷溜出监舍，等到富兰克林来巡视时将其打晕，自己

则伪装成他，操作轮椅离开了牢房。可是他一时大意，出门后连人带轮椅冲下了山坡。祸不单行的是，他的前方刚好有个女人试图上吊自杀，绷直的钢丝绳将可怜的易浩俊切成两段。那个女人发现了易浩俊的尸体，再一次面对信仰和现实的龃龉，便将尸体搬到大帐篷伪装成了他杀。就这样，一桩尸体被丢弃在大帐篷的凶案便成形了。"

"那个推理都不用验证，巧合的因素实在是太多了。"

沙克特医生喃喃道。

"我赞同你的看法。但是问题不在于可能性的大小，我想确认的是，这个推理究竟有没有任何可能性。你们可以猜到，答案自然是否定的。

"有好几个证据与推理相矛盾。首先，凛凛子说易浩俊抢走了富兰克林的帽子假扮成他，但是在案发之后，富兰克林依旧戴着帽子。其次，凛凛子说易浩俊滚落山坡后被切成两段，但实际上，二号牢房的监舍里残留着疑似是他留下的大片血迹。

"只列举这两点已经足够了，但如果非要较真，也有可能是发现易浩俊尸体的女人叫来其他信徒，合力隐瞒了一场意外。所以我要重新确认一遍，假设凛凛子说的事情真的发生了，易浩俊就不会是那样的结局。"

大埘站起身，看向南边的居住区。底下的观众也转头看向了黑暗。

"请仔细回忆牢房门口的山坡是什么情况。那不是公园那种有人经常打理的山坡，上面满是土块和石块。如果坐在轮椅上迷迷糊糊地冲下去，肯定会立刻翻倒，整个人跌出来。易浩俊之所以一直坐在轮椅上冲到了山坡下，很可能是因为他紧急抓住了左右两边的扶手或者撑起扶手的铁管。那么我又要问了，如果他在那个状态撞上了绷直的钢丝绳会怎么样？"

大帐篷响起一阵交头接耳的声音，沃尔特·戴维斯却哼了一声。

"你想说的不就是这个嘛。如果易浩俊当时抓着扶手，被切断的就不会只有躯干。"

"没错。假如他松开了扶手，并且高举双臂，那么确实可能只有躯干被切断。然而，如果保持那样的姿势，他还没撞上钢丝绳，就被甩出轮椅了。

"可是，如果易浩俊紧紧抓着扶手，那就只可能脑袋和身体分家，或者躯干和手臂同时被切断，不可能只有躯干被切断。

"由此可以判定，易浩俊的躯干被切断，并非因为他坐着轮椅滚下了山坡。当然，那个自杀失败的女人也没有把他的身体搬到大帐篷来。非常遗憾，这个推理也是假的。"

大垪伸了个懒腰，然后拍拍手。

"这下总算证明了，我助手的推理全都是假的。调查团三名成员的死亡原因，既不是意外也不是疾病。他们是被人杀死的。"

"你漏掉了最重要的部分吧。"

吉姆·乔丹突然哑着嗓子说。

"你的助手故意说出了假的推理。她为什么要做这么麻烦的事情呢？"

"那是因为，她知道侦探也可能成为加害者。"

凛凛子的话语又一次在耳边回荡。

"这个工作有可能彻底毁掉一个人的生活。首先，推理一旦出错可能会导致冤案。而即使是正确的推理，在不合适的情况下也有可能给人带来不必要的危害。对凛凛子来说，乔丹镇的事情就是如此。"

他看向人群后方，手持武器的保安队员正一脸警惕地看着场地。

"这个部落不存在完善的刑罚制度。最大的证据就是，射杀我朋友的人没有受到任何惩罚，而我们也被毫无理由地关进了牢房。这里的一切，都由吉姆·乔丹的心情决定。即使查出了连续谋杀案的凶手，我们也不知道等待那个人的处罚是什么。处罚过轻自然不妥，但那个人也可能受到过于残酷的刑罚。因此，在这种环境中揭发真凶，有违那姑娘的职业伦理。

"话虽如此，却也不能对那个杀了好几个人的凶手坐视不管。那姑娘之所以公开假的推理，就是为了防止凶手再次作案。她向所有人发表了凶手不存在的推理，让真凶意识到只要就此停手就能全身而退，从而间接阻止更多的凶行。"

"太自以为是了吧！"

"我也有同感。但是凛凛子心里有胜算，因为那个推理对你也有利。"

众人一阵骚动，吉姆却面不改色。

"难道不是吗？你幻想着搬到苏联，肯定也不希望看到查尔斯·克拉克派来的调查团成员接二连三遭到杀害。如果他们不是被信徒杀害，而是因为意外和疾病死亡，那你就有一丝希望。你肯定会接受那个推理，而只要教主大人点头，整个乔丹镇的人都会接受那个事实。凛凛子的推理其实是绞尽脑汁之后，让真凶与吉姆·乔丹都能采纳的答案。"

——可是她最终失败了。

凶手没有接受凛凛子的让步，甚至勒死了她。

现在，他要做的事情只有一件。

"开场白就到此为止吧，想必这些人已经坐不住了。"

大坶扫了一眼观众，不等吉姆回答，就继续说了下去。

"现在开始真正的解密时刻。"

3

厚厚的云层像纱帐般覆盖了夜空。

大帐篷能容纳的信徒约有 600 人，其他人都站在夜空之下，倾听着大坶的话语。

"从现在起，我要揭开杀害了阿尔弗雷德·丹特、朱迪·兰迪、易浩俊和有森凛凛子的凶手身份。"

动摇的声浪在人群中传开。他简单说明了凛凛子遇害的情况，然后回到正题。

"但是在发表推理之前，我必须确认一件事——这个推理究竟为了谁？"

信徒们浮现出困惑的神色，大坶没有理睬他们。

"我跟你们有着决定性的不同。你们信仰人民礼拜会，而我则完全不信。你们尊吉姆·乔丹为教主，而我只觉得他是个古怪的中年人。你们相信奇迹——或者说亲身体会到了奇迹，而我既不相信奇迹，也从未体验过。你们觉得自己因为信仰人民礼拜会而治愈了伤痛和疾病，我认为这简直是胡说八道。这并不是单纯的信仰差异，而是我与你们看见的世界截然不同。

"那么，我究竟应该站在谁的立场上解开谜团？如果要说服自己，大可以站在自己的立场上推理，但我此刻是站在你们面前，当众解开谜团。如果只为了自己，这么做就成了一厢情愿的独角戏。

"所以，从现在起，我要站在你们的立场上展开推理，以奇迹存在为前提揭开凶手的身份。"

他加重了语气，扬声器传出一阵破音。有一半信徒呆呆地听着，另一半则费解地皱起了眉。

"你做不到吧？"厨房组的布兰卡·霍根属于后者，"奇迹是上帝降下的，超出了我们的认知。我虽然是信徒，但我还是要说，一旦承认了奇迹的存在，就无法以逻辑的方式解开谜团。极端地说，那四个人甚至有可能被恶魔或圣灵夺走了性命啊！"

她的话有理有据，周围的信徒纷纷点头。

"如果凶手是恶魔，那的确没有意义。但是不必担心，我可以清楚证明凶手是个有血有肉的人。

"15日晚上，阿尔弗雷德·丹特背部被刺中而亡。刚才已经解释过了，他的死并非不幸的意外。考虑到后来又有三个人接连遇害，可以肯定这并非冲动杀人，而是有计划的谋杀。

"但是掉落在现场的凶器是丹特平时用于防身的匕首，如果凶手是蓄意谋杀，肯定会准备别的凶器。也许是因为凶手受到了丹特出乎意料的抵抗，无法使用自己准备的凶器，只得在情急之下夺走了对方失手掉落的匕首。

"那么，凶手本来要用的凶器是什么？提示就在你们的证词中。"

大坍努了努嘴，布兰卡指着自己的鼻子说："我？"

"15 日到 16 日夜间，乔丹镇还发生了一件事——有人闯进厨房，推倒橱柜，后来还发现垫底的菜刀刀身和刀柄断裂了。然而只是从橱柜掉到地上，菜刀不太可能断裂。所以，那把菜刀究竟经历了什么？

"考虑到两件事几乎同时发生，一个可能性就浮出了水面。凶手在袭击丹特之前潜入厨房，拿走了菜刀。那个人本打算行凶结束后洗干净菜刀上的血，然后放回原处。然而在袭击丹特的时候，凶手遭到了意料之外的反抗，导致菜刀断裂。那个人情急之下夺走丹特掉落的匕首将其杀害，只是断裂的菜刀已经无法修复了。所以凶手弄乱了厨房，推倒橱柜，制造了菜刀因为掉落而断裂的假象。因为货厢内壁还贴着以前用作移动直播车时安装的吸音材质，即使动作很大，也不用担心被附近的居民发现。"

"原来如此。恶魔确实不会搞这种小把戏。"

彼得·韦德斯潘苦笑道，大坩点了点头。

"还有一个决定性的证据。进入厨房的台阶上留有足迹，这足以证明凶手是穿着鞋行走的人类。那家伙既不是恶魔也不是圣灵，当然也没本事飘浮或者穿墙。"

独臂女人克里斯蒂娜·米勒举起了手。

"凶手为什么要把菜刀放回去？其实没必要故意推倒橱柜，只要把菜刀留在丹特的房间就好了。这样就算菜刀折断，也不会对凶手不利吧。"

"从后面的案子可以看出，凶手试图把自己伪装成超自然的存在。要是被人发现自己去厨房偷菜刀，甚至还弄断了，估计面子上过不去。"

"凶手为什么要伪装成超自然的存在？"

"现在先不说这个。等到揭开凶手身份，动机就不言自明了。

"现在我想确认的是这么一件事。刚才我说了，接下来的推理会以奇迹的存在为前提，但那并不代表我肯定了超出人类理解范围的任何现象。我会把你们体验到的伤痛和疾病的治愈视作现实，但是并不承认除此之外的类似奇迹的现象也是现实。当然，凶手是人类这个大前提也不会动摇。"

大埘又拍了拍手。

"凶手遭到丹特意料之外的抵抗，导致菜刀折断，于是情急之下夺走丹特掉落的匕首将其杀死。但是假设凶手不止一个人，那么即使凶手 A 的凶器不能使用，在丹特掉落匕首那一刻，凶手 B 也能用自己的凶器将其杀死。然而，丹特身上只有被自己的匕首刺伤的痕迹。因此可以肯定，这个案子没有共犯，凶手只有一个人。"

见众人没有异议，大埘拍了拍椅子扶手。

"现在正式进入正题。凶手只有一个人，究竟怎么完成了奇迹一般的犯罪？且听我按顺序说明。

"首先是阿尔弗雷德·丹特的案子。凶手如何潜入北-3，又如何消失了？

"解开这个谜团的提示，就是衣柜门上的血迹。正如凛凛子在假推理中所说，双开门的下方有一片横跨左右两扇门的血迹。这片血迹并不是相连的，因此可以推断丹特遇害时，衣柜门处在半开状态。镜子上映出吉姆·乔丹的海报只是胡说八道，但是之前的逻辑没有问题。

"请各位试着想象一下。双开门衣柜的前方飞来一片鲜血。柜门是半开的。理所当然，鲜血应该穿过柜门缝隙，飞进衣柜里面。但是我查看衣柜内部时，里面完全没有血迹。"

众人一片死寂，风声拂过耳畔。

"这就太奇怪了。衣柜里的血迹为什么会消失？说来可能没人相信，其实是有人擦掉了里面的血迹。"

"是谁？"

蕾切尔·贝卡发出尖厉的声音。

"是案发后身在现场的人。换言之，就是杀害丹特的凶手。"

"为什么？"

"只能认为血液洒进衣柜里的事实对那个人不利。除了血迹以外，衣柜里还留下了凶手并不希望留下的痕迹。为了去除那个痕迹，那个人只能把血迹也一并清除了。"

"不希望留下什么痕迹？"

"这我不知道。有可能是沾在鞋上的泥土，有可能是外套上的水滴，也有可能是烟灰。重要的是，衣柜里存在过某种痕迹。如果没有人进去过，里面就不会留下痕迹。所以凶手一定是藏身在衣柜中，后来为了隐瞒这个事实，又擦去了自己留下的痕迹。"

最前排的信徒屏住了呼吸，也许在想象有人潜入自己宿舍的场景。

"那么，凶手什么时候潜入了北-3？正如刚才所说，丹特在晚上10点半以后去了一趟天父之家，回去便将雨衣晾在了衣柜上。不管他用的是衣柜里的衣架，还是直接挂在半开的门上，如果当时里面有人，他都不可能发现不了。可见，凶手是在那之后潜入进去的。因此可以断定，凶手在案发前不久，丹特出门上厕所时潜入了北-3。"

Q描述丹特在厕所发出惨叫，逃回房间时这样说道：

"丹特先生一次都没停下来，飞快地跑进了北-3。"

假如他离开北-3时锁了门，应该不可能一次都不停下就跑进去。

可以猜测，丹特觉得自己马上就回来，没锁门就去了厕所。在此期间，任何人都有可能潜入北-3。

"可是丹特先生不是在厕所发出了惨叫吗？"

克里斯蒂娜哑着嗓子说，大垹点点头。

"凶手当时已经潜入北-3，所以那声惨叫跟案子无关。凛凛子之前也说，丹特发出第一声惨叫的原因可以有很多，比如被薮犬或虫子攻击了。但是我有一个可能性更高的猜测。"

大垹从口袋里拿出一张对折的纸片，把写了字的那一面举起来展示给台下的信徒。

"同一天晚上 10 点左右，我刚走出厕所就被一个女人塞了这张字条。那个女人在丛林里偷听到我们的谈话，得知我们再过不久就能离开乔丹镇，因此向我求助了。而丹特也参加了丛林里的谈话。

"也许那个女人只给我塞了字条还不放心，还想给住在干部宿舍的丹特也塞字条。丹特被半夜守在厕所附近的女人吓破了胆，这才发出惨叫逃回了宿舍。"

大垹回忆起自己在三天前的夜里碰到露易丝·雷兹纳的场景。

"请你安静点。"

露易丝说完这句话，就把手伸进了上衣内袋。

虽然她最后掏出来的只是一张字条，可是丹特也许会误会她的动作。

大垹大半辈子都在日本度过，自然不会多想，然而丹特作为卧底调查官，常年跟洛杉矶的黑帮和街头帮派打交道，看见她嘴上说"安静"，同时往怀里掏东西的动作，搞不好误会了她要掏枪。察觉到自身面临危险，忍不住惨叫一声也是很正常的。

"当然，我没有证据可以证明这点。不过重要的是，出门上厕所的丹特出于某种理由发出了惨叫。而 Q 正好听见了惨叫，我们才会误以为凶手先出现在了厕所，然后才潜入上了锁的房间。"

克里斯蒂娜像是听懂了一般点点头，继而又冒出了疑问。

"就算凶手是趁丹特先生上厕所潜入了他的房间，可是杀死丹特先生后，那个人又是怎么离开的？发现尸体时，房间是上了锁的吧？"

"你说得没错。不过只要知道了凶手进入北-3 的方法，之后的可能性范围自然缩小了很多。

"16 日早晨，事务组的妮可·费舍尔察觉到北-3 有异常，后来内务长与保安队长打破窗户，发现了丹特的尸体。在打破窗户的时候，他们看见房间钥匙放在鞋架上。

"可是丹特遇害时，凶手确实潜入了房间，这是毋庸置疑的事实。如果事后房门是锁上的，只能认为凶手在达到目的后拿走钥匙锁了门。也就是说，鞋架上的钥匙是假的。"

信徒的目光集中在舞台边缘的男人身上。内务长彼得·韦德斯潘一直用作壁上观的表情听大塀讲话，此时注意到众人的目光，才极不情愿地开了口。

"我觉得这不可能。你们勘查现场时不是已经把钥匙插进门锁验证过了？那并不是假钥匙。"

"我记得很清楚，当时那把钥匙是真的，这就证明尸体被发现后，凶手趁我们还没勘查现场，把真假钥匙调包了。

"究竟是谁能做到这件事呢？我们到达现场之前，在那个房间进出过的只有四个人。首先是发现尸体的两名长官，然后是闻讯赶来的吉姆·乔丹和洛蕾塔·沙克特医生。"

吉姆瘫坐在椅子上一动不动。

"可是，凶手去哪里搞到了假钥匙呢？乔丹镇既没有配钥匙的材料，也没有配钥匙的人。而且这里无人偷盗，几乎所有建筑物都不带门锁，当然也就不存在用不上的钥匙。

"仅有的几个例外，就是天父之家、干部宿舍和牢房监舍。这三个地方的门都带锁。不过吉姆·乔丹居住的天父之家是输密码的电子锁，监舍的铁栏门用的是挂锁，钥匙形状像一根棍子。跟北-3同样使用圆筒锁的，只有干部宿舍的其他房间。这就证明，凶手是住在干部宿舍的乔瑟夫·威尔逊或彼得·韦德斯潘其中一人。"

再看舞台边缘，乔瑟夫正用拉肚子的表情瞪着大坰。彼得依旧若无其事地挠了挠胳膊说："这可怎么办？"

"但是这个推理存在一个问题。妮可发现异常后，乔瑟夫和彼得听见动静走出屋子，两个人都仔细地锁上了自己的房门。他们之所以能这么做，证明手上拿的都是自己房间的钥匙。干部宿舍的房间只有一把钥匙，所以他们都不是调包钥匙的凶手。"

大坰夸张地仰天长叹。

"这下可好，凶手消失了，但这当然是不可能的，所以只能说推理的前提出错了。换言之，凶手并没有用自己的钥匙调包北-3的钥匙。

"那么，凶手究竟从哪儿搞到了假钥匙呢？如果用的不是已经存在的钥匙，那就只能是新做的。所以，凶手做了一把假钥匙。"

"你刚才不是说乔丹镇既没有配钥匙的材料，也没有配钥匙的人吗？"

沃尔特·戴维斯大声质问道。

"冷静点，我又没说凶手配了钥匙。那个人只不过是熔化金属，做了一个外形像钥匙的东西。"

"这里没有熔炉也没有模具，怎么可能做出来？"

"当然可以，用低熔点合金就行了。"

乔瑟夫倒吸了一口气，但很快用咳嗽掩饰过去了。

"各位信徒可能不知道，低熔点合金物如其名，是熔点很低的金属。这种金属乍一看很硬，但只要用手指搓一搓就会变得软如面条，据说某个以色列超能力者也很爱用它。你们的教主大人同样用低熔点合金表演过治愈动物的魔术。我在丹特尸体被发现的前一天亲眼看过那场魔术表演，因此可以肯定案发的时刻，吉姆·乔丹手上有低熔点合金。

"凶手用那种金属做了一把假钥匙。虽然不可能精确到能打开门锁，但也可以做到乍一看让人分不出真假的程度。若无法用手指捏成形状，也可以用黏土做个简单的模具来铸造。就这样，凶手准备好一把假钥匙，在杀害丹特后调包了真钥匙。"

大帐篷的人声渐渐沉寂下来，宛如潮水从沙滩上退去。

"现在让我们重新思考一下，杀死丹特的凶手究竟是谁。那是能够搞到低熔点合金的人。然而吉姆·乔丹并不会公开自己的魔术手法，所以你们这些信徒应该不知道这里有低熔点合金。看刚才的反应，干部好像知道这个事实，不过他们跟丹特一样持有干部宿舍的钥匙，所以没必要专门做一把假钥匙。如此一来，嫌疑人只剩下一个。"

大坍平淡地继续道。

"这家伙作为聘用律师的人，在与丹特交涉的过程中发现他并不是真正的信徒，而在行凶之前叫走丹特，也是为了确认这一点。案发的翌日早晨，他被保安队长乔瑟夫叫到现场，随即派出两名干部把我们带到天父之家，打发他们去了南-30。他自己则趁此机会进入现场，把假钥匙跟真钥匙再次调包。"

彻底的死寂。

大坜转头看向身边的人。

"杀死丹特的凶手就是你，吉姆·乔丹。"

*

大坜喘了口气，目光回到信徒身上。

"大家可能有很多疑问，但还是先继续解谜吧。接下来是朱迪·兰迪的案子。凶手究竟如何让她一个人服下了毒药？"

与刚才不同，现在的大帐篷里一片寂静。信徒们无不目瞪口呆，一时间忘了怎么说话。大坜不禁觉得自己在对一群被训斥的孩子发表演讲。

"这个案子有一个很麻烦的地方。正如我刚才所说，我不会否定你们的信仰。这个推理也建立在只要信仰人民礼拜会，身上的伤痛和疾病症状就会消失的奇迹前提下。因为我要对你们发表推理，如果不跟你们站在同样的立场，解谜就会变得毫无意义。

"但是在这个前提下，朱迪·兰迪遇害一事就没有了谜团。凶手在所有人的红茶里下了毒。四个人都喝了红茶，但是信仰人民礼拜会的三名厨房组成员没有出现中毒症状，唯独朱迪死了。照这个思路，案子确实毫无疑点可言。

"然而这是错的。麻烦的地方在于，这个案子并不是单纯的奇迹。"

"为什么？""你胡说八道！"底下再次响起骂声。

"是饼干揭露了这个事实。我们最开始进入现场 E 教室时，地上除了茶杯的碎片和倾洒的红茶，还掉落了吃了一半的饼干。但是我们在北–2对厨房组的布兰卡和蕾切尔了解完情况，再次回到教室时，地上的饼干竟然不见了。

"饼干当然不可能不翼而飞，肯定是有人潜入E教室把它拿走了。

"那么，饼干贼究竟是什么时候进入了教室？我们暂时离开学校时，E教室门前还围着一大群孩子。那家伙潜入教室的时间应该在彼得命令手下带孩子'集体放学'之后，我们返回教室之前。

"只不过，我们回到现场时，E教室的门已经推不动了。因为椅子上滴落的呕吐物干燥凝固，堵住了教室门。孩子们离开后，饼干贼进入教室时，呕吐物应该已经扩散到了门边。如果那家伙开门走进教室，就会向内侧推动凝固的呕吐物。可是我们开门时，教室门还是被堵住的状态。

"那么，饼干贼究竟如何潜入了教室？那家伙不是推门进去的，又是从哪儿进去的？"

几秒钟的沉默过后，厨房组的克里斯蒂娜·米勒与蕾切尔·贝卡同时回答道：

"从小窗。"

大埘点了点头。

"教室墙上有窗户，但是长、宽只有40厘米左右，无法容大人通过。换言之，身体娇小的小孩儿就能轻易通过。首先可以考虑一个假说，就是有个小孩儿偷偷溜回教室，捡起掉在地上的饼干吃掉了。

"可是实际想象一下，这个小孩儿的行动令人十分费解。就算不捡掉在地上吃了一半的饼干，桌上还有没人吃过的饼干呀！如果是什么都往嘴里塞的婴儿也就算了，而这小孩儿是已经能够爬进教室调皮捣蛋的年纪。他肯定不会从满是茶杯碎片和呕吐物的地上捡饼干吃，而是先吃留在桌上的饼干。所以我认为，饼干贼并不是人类小孩儿。"

"原来如此，我知道你想说什么了。"蕾切尔可能产生了跟克里斯蒂娜竞争的意识，飞快地开口道，"知道钻进教室找吃的，能穿过40厘米见方的窗户，还不去拿桌上的饼干，反而吃了掉在地上的饼干——那肯定不是两脚动物，而是四足动物。"

众人一阵骚动。

蕾切尔得意地继续道："饼干贼其实是薮犬吧。"

"那应该就是真相。不知该说是幸运还是不幸，薮犬跑到了这个部落里，却因为人民礼拜会有不得投喂野生动物的规矩而饥肠辘辘。就在那时，它闻到了教室窗户里飘出来的呕吐物的气味。"

"饥肠辘辘的野生动物会饥不择食，因为不吃就没命了。那条薮犬应该是被气味吸引，从窗户钻进了教室。"

大坜脑中浮现出在本乡公寓台阶上舔舐呕吐物的瘦弱野狗。

"幸运的是，地上刚好有一块没吃完的饼干。如果没它，薮犬就会因为舔食呕吐物而发生氰化物中毒。尽管半块饼干并不能填饱肚子，但好歹减轻了它的饥饿感，于是那家伙又爬窗户走了。"

"你叽叽歪歪地瞎说些什么呢？"农耕组的沃尔特·戴维斯喊道，"薮犬跟案子有什么关系？"

"你还不懂吗？接下来这些话听起来可能跟刚才的话相互矛盾，但是薮犬钻进教室后，真的只吃半块饼干就满足了吗？动物一旦摄入甜食，就会因血糖值上升而感到口渴。吃了干巴巴的饼干则更是如此。教室地上还有克里斯蒂娜打翻的红茶，薮犬怎么会光吃饼干而不去舔食红茶呢？"

"那就是舔了啊！"沃尔特刚说出来，声音就蔫了，"——哎？"

"很奇怪，对不对？薮犬健健康康地离开了教室。不同于你们身上的奇迹，吉姆治疗针蜥和鬣蜥用的都是魔术戏法。退一百步说，就算他也能对动物使用奇迹，那条薮犬也跟我一样，是来自部落之外的外来者。薮犬舔了红茶没有死，并非因为奇迹使它没有中毒，而是红茶里根本就没被下毒。也就是说，克里斯蒂娜打翻的红茶没有毒。

"红茶是布兰卡从一个茶壶里倒出来的。克里斯蒂娜喝的红茶无毒，证明朱迪喝的红茶也一样。"

沃尔特目瞪口呆："这究竟是怎么回事？"

"朱迪饮用无毒的红茶出现了中毒症状。即使以奇迹的存在为前提，这件事也无法解释。换言之，这是彻头彻尾的不可能的犯罪。"

"你这侦探真奇怪。"吉姆摸了摸耳后的头发抱怨道，"竟给自己增加谜题。"

"我只是按照逻辑得出了结论而已。现在让我们重新想想凶手给朱迪下毒的方法吧。凶手并没有在红茶里下毒。因为朱迪是从摆成圆形的几杯茶里随便拿了一杯，因此无法事先在其中一个杯子里下毒。茶话会期间，朱迪并没有摄入毒药，但是却出现了中毒症状。这是事实。那也就是说，朱迪在茶话会之前就摄入了毒药。"

大垪抬起双手制住了观众发出的疑问。

"所以事情是这样的。朱迪在茶话会之前摄入的毒药，却出于某种理由没有吸收。但是喝了红茶后，体内的毒素状态发生变化，导致肠胃将其吸收，出现了中毒症状。然后，朱迪就死了。"

"人摄入了致死量的氰化物还能不马上死掉吗？"

蕾切尔噘着嘴问道。

"很简单，只要不让毒药接触胃肠黏膜就行。换言之，就是用不被人体消化的东西包住毒药。"

"你是说胶囊吗？但我不认为世上存在喝一口红茶就会化掉的胶囊。"

"看来你们真的没有学习能力啊！"大埘耸了耸肩，"凶手用的是低熔点合金。"

人群里爆发出阵阵压抑的惊叫。

"我们人类不同于针鼹和鬣蜥，是恒温动物。体表温度为 36 摄氏度左右，体内温度也维持在 36 摄氏度到 37 摄氏度。布兰卡冲红茶用的热水是在厨房烧开后用水壶带过去的，就算温度有所降低，应该也有 70 摄氏度到 80 摄氏度。氰化物就包裹在熔点为 70 摄氏度到 80 摄氏度的合金里面。

"凶手知道朱迪 16 日会参加茶话会，事先让她吞下了包裹微量氰化物的低熔点合金。这里提供的饭菜都是凉的，所以就算朱迪在茶话会前吃了东西，也不用担心金属熔化导致毒药发挥作用。我的朋友乃木小时候就吞过一个金属玩具，但是身体并没有发生异常。朱迪只要一直不摄入热食，大约一个星期就能把吞下去的金属拉出来。可是一旦她摄入热食，消化道中的金属就会立刻熔化，导致氰化物溢出，引发强烈的中毒症状。"

"凶手是怎么让她吃下去的？"沙克特医生高声问道，"只有不懂事的小孩子才会吞金属。"

"凶手把低熔点合金伪装成了别的东西。朱迪有心绞痛的毛病，每餐饭后都要服用胶囊型的降压药。但是 15 日晚饭时，她发现自己弄丢了药盒。朱迪很肯定自己早餐后吃了药，证明药盒是在那之后弄丢的。我们寻找丢失的药盒时，正在不远处吃饭的一个男信徒说看见药盒放在桌子上，还帮我们拿了过来。朱迪对他道了谢，然后就着杯子里的水吃了药。"

"你说她吃下去的胶囊其实是低熔点合金？"

"严格来说，是胶囊的内容物被调包成了低熔点合金包裹的氰化物。凶手肯定不是从朱迪怀里偷走的药盒，所以应该是碰巧捡到了那个药盒。因为盖子上写着 J.R. 字样，凶手一眼就看出了药盒的主人是谁。于是，凶手拿走药盒，取出写有当天日期那个格子里的胶囊，取出内容物后换上了包有微量氰化物的低熔点合金，重新盖上胶囊，再用胶水粘住。最后，凶手又把药盒放到了食堂桌子上。如此一来，朱迪在找到药盒后，就会将低熔点合金吞入腹中。"

"就算外表一样，里面如果放了金属，总会觉得有些奇怪吧。"

蕾切尔嘀咕着，做了个服药的动作。

"当时朱迪拿出胶囊，不慎手滑使其掉落到了蜂蜜汤里。我们都以为那是她不舒服导致的，但实际上，那颗胶囊有可能比普通的胶囊重了一些。如果那是一碗热乎的蜂蜜汤，说不定胶囊就会化开，露出里面软化变形的金属。

"翌日早晨，朱迪的身体有所恢复，但是在离开宿舍时，还是出现了心脏不适的症状。那也许是头天晚上服用的胶囊中没有降压药，导致她的血压上升了。"

大坝清了清嗓子，重新看向观众。

"那么，杀死朱迪的凶手究竟是谁？跟丹特的案子一样，凶手在这里用到了低熔点合金。信徒们并不知道吉姆手上的魔术道具，所以凶手只可能是吉姆本人或某个干部。这个案子的另一件道具就是朱迪的药盒，但是任何人都有可能捡到药盒，因此不能靠它来缩小范围。

"考虑到这个案子发生的 11 个小时前，丹特在密室遭到杀害，而这个案子的第二天早晨，易浩俊也被切成了两段，可以肯定凶手是有预谋地试图使用看似奇迹的方法杀害朱迪。然而假如她在独自一人的情况下喝下白开水引发中毒症状，案子就完全没有奇迹色彩。这就证明，凶手一开始就知道她被邀请参加茶话会，所以才用低熔点合金下了毒，确保她在茶话会上中毒。

"两天前，蕾切尔·贝卡看见朱迪来吃晚饭，向她发出了茶话会的邀请。当时在场的有厨房组的布兰卡·霍根、克里斯蒂娜·米勒，还有跟孩子们一起去食堂吃饭的吉姆·乔丹。厨房组的人对其他信徒隐瞒了茶话会的事情，所以只有我说的这几个人知道这件事。再加上知晓低熔点合金的存在这个条件，那么满足凶手条件的人只有一个。"

大垧悠哉地靠在椅背上，又一次转向旁边的男人。

"给朱迪下毒的人也是你，吉姆·乔丹。"

*

大帐篷里爆发出愤怒的咒骂声："胡说八道。""瞎说什么呢？""不准侮辱乔丹先生。"可是他们都想知道后面的推理，没有一个人冲上舞台打断演讲。

"接着是易浩俊的案子。"

大垧继续道。

"凶手如何在监舍里将易浩俊切成两段，又是如何把他的尸体弄到了大帐篷的舞台上？这个用低熔点合金是绝对无法解释的。连我都怀疑过这是恶魔所为，但是正如我一开始所说，凶手是人类。

"我们找了个能干的助手，向发现尸体的露易丝·雷兹纳了解了情况。她的证词里果然有重要的线索。"

大帐篷右后方一阵骚动。露易丝·雷兹纳站在稍微被挤出顶棚之外的位置，不安地缩起了脖子。

"她来到这个部落之前，曾在得州开修鞋铺。她说，当时从舞台下方看见易浩俊的鞋子，觉得实在太破了，让她忍不住想修好。

"仔细一想就会觉得很奇怪。易浩俊的下半身被放在讲台上，肚子对着舞台后方，脚对着舞台前方。从露易丝站的方向看，顶多只能看见鞋底才对。"

露易丝看也不看大埘，兀自抱着肩膀念念有词。细看她的口型，原来在不断念叨着"教主大人"。

"不过她整天对着鞋工作，只看鞋底也能看出一双鞋有多旧。但是我和凛凛子潜入陵园的管理小屋检查尸体时，发现易浩俊的运动鞋底下裹着厚厚的泥巴，完全看不出鞋底。"

"你……你说什么？"露易丝总算抬起了头，"那不可能。我发现尸体时，真的看见鞋底了。"

"我并没有怀疑你，何况你也没理由撒谎。那么，为何你发现尸体时能看见鞋底，而我们检查尸体时，那双鞋上却裹着厚厚的泥巴？难道尸体被搬到陵园时，有人弄脏了那双鞋？可是沙克特医生搬运乃木和丹特的尸体时都是用担架抬过去的，不可能拖着易浩俊的尸体过去。

"如此一来，可能性就只有一个。假如那不是新沾上的泥巴，就只能是整双鞋被换掉了。露易丝·雷兹纳在大帐篷发现尸体之后，到我们进入陵园之前，有人调包了尸体穿的鞋子。"

人群再次陷入沉默。几秒钟后，克里斯蒂娜·米勒开了口。

"是因为鞋子上有对凶手不利的痕迹，所以那个人才偷偷调包了鞋子吗？"

"很遗憾，并不是。我在陵园观察尸体，发现身体断面流出的血一直渗透到了运动鞋里面。从大帐篷搬出尸体时，血液应该几乎凝固了，所以凶手如果在那之后调包鞋子，里面就不会渗透鲜血。这就证明，我们在陵园看到的运动鞋，正是易浩俊遇害时脚上穿的那双鞋子。"

"听起来好像有矛盾啊！"

"并没有。露易丝·雷兹纳看见的鞋子不是我们看见的那双鞋子。可是尸体的鞋子并没有被调包。既然如此，被调包的就不是鞋子，而是尸体本身。"

克里斯蒂娜惊得张大了嘴，却发不出声音。

"按照逻辑，露易丝·雷兹纳在大帐篷看见的尸体和我们在陵园看见的尸体完全不是一个人。所以乔丹镇有两具被切成两段的尸体，一个是易浩俊，一个是长得很像易浩俊的人。

"那究竟哪个才是真的？我们在陵园看见的尸体臀部有大片凸起的条形伤痕，那是易浩俊两年前举报韩国的邪教暴力事件时，被警察用电棍殴打留下的伤。但他并不会到处去说自己屁股上有伤疤，所以凶手在准备替身尸体时无法临时制造伤痕以符合易浩俊的身体特征。由此可证，我们在陵园看见的尸体是易浩俊本人，而你们看见的尸体则是替身。"

几个信徒脸上闪过了得知魔术手法后的呆滞表情。

"那么替身究竟是谁？如果乔丹镇有个亚裔男信徒失踪了，那他有可能成了替身，但不巧的是，这里的亚裔信徒只有 Q。那小子在案发后依然活着，而且体形跟易浩俊相差很大。也就是说，凶手并没有再杀死一个亚裔男性用作替身，而是利用了原本就有的亚裔男性尸体。"

有人惊呼一声。他抬眼看去，只见陵园管理人夏蓉·克雷顿慌忙捂住了嘴。

"巧的是，就在三天前，有个亚洲男性死在了乔丹镇。那就是刚到这里没多久就被保安队员拉里·莱文斯开枪打死的我的朋友乃木野蒜。凶手就是用他当了易浩俊的尸体替身。"

"那两个人国籍不同，而且互相不认识吧？"蕾切尔·贝卡沙哑地说，"难道看长相分辨不出来吗？"

"事情还真没有那么简单。韩国人和日本人的长相确实有微妙的差别，但你们美国人是分辨不出来的。你们本来就不擅长分辨亚洲人的长相。自从我来到圭亚那，不知被多少人误以为是中国人。所以不客气地说，你们想分清同属东亚的日本人和韩国人的长相，还早五万年呢！"

其实他也没资格说这种话，因为大埘去汤岛的海滨国际沙龙时，也觉得地球上大多数外国人长得都一样。

"当然，他们本来就是完全不同的两个人，只要仔细观察还是能看出区别来。然而尸体受到了令人难以直视的损坏，再加上三天前亲眼见过乃木尸体的居民寥寥无几。在发现尸体的前一天，吉姆在这里发表演说，声称丹特和朱迪遭到了上帝的惩罚。如果继两个人之后又出现了一具亚洲男性的尸体，人们肯定想当然地认为死者也是调查团成员。

"凶手切断了停放在陵园管理小屋的乃木的尸体，将其搬到大帐篷。将尸体从躯干处一分为二的理由有两个，一是要沿着鸠尾下方的枪伤割开皮肤，隐藏死者真正的死因，二是要尽量制造大范围的损伤，得到一具面目全非的尸体。"

"乃木的尸体虽然保存在开了空调的管理小屋，但是应该有了一定程度的腐烂。"

沙克特医生按着太阳穴说。

"凶手肯定是用了某个老男人天天擦在脸上的粉底，提亮了尸体的皮肤色泽，并且仔细遮盖了尸斑和变色的部位。"

吉姆·乔丹十指撑在两边脸颊上，仿佛什么都没听见。

"舞台上有一大片尸体流的血。乃木先生是三天前死的，血液应该早就凝固了。"

"那是肯定的，因为不会有人想到存起乃木的血，所以凶手往尸体上浇了其他动物的血。我不知道那个人具体用了什么血，但是知道这里有一头动物从那天起就行踪不明。所以我猜，凶手应该是杀了薮犬，把血泼在了乃木的尸体上。"

沙克特医生依旧按着太阳穴，但是没有继续提出疑问。

"露易丝·雷兹纳在大帐篷发现尸体时，真正的易浩俊还在二号牢房里。他恐怕并不知道有人在外面发现了伪装成他的尸体，正在打呼噜呢。

"凶手看准我和凛凛子离开牢房，紧接着便溜了进去。从二号牢房的通气孔扔蜂巢进来，恐怕就是凶手逼我们离开牢房的小手段。凶手从看守室拿出监舍的备用钥匙，穿过走廊进入二号牢房，打开铁栏门，杀死了易浩俊。接着，他切断尸体放到推车上，穿过丛林运到了陵园的管理小屋，跟已经搬进去的乃木的尸体做了交换。"

最前排的信徒一脸狐疑地歪着脑袋，大坜对他点了点头。

"这个戏法有一个无法解释的地方。我们之所以能离开监舍，是因为 Q 把我们放了出去。毕竟无论扔多少个蜂巢，离不开监舍就离不开牢房。如果 Q 没来帮我们，凶手就无法潜入二号牢房。这实在过于依赖运气了。

"那么，有无可能 Q 就是凶手，先把我们放走，然后再杀了易浩俊？然而我们在管理小屋看见易浩俊的尸体前，一直都跟 Q 在一起。他有不在场证据，所以不是凶手。

"那么，凶手本来打算怎么潜入二号牢房呢？其实那家伙一开始就计划好先把我们从一号牢房放出来，然后再潜入二号牢房。舞台上的尸体证明了易浩俊在我和凛凛子被关押期间遇害，那个人可以说我们是无辜的，不用再被关押，然后把我们放走。"

大坿说到这里，停下来卖了个关子。台下的观众脸上已经没有了惊讶的神色。

"凶手是可以命令手下释放我们的人，而那样的人只有一个。这个案子的真凶也是你，吉姆·乔丹。"

*

"最后是我的助手有森凛凛子遇害的案子。"

最重要的环节正式开始了。

大坿强装平静，缓缓开口道："18 日下午 4 点 15 分，我在陵园发现凛凛子已经死亡。死因是被钢丝绳勒住脖颈窒息死亡。但是根据推测，凛凛子是在 4 点左右进入了陵园，那之后没有任何人离开陵园。所以，凶手如何从密室状态的陵园凭空消失了？"

大坿强忍着提高音量的冲动，冷静地继续道："凛凛子遇害前不久的下午 3 点 40 分，我得知里奥·莱兰德议员一行马上就要离开，便拿起对讲机联系了凛凛子。此前她折返部落寻找失物，当时正在牢房那边。我告诉她这边马上就要出发，凛凛子表示马上就回来。

"然而 30 分钟后，也就是 4 点 15 分，凛凛子却成了倒在陵园的一具尸体。她留下了一串从牢房背后穿过丛林走向陵园的脚印，可以肯定是主动前去的。那么，她为何要对我说谎，明知道会坐不上飞机，也要前往陵园呢？"

"她会不会觉得丢失的东西就在陵园？"

克里斯蒂娜·米勒回答道。此刻她已经没有了刚开始时的踌躇。

"简单来想的确如此。我们昨天检查易浩俊的尸体时进过陵园的管理小屋，她的东西有可能掉在了里面。可是我仔细回忆当时的对话，发现凛凛子去陵园是因为别的理由。

"我们用对讲机联系时，扬声器正好传出了吉姆·乔丹的声音。他说要召开紧急集会，让所有人集中到大帐篷。我听见不远处的扬声器和对讲机里传出了同样的说话声，之所以会这样，可能因为凛凛子那边的对讲机拾取了牢房屋檐下的扬声器发出的声音。不过，这只是我在那一刻的想法。"

"有什么问题吗？"

"我看过几次干部们用对讲机联系手下的情景，知道这个部落使用的对讲机大约有两秒的延时。相对地，部落各个角落里安装的扬声器会同时传出教主大人的声音。我在用耳朵直接听见扬声器发出声音的同时，也通过对讲机听见了另一个扬声器的声音。既然如此，两个声音之间必须有两秒钟的延时才对。然而我听见的两个声音是同时响起的。为什么本应有延时的声音，会同时传进我的耳朵里？"

大坷扫了一眼观众。虽然不是课堂提问，却没有一个信徒敢对上他的目光。

"让我们用逻辑来思考吧。通过对讲机本应有两秒延时的声音同时响了起来，证明对讲机的另一侧，也就是凛凛子那边的声音比其他扬声器的声音快了两秒。

"那么，凛凛子当时究竟在什么地方？整个乔丹镇只有一个地方能比其他地方更快听见吉姆·乔丹的声音。"

"啊——"内务长彼得恍然大悟地喊了一声。

"吉姆·乔丹能够坐在天父之家里，通过遍布整个部落的扬声器进行广播。但是这个广播的形式比较特殊。吉姆的声音是先传到天父之家外部的扬声器，再通过麦克风拾音，传到遍及部落的扬声器，也就是中间经过一次周转。正因如此，天父之家门外的扬声器声音比其他地方快了大约两秒。

"我联系凛凛子时，她并没有在牢房那边，而是在你住的房子附近。这就是我通过对讲机的声音得出的结论。"

大坜探出身子，凑近吉姆·乔丹说道。众人爆发出阵阵骚动，吉姆却纹丝不动。

"这样一来，凛凛子遇害的经过就变得截然不同了。我本以为她被杀害的时间是下午4点以后，因为我认定她3点40分还在牢房那边。可实际上，她在那个时间已经移动到了天父之家附近，那么到达陵园的时间也就更早了。

"陵园管理人夏蓉·克雷顿的证词表明，下午4点以后没有人离开陵园。但是在4点之前，她一直专心看书，并不记得有谁进出过陵园。如果凶手是在这个时间段完成行凶并离开了陵园，这个案子就不存在任何谜团。"

"那就是密室从一开始就不存在吗？"

被揭穿了怠工行为的夏蓉不服气地高声说道。

"因为无法预料的理由，现场的确看起来像是密室，但是这与丹特的案子不同，并非凶手有预谋地制造密室。

"那么，我的助手为什么要谎报自己的所在地？只要回溯她的行动就明白了。下午 3 点 10 分左右，她声称要寻找丢失的物品，从部落入口折返居住区。但是到达牢房后，她马上下了山坡，穿过丛林走向天父之家。她之所以要偷偷摸摸地走丛林绕过去，是因为她的行动有着不足为外人道的、亏心的理由。

"凛凛子前往天父之家要做什么亏心事？当然只有一个，就是为了杀死你，吉姆·乔丹。凛凛子要用自己的双手为调查团的三个人报仇。"

几秒钟的沉默过后，大帐篷里响起了无数的惨叫。吉姆依旧沉默不语，但是前胸的衬衫已经被汗水打湿。

"凛凛子小姐对大坿先生说谎，其实是为了给自己制造远离现场的不在场证据吧？"

彼得·韦德斯潘淡淡地说。

"应该是这样没错了。"

然而，这个谎言实际上并没有多少意义。

大坿和凛凛子是来自日本的同事。正如警方在调查时不会相信家人的证词，大坿的证词也无法证明凛凛子的清白。如果她真的想自保，肯定会有别的对策。

然而，凛凛子有一个必须对大坿说谎的理由。

——"大坿先生应该认识到一件事，侦探也可能成为加害者。"

曾经，她用这句话严肃地警告了顶头上司。她深知侦探这一行的危险，因此有着守住底线的信念。

可是她无法原谅凶手，决心亲自将其杀死。她不想让大坿看见这个矛盾，只希望大坿相信她是无辜的——这也许就是她的真实心境。

"她敲响了天父之家的房门，声称有重要的事情要谈，请吉姆·乔丹到陵园碰头。如果在天父之家直接动手，说不定会被干部发现并阻拦。而她已经在走出丛林前往天父之家的路上发现了管理人夏蓉的工作态度很消极。

"当时，凛凛子身上藏着用来充当部落围栏的钢丝绳。到达陵园后，她试图用钢丝绳勒住你的脖子。然而你虽然形容枯槁，却也是个成年的白人男性，凛凛子则是个亚洲小姑娘。你察觉到她的杀意，强行夺下钢丝绳，反而勒死了凛凛子。然后，你若无其事地离开陵园，在大帐篷的这个舞台上开始了悲壮的演讲。"

大坍站起来，正面俯视着吉姆·乔丹。

"杀死我助手的人也是你，吉姆·乔丹。"

吉姆避开大坍的目光，动作僵硬地摸了摸嘴唇。

"你杀害了阿尔弗雷德·丹特、朱迪·兰迪、易浩俊和有森凛凛子这四个人。最后一个人虽然在计划之外，但你短时间内连续杀死了四个人的事实依旧不变。聚集在这里的人一脸崇拜地目睹的奇迹，其实就是你疯狂的杀人行径。"

"不对！"

人群里传出一声高喊。他回过头，只见露易丝·雷兹纳苍白的嘴唇止不住地颤抖着，像哭累的孩子一般用尽最后的力气挤出了声音。

"教主大人是上帝的化身。教主大人如果真的是杀人犯，那他杀死的人，都是注定要死去的命运。"

大坍忍不住鼓起了掌。

"太棒了。这是深陷邪教之人最典型的反应。那你说说看，莱兰德议员和他的伙伴也都是注定要在跑道上遭受枪林弹雨的命运吗？"

"枪林弹雨？"露易丝颤抖一般摇着头，"你在说什么，我听不懂。"

"别装傻了。我很遗憾地告诉你，这家伙根本不是上帝。他只不过是假装上帝变戏法的低俗骗子而已。谁家上帝会用低熔点合金做假钥匙，往腐烂的尸体上抹粉底呢？"

"那个，我还有一个问题。"克里斯蒂娜·米勒冷静地说，"假设你的推理全部正确，那乔丹先生为什么要杀死调查团的成员呢？"

越来越兴奋的观众瞬间回过神来，陷入一片死寂。

"乔丹先生强烈希望搬到苏联去，而他要依靠的正是查尔斯·克拉克先生，还有那位先生派来的调查团成员。这样一来，乔丹先生还有什么理由杀害他们呢？"

"他确实没有杀害调查团成员的合理动机。但是这家伙把人生都献给了宗教，内心追求的东西远比合理性更重要。不用说，那就是信仰。吉姆·乔丹没有杀害那些人的合理性动机，但是有宗教动机。"

大坰绕到吉姆身后，双手搭在他的椅背上。

"这个人十分害怕越来越多的退教者，还有那些退教者引发的媒体批判。不安和恐惧蒙蔽了他的理性，于是这个人痛骂退教者是叛徒，扬言他们将受到上帝的惩罚，并试图用这些说法将信徒束缚在人民礼拜会之内。

"可是那些偏激的发言最后让他搬起石头砸了自己的脚。退教者对记者添油加醋地述说自己在人民礼拜会的恐怖经历，让媒体为之狂喜，可是却从来没听说过有什么人遭到上帝的惩罚。借凛凛子的话说，就是他的偏激发言与现实产生了龃龉。"

大坰猛地一拍靠背，吉姆的肩膀跟着颤了颤。

"信仰与现实一旦出现龃龉，人就会想方设法将其消除。他必须让背叛者受到惩罚——这个强烈的观念在他心中渐渐膨胀起来。

"然而，由于礼拜会扎根在乔丹镇，他不能直接对退教者下手。他所能做的，就是惩罚破坏规则的信徒，间接制止其退教。只不过，他不能对乔丹镇的居民降下足以称为上帝惩罚的东西。因为信徒相信这里没有伤痛和疾病的症状——不对，应该是能够感觉到，所以不可能发生因为忤逆教主大人就坏了身子、卧病在床的事情。到头来，他几乎什么都不能做。"

"不对，不对，不对。"露易丝宛如祷告般喃喃道。

"就在这时，突然出现了上好的猎物。那就是查尔斯·克拉克派来的调查团。只要把这帮人设计为袭击者，再用超乎寻常的方法将他们杀死，就能实现与人民礼拜会作对者必然遭到上帝的惩罚这句话。如此一来，信徒也会惧怕惩罚，信仰更为坚定。

"当然，正如克里斯蒂娜所说，这样会导致人民礼拜会再也无法迁往苏联。考虑到礼拜会的将来，杀死调查团的成员显然不可取。但是为了解决眼前最紧迫的问题，也就是发言与现实的乖戾，以及随之而来的退教者的增加，他觉得自己不得不背叛查尔斯。"

克里斯蒂娜·米勒把手放在腰上，一言不发地摇头。

"这个人的计谋成功了。信徒们亲眼看见袭击者遭到上帝的惩罚，对人民礼拜会的信仰更加坚定。保安队的人袭击里奥·莱兰德议员一行，就是信仰坚定后的一个成果。"

大埘松开椅背，转到正面，又一次俯视吉姆·乔丹。

"这下所有的谜题都解开了。你就是凶手。"

他弯下腰，注视着吉姆沾满灰尘的墨镜。

"你不反驳吗？"

"我——"吉姆侧过脸，发出了孩子一般轻细的声音，"我不是凶手。"

"那不是反驳，是说梦话。如果你真的无辜，就给我好好反驳。"

"我没有杀人。"

大坶一拳砸向吉姆的面部。椅子翻倒在地，吉姆的脑袋狠狠磕在地上，还反弹了一下。

"你是小孩儿吗？不是我干的。好的，我信你。你觉得真有这种好事吗？"

几秒钟的沉默后，台下发出了无数的惨叫。

"快反驳啊，你不会说话吗？"

吉姆张开嘴想说话，却只发出了沉重的喘息，一个字都吐不出来。

"好的，那你去死吧。"

大坶一把揪住他的头发，往讲坛转角狠狠砸去。墨镜被砸碎了，霎时间吉姆的头部血肉模糊。信徒的怒吼刺入耳膜。

"去死吧，吉姆·乔丹。给我死，你没资格活着。你是个活在妄想中的丑陋的杀人犯。什么乔丹镇？疯子自恋狂！你是不是特别喜欢自己啊？连我都看不下去，简直丢死人了。"

他朝着不断舞动的手狠狠踩了下去，脚跟踩碎了骨头。他又整个人坐在吉姆背上，继续抓着他的头往地上砸，砸了还左右摩擦几下。吉姆的眼睑、鼻子、嘴唇都已被蹭破，地面上留下一摊抹了油漆似的鲜血。

"你觉得你被媒体攻击了，其实根本不是，你是被笑话了。全世界都在看你的笑话，看你这个自以为是的自恋狂被激怒了会有什么反应。你真觉得苏联政府会向你这种脑子异常的人伸出援手吗？这世上只有你会这么痴心妄想，你再活着也只能继续出丑。死吧，赶紧给我死。给我糊着鼻涕眼泪、屎尿齐流地死吧。"

砰——一声闷响。

讲台上的十字架突然碎裂，木屑擦过大坜的脸颊。

回头看，只见乔瑟夫·威尔逊端着 M1903，枪口对准了大坜。舞台附近的信徒试图逃走，顿时推倒了一片人。

"立刻放开乔丹先生。"

乔瑟夫飞快地拉栓上膛。

大坜依旧死死掐着吉姆的脖子。吉姆血肉模糊的脑袋阵阵抖动，被发胶固定的头发凌乱散开，没有了镜片的墨镜框卡进了眼睑的伤口。

"死吧——"

又一声枪响。

大坜仿佛被一阵疾风吹倒，上半身砸在了地上。

他想撑起身子，却发现左臂使不上力。他低头查看身体，意识到肩膀正在流血。斜方肌被打穿，露出了锁骨。下一秒，剧痛袭来。

不等他翻过身，保安队的人就冲上了舞台。乔瑟夫低头看着大坜，步枪对准了他的胸口。

"你去死吧。"

大坜抬起右手，抓住了乔瑟夫放在扳机上的手指。

"等等，听我把话说完。"

"我已经听够了。"

乔瑟夫踩住大坜的左肩。鲜血像喷泉一样涌了出来。大坜忍着剧痛开口道：

"杀了我，你会后悔的。"

"我正在后悔四天前怎么没杀了你。"

"我要是就这么死了，你们的教主大人就是真的杀人犯。你真的要这样？"

乔瑟夫停下了动作。

灰色的眸子呆滞地看着大坜。

"什么意思？"

"我说实话吧。"大坜看了看围在周围的保安队员，"其实我不认为吉姆·乔丹杀了那四个人。"

"那刚才的演说是什么？"

"我不是一开始就说了，要站在你们的立场上展开推理，以奇迹存在为前提揭开凶手的身份。说白了，这就是信徒的推理。

"不巧的是，我不相信你们的上帝，还觉得你们身上的奇迹就是集体妄想。哪怕对你们而言，刚才那些推理是真的，对我而言也不过是一场空谈而已。"

乔瑟夫的目光动摇了。他与手下对视一眼，再次低头看向大坜。

"那你觉得凶手是谁？"

"不是吉姆·乔丹。凶手另有其人。"

"我就问你那是谁。"

"等等，你问这个干什么？"大坜勾起嘴角，"你们相信奇迹，为什么还要听我这种外人的推理？"

"没说相信你，只是想知道。"

乔瑟夫的手指离开了 M1903 的扳机。

"真拿你没办法。"

大坜捂着肩膀上的伤口，深吸一口气。

"我是个侦探，不会说完真凶的名字就作罢。现在，就当作特别服务，给你们讲讲外来者（stranger）的推理吧。"

4

大埘撑起上身靠在讲台上，抬眼看了看舞台下方的观众。信徒们或是痛哭失声，或是扑倒在地擦破了膝盖。因为耳膜已经被震得麻木，那些哭声仿佛来自很远的地方。

"作为前提，我要先讲讲你们在我眼中是什么样子。"

大埘撑起几乎要被疼痛压垮的精神高声说道。保安队的人站在舞台两边，紧紧盯着他。

"你们在加入人民礼拜会后，感觉到身上的伤痛和疾病消失了。但我不是信徒，完全感觉不到那种现象。沃尔特·戴维斯的脸上依旧有伤疤，富兰克林·帕特因没有轮椅就无法行动，克里斯蒂娜·米勒的右臂只剩半截，彼得·韦德斯潘的右眼一直是又红又肿的，夏蓉·克雷顿瘦得跟竹竿一样。在我眼中，你们只不过是陷入了美好的集体妄想而已。"

一半的信徒蹙起了眉，另一半信徒露出无奈的苦笑。

"不仅如此。自以为是的模样跟实际的模样存在差别，还会导致日常生活出现种种矛盾。在我眼中，你们为了不发现那种矛盾，一直都在下意识地编造理由。

"比如牢房看守富兰克林·帕特因坚信自己被截肢的双腿长出来了，实际那只是插在裤筒里的两根木棍，所以他自认为能够行走，实际却面对着没有轮椅就无法移动的矛盾。

"为了化解这个矛盾，富兰克林强行对轮椅产生了感情，甚至发誓要跟轮椅相伴到死。干部们都给他安排无须双腿就能完成的工作，帮助他化解矛盾。当然，富兰克林和干部都没有意识到自己在强行化解矛盾。"

"你到底在说什么？"富兰克林闷声道，"我是真的爱着这家伙。"他抚摸着轮椅轮子。

"我知道。我只是在阐述自己眼中所见。你们只需相信自己感觉到的世界就好。

"进入正题吧。在外来者的推理中，究竟是谁杀死了那四个人？首先是阿尔弗雷德·丹特的案子。"

大坳歪头看向吉姆·乔丹。他瘫坐在椅子上，扭曲的鼻子鲜血淋漓。此时的他面无表情，裸露在外的双眸毫无光彩。

"在信徒的推理中，凶手是吉姆·乔丹。这家伙藏在北-3的衣柜里袭击了丹特，放下假钥匙离开，把现场伪造成密室。

"那么外来者的推理又如何？很遗憾，吉姆无法执行这个诡计。如果不把奇迹的存在设为前提，这个人根本不能将真假钥匙调包。"

"为什么？"克里斯蒂娜抓着右手上臂说。

"内务长彼得曾说，两名干部打破窗户发现尸体时，也看见了钥匙放在鞋架上。按照信徒的推理，那把钥匙应该是低熔点合金做的假钥匙。

"后来他们根据吉姆的指示调查房间，保安队长乔瑟夫不慎踢到鞋架，将钥匙震落在地。彼得看见钥匙后，为了防止同样的事情再次发生，特意将它放到了远离尸体的书桌上。

"吉姆是在那件事之后派二人去南-30叫人。他调包钥匙的机会，只有两名干部带着我们抵达天父之家前的那段时间。可是钥匙已经从鞋架移动到了书桌上。不同于木制的鞋架，书桌是铝制的，跟金属材质的钥匙色泽十分相近。而不巧的是，吉姆的视力严重损坏，根本找不到钥匙。"

几秒钟后，信徒脸上露出了嘲讽的笑容。

"哎呀，侦探先生。"蕾切尔·贝卡摆摆手，指着舞台说，"乔丹先生一直在看着我们呀，你瞧。"

"我知道你们是真的这么想。但是我眼中的吉姆·乔丹始终用墨镜遮挡着双眼，手中拿着木杖，如果无人带领就连台阶都上不了，是个彻头彻尾的视觉障碍者。

"第一次意识到这个问题，是在我到达的第二天，吉姆用针蜥给我变魔术的时候。当时蓝色的针蜥跳到了深蓝色的墙上，吉姆怎么都找不到。我看到那个情景，顿时感觉此人的视力很有问题。后来我去问调查团的成员，才知道他们也在采访和被迫看他变魔术的过程中察觉到了同样的问题。

"其后，我又与吉姆有过几次接触，结合从别人口中听到的信息，推测就变成了确信。来到乔丹镇后，吉姆不再读《圣经》，每次看时间都要手下念出来，看都没看 NBC 记者拿出来的交易合同，那都是因为他已经看不见眼前的文字了。天父之家的书架上倒放着《圣经》，他走进 E 教室时一脚踩到了呕吐物，都是因为看不清周围的东西。"

大坍再次扭过头，注视着吉姆·乔丹空虚的眼眸。

"总之我想说的只有一件事，连蓝色针蜥跳到深蓝色墙上都看不见的人，绝对不可能找到放置在铝合金桌面上的低熔点合金钥匙。当然，他只要在可能放钥匙的地方摸索一会儿总能找到，但是当时彼得已经通过对讲机呼叫了沙克特医生，吉姆没有时间这么做。因此在我眼中，吉姆·乔丹不是调包钥匙的凶手。"

信徒们嘲讽的微笑渐渐变成了迟疑。听到吉姆不是凶手的结论，他们好像不知道该不该高兴。

"那么，就是除了吉姆以外的人利用假钥匙制造了密室吗？可是知道低熔点合金存在的干部都有跟丹特同款的钥匙，因此不必专门做一把假钥匙。换言之，在外来者的推理中，这个诡计的可能性不存在。

"另外还有一点其实不用跟你们废话，我刚才所讲的那些，跟信徒的推理中凶手是吉姆·乔丹的结论并不冲突。那个推理是以奇迹的存在为前提。就像彼得的面瘫已经治好了，即便吉姆有过视力低下的情况，也已经恢复了才对。因此他要调包钥匙毫无困难。"

大坝耷拉着肩膀，吐出了积聚在嘴里的液体。落在地上的并不是唾液，而是血。

"那么在外来者的推理中，凶手杀死了丹特之后，用什么方法离开了北-3？

"这里需要确定的是，你们究竟如何看待丹特这个人。丹特是退役的FBI特工，专业是卧底调查。他跟以调查团员身份来到这里的凛凛子他们不同，在这里也伪装成了人民礼拜会的信徒律师。在有人发现尸体，并翻出他藏在行李箱里的教会财务资料和儿童名册之前，你们应该一直认为丹特也是信徒。

"如此一来，这个案子就变得不像我们所想象的那般神秘了。"

大坝看向舞台右侧、居住地另一头的干部宿舍。信徒们也追着他的目光看了过去。

"15日深夜，丹特在厕所发出惨叫，然后逃进了干部宿舍北-3。

少年 Q 目睹了全部过程，表示在雨中狂奔的丹特身上没有任何异常。

"然而他的证词并不可靠。因为跟其他信徒一样，Q 在那个时刻依旧认为丹特是人民礼拜会的信徒。因此，他无法认知到丹特受的伤。其实丹特在跑进北–3 时，背上已经被刺了很多刀。"

台下发出许多仿佛被刀捅了的尖叫。

"凶手本来打算追上去，但是发现 Q 躲在宿舍屋檐下，才不得不放弃了。丹特浑身是血地逃进自己的房间，锁上了房门。他在室内仍不断流血，也有可能是吐出了进入消化道的血液，不久之后身亡。室外的血迹被大雨冲刷，只剩下室内的血迹，于是形成了丹特在室内被刺死的现场。"

"所以衣柜里并没有藏人，是吗？"

克里斯蒂娜·米勒捏了捏眉间。

"正是如此。"

"但是左右柜门的血迹不能相连也是事实吧。明明衣柜里应该溅了血，为什么没有血迹？这证明凶手曾经藏在衣柜里，后来擦掉了自己存在过的痕迹，不是吗？"

"那也不一定。衣柜门是双开的，左右门都沾了血，里面却没有血，也有可能是因为只开了一边的门。"

大坤从裤子后袋里掏出一张纸片，在空白处描画了一番。

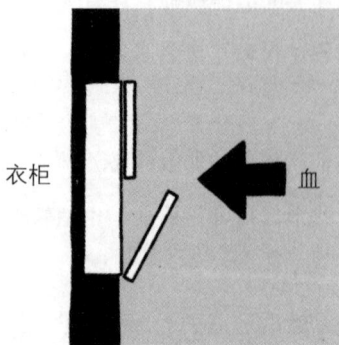

衣柜　　　血

"像这样，只有一边门开着，正前方有血液飞溅过来，衣柜里就不会被血溅到。"说着，他举起粘了血的纸片展示给观众，"由于衣柜门是一前一后错开的，关门时血迹也就错开了。"

"那就更奇怪了。如果凶手没有躲在衣柜里，为什么丹特先生逃进房间后还会发出惨叫？难道真的在镜子上看见了吉姆先生的照片吗？"

"既然丹特把雨衣挂在柜门上晾着，镜子里就不会映出吉姆的照片。跟信徒推理中的第一声惨叫同理，外来者推理中，丹特发出的第二声惨叫原因无法确定。有可能是一只大虫子朝他飞了过去，有可能是记忆闪回看见了在厕所袭击他的凶手。不过从丹特生前的言行推测，那家伙恐怕是看见自己身上流的血，才发出了惨叫。"

大帐篷闪过了几秒钟的死寂。

"……丹特先生怕见血？他以前不是 FBI 特工吗？"

"并非如此。人类是种很神奇的生物，害怕各种各样的东西。比如易浩俊有幽闭恐惧症，也有人恐高或者怕黑。另外还有怕水、怕打雷、怕尖物，等等。一般人看见那些东西只会略感不适，那些人却会感到强烈的恐惧。有的原因很清楚，有的则莫名其妙。

"我头一次在丛林里看见丹特，那家伙被头上掉下来的蜂巢吓得大叫一声逃开，甚至跌倒在地。遇到那种情况，每个人都会惊讶，但是那家伙的反应太夸张了。当时我觉得他可能很怕虫子，但是怕虫子的人不可能有胆子穿过丛林走到南-30。

"那么，丹特为什么害怕蜂巢？后来得知那家伙用海报遮住了墙上虫蛀的小洞，还特别知会厨房组的人不要给他送麦片，我终于知道了真正的原因。我想，在座也有人会害怕像蜂巢和莲蓬那样，表面有很多形状相近的小洞的东西，丹特就是特别害怕那样的东西。用海报遮挡墙壁，是因为害怕上面那片小洞；讨厌吃麦片，也是因为害怕漂浮在牛奶上的数不清的甜甜圈形状的物体。"

几个信徒顿时合上了眼，像是要赶走脑中浮现出的画面。

"那么，丹特先生是看见滴落在地上的血，才发出了惨叫吗？"克里斯蒂娜·米勒的嘴巴急切地一张一合，"我看见被虫蛀的叶片的确会觉得恶心，可是血液不会形成那么密集的图案吧。"

"丹特一跑进北-3就抓起了挂在衣柜左门上的雨衣，试图压迫伤口。被他这么一扯，柜门变成了大开的状态。那扇门上有镜子，墙上也有镜子，所以是两面镜子斜着对在了一起。而镜子之间的地面上掉落了几滴血，丹特站在门和墙壁之间的位置，看见了那片血迹。在他眼中，血迹经过镜面的折射，恐怕增加了好几倍。于是他发出惨叫，慌忙关上了柜门。也许就是在那个时候，柜门下方粘上了血迹。"

"哇啊——"观众发出了同情的感叹。虽然丹特死得倒霉，但他也顾不上同情。

"当然，我没有证据证明这就是真相。重要的是，丹特在厕所遇袭，逃进北-3后断气了。能在厕所埋伏他的人数不胜数，只靠这个案子锁定凶手的人选十分困难。先讲下一个吧。"

大坰擦了一把唇角流出来的血，在地上蹭了蹭手。

*

"接着是朱迪·兰迪的案子。在信徒推理中，凶手同样是吉姆·乔丹。这个人在食堂捡到药盒，对它做了手脚，导致朱迪在茶话会途中出现中毒症状。那么在外来者的推理中，这个诡计还能实现吗？"

信徒们的目光从大坰转向吉姆。吉姆依旧目光空洞，连凌乱的头发也不去整理。

"你们没猜错，答案是否定的。朱迪的药盒是透明的，里面装满了浅褐色的胶囊。视力极度低下的吉姆不可能在食堂的木头桌子和泥土地面的背景中发现药盒。

"但是，知道朱迪在 16 日要参加茶话会，同时又能使用低熔点合金的人只有吉姆。也就是说，在外来者推理中，这个诡计不可能是真相。"

大坜煞有介事地耸了耸肩，半凝固的血液从伤口涌了出来。

"那么，凶手究竟用什么方法让朱迪一个人摄取了毒药？最重要的线索依旧是那块吃剩下的饼干。我们在北–2 向厨房组的两个人了解情况时，原本掉在地上的饼干莫名消失了。教室的出入口只有小窗，桌上的饼干没有被动过，因此饼干贼的真实身份无疑就是薮犬。那东西既然能成功逃走，证明克里斯蒂娜洒在地上的红茶没有毒。

"同时，既然没有使用低熔点合金的诡计，那就只能认为朱迪喝的红茶里有毒。明明是同一个茶壶倒出来的茶，又是随机挑选的杯子，为什么克里斯蒂娜的茶里没毒，朱迪的茶里却有毒？"

注意到其他信徒的目光，克里斯蒂娜·米勒连忙摆手："我……我不知道。"

"这两个人乍一看好像在同样的条件下饮用了红茶，但只能认为二者之间存在差异。那么，差异究竟是什么？外来者推理——也就是不以奇迹存在为前提的推理中，二人存在着决定性的不同。"大坜伸出手，指着克里斯蒂娜的身体，"那就是右臂的有无。"

信徒纷纷发出困惑的声音。克里斯蒂娜也不安地四下张望着。

"在你们眼中，她可能是个四肢健全的人，但是在我眼中，她的右臂少了一截。于是，她只能用左手拿杯子。相对，被毒死的朱迪惯用右手。凶手就是利用这个不同，给朱迪下了毒。"

"凶手预先在二人饮用的杯子内侧，用右手倾斜杯子喝茶时茶水会碰到的地方涂抹了毒药。我猜应该是混合在稀释的蜂蜜中涂上去的。克里斯蒂娜的杯子上也被涂抹了毒药，但是她只能用另一只手倾斜杯子喝茶，因此毒药不会溶入茶水中。薮犬之所以没中毒，原因就在于此。"

"那蕾切尔和布兰卡为什么没死？"

"道理一样。她们的杯子也被涂了毒药，但因为是用左手喝茶，所以没喝到。"

"这不太对吧。虽然布兰卡是左撇子，但我惯用右手啊！"

蕾切尔笑了笑，布兰卡也点头赞同。

"不一定吧。你在北-2接受问话时拿杯子的手，还有刚才搅拌深锅的手，可都是左手。"

"骗人。我还不了解自己吗？我当然是惯用右手。"

"案发之前，你确实惯用右手。案发两天前的晚上，你与朱迪发生了一场电视剧式的邂逅。你正准备撤掉漂着蚂蚁的汤盘，朱迪正好走过来捧起了同一个汤盘。那个汤盘是两边带把手的汤锅形状，你和朱迪站在汤盘两端，各抓着一个把手。朱迪是用右手拿汤匙的，自然是惯用右手，当时抓的也是右边的把手。你站在她对面，抓住了另一边的把手，证明你也惯用右手。"

"但是你没有中毒，可以肯定你在茶话会上也是用左手喝的红茶。那么，凶手要怎么才能让你这个右撇子用左手喝茶呢？"

大坰向观众举起右手。

"有一个简单又有效的方法——凶手折断了你右手的手指。"

底下发出一阵脚趾踢到硬物的呻吟。蕾切尔的脸上瞬间没了血色。

"正如我一开始所说，你们为了不去面对现实与妄想的矛盾，总在下意识间强行解释一切龃龉。富兰克林·帕特因就是个很好的例子。在他的认知中，自己的双腿是完好的，但他只能靠轮椅移动。为了化解这个矛盾，他就制造了自己深爱着轮椅的妄想。

"凶手在事发前一天，也就是 15 日深夜潜入宿舍，折断了蕾切尔的右手手指。手指的神经应该发出了强烈的痛觉信号，但她的大脑并不能认知伤痛，也就没有醒过来。"

蕾切尔瞪大眼睛，惊呼一声。

"那天我梦见自己被鬼魂死死抓住了右手。那是个很优雅的鬼魂。难道是那时候——"

"你是被一点都不高雅的杀人犯抓住了手。当时的感觉被反映到了梦境中。

"第二天早晨，你就无法用右手拿东西了。但是你认知不到手指的异常。再这样下去，就会出现右手没有受伤却不能使用的矛盾。你为了不去面对那个矛盾，就下意识地给自己做了解释。结果就是，你在不知不觉间变成了用左手持物的人。"

这回轮到布兰卡瞪大眼睛，拉住了蕾切尔的手。

"案发那天早晨，你不是闹着说煤气炉打不着火吗？明明只需要按一下旋钮然后转动就能打着火，可你偏偏打不着。后来我一上手，火就着了。莫非那也是——"

"那时蕾切尔还没有完成自我催眠。其实发生故障的并非煤气炉，而是蕾切尔的手指。"

蕾切尔右手捂着胸口，像没精打采的孩子似的垂下了头。

"茶话会上，你们四个人用的茶杯都被涂了毒药。但是布兰卡是左撒子，克里斯蒂娜没有右手，蕾切尔的右手手指又被折断了。为此，只有朱迪用右手拿起了杯子，并因此中毒，一命呜呼。这就是外来者推理的事件真相。"

大坳撑起下滑的身体，环视观众。

"那凶手究竟是谁？那人肯定事先知道茶话会的安排，所以 14 日晚上，蕾切尔和朱迪在厨房门口相约的时候，凶手也在现场。可见，凶手就在厨房组的三个人和牵着孩子的手走向食堂的吉姆·乔丹中间。

"然而这个推理还有一个难以说明的地方。我们调查 E 教室的现场时，茶杯并没有异常。如果当时茶杯内侧还涂着毒药，我们不可能发现不了。由此可以推断，凶手在那之前已经擦掉了毒药。

"从朱迪倒下到我们和沙克特医生赶到，现场只有蕾切尔和布兰卡两个人。凶手是在那之后，我们带着两名厨房组成员到北–2 了解情况时偷偷潜入教室擦掉了杯子上的毒药。

"但是我们结束问话返回 E 教室时，门口已经汇集了一大摊呕吐物。正如信徒推理中的说明，如果凶手开门进去，呕吐物肯定会被推开。因此，凶手为了不留下进入教室的痕迹，是从小窗爬进去的。"

一个貌似老师的人突然浑身一颤。信徒们的目光集中在了他们带来的孩子身上。W 看似害怕地抱住了自己的身体。

"当然，数犬不可能做出擦掉茶杯上的毒药这种动作。那必须是一个能够钻过小窗，并且在 14 日曾经听到蕾切尔和朱迪说话的人。那人只能是孩子。凶手就是个身材矮小的孩子。"

"那怎么可能？""我不相信！"周围响起一片惊叹声。

"这下我终于有了锁定凶手身份的线索，但是还不足以揭开凶手的身份，还是赶紧往下说吧。"

大埘朗声说着，低头看向惴惴不安挤作一团的孩子们。

*

"第三是易浩俊的案子。在信徒推理中，我们的杀人魔吉姆·乔丹从陵园搬出了乃木野蒜的尸体，伪造易浩俊的尸体出现在大帐篷的假象。那么外来者推理又如何？正如你们所猜测，吉姆并没有实施这个诡计。"

大埘仰着上半身，对吉姆·乔丹微笑一下。

"那是当然了。凶手为了把尸体伪装成易浩俊，先将其切成两半，然后用粉底提亮肤色、遮盖尸斑，甚至泼上了动物的血。也就是说，凶手记得乃木的长相，有意抹去了不自然的地方，以便调包行为不被发现。这可不是几乎没有视力的吉姆能做到的事情。

"话虽如此，能够将我们从一号牢房放走的人只有吉姆。除了这家伙，别人都不可能用乃木的尸体顶替易浩俊，达到潜入二号牢房杀死真易浩俊的目的。所以在外来者推理中，除了吉姆也没有人能够实施这个诡计。换句话说，这并不是真相。"

大埘清了清嗓子，重新看向观众。

"那么，凶手究竟是如何潜入二号牢房杀了易浩俊，又是如何把他的尸体移动到了大帐篷的？跟信徒推理一样，线索隐藏在发现尸体的露易丝·雷兹纳的证词中。"

大埘直起身子，看向大帐篷右后方。露易丝·雷兹纳正在来回踱步，红肿的双眼紧盯着舞台。

"17 日清晨，她察觉到大帐篷传来的异味，并发现了被一分为二放在讲台上的尸体。她说，当时尸体脚上的运动鞋破烂不堪。但是她站在舞台下，只能看见鞋底。之所以能看出运动鞋破烂不堪，是因为鞋底几乎没有沾上异物，可以看清原貌。

　　"然而，我们在陵园检查易浩俊的尸体时，他脚上的运动鞋沾满了泥土。因为尸体没有被调包，可以肯定二者都是易浩俊。所以，只有运动鞋被调包了。"

　　"这跟你刚才的信徒推理不一样。"克里斯蒂娜·米勒提出反驳，像是为了报复大坜说她没有右手，"你们在陵园看见的尸体，连鞋子里侧都吸满了血。所以尸体的鞋子没有被调包。你刚才是这样说的。"

　　"不对。我说我们在陵园看见的鞋子，跟他被杀时穿的鞋子是一样的。只有从遇害到被搬进陵园这段时间——也就是躺在大帐篷讲台上的时间，易浩俊穿着不一样的鞋子。这就是根据逻辑推理出的结论。"

　　"为什么在那段时间穿的鞋子不一样？"

　　"易浩俊已经死了，显然不是自己换的鞋子。所以，那当然是凶手换的。凶手杀死易浩俊之后，出于某种理由把他的脏鞋子换成了干净的鞋子，然后又换了回去。那么，干净鞋子究竟是谁的？"

　　克里斯蒂娜不服气地噘起了嘴："那谁知道啊！"

　　"倒也不是这么说。易浩俊的尸体被发现的前一天夜里，大帐篷曾经召开集会。虽然当时我们被关在牢房里，但所有信徒都冒着大雨集中到了大帐篷。理所当然，所有参加者的鞋子都沾上了泥土。

　　"但是有一个信徒参加了集会，鞋子却没有脏。那就是没有用双脚行走的人物——坐轮椅的牢房看守富兰克林·帕特因。"

　　信徒的目光从克里斯蒂娜移向了富兰克林。踩在轮椅踏板上的卡其色运动鞋虽然很旧，但并不脏。

　　"如果坐轮椅的原因是双腿受伤或神经受损，鞋子还会因为一些动作碰到地面。但是在外来者推理中，富兰克林压根没有双腿。他髋部以下只有两条摆设，坐着轮椅在外面移动当然不可能弄脏鞋子。"

"你胡说！"

富兰克林怒吼着，拼命向前倾斜着身体，几乎要从座位上跌落下来。

"别那么激动啊！如果你觉得我在胡说，大可以选择信徒推理，谁也没拦着你。

"凶手杀死易浩俊，将其一分为二后，给他套上了富兰克林的鞋子。为了什么？当然是为了把尸体搬出双重密室。

"你可能觉得自己作为看守，死死看住了牢房的每个角落。但是你漏掉了一个地方——不对，应该是看不到一个地方。那就是你的下半身。凶手把尸体藏在富兰克林的下半身，利用他把易浩俊搬出了监舍。"

瞬间的愣怔过后，观众爆发出一片骚动。富兰克林一动不动，瞠目结舌。

"我来重现一下凶手的行动吧。凶手用某种方式潜入二号牢房，打晕了前来巡视的看守富兰克林，从他口袋里夺走监舍钥匙，打开监舍的铁栏门后重重殴打易浩俊的侧头部，致其晕倒后将其身体一分为二。

"最先搬出去的是上半身。凶手从富兰克林的下半身——准确来说是充当下半身的两根木棍上脱下裤子和鞋子，套在了易浩俊的上半身。他把易浩俊矮瘦的身体上下颠倒，手臂穿出裤筒，一直套到躯干上，然后给手掌套上了鞋子。就这样，他把易浩俊的上半身伪装成了富兰克林的下半身，放在了轮椅踏板上。

"不久之后，富兰克林苏醒过来。其实这个人不仅身体残缺，脑子也有问题。他在越南被卷入直升机坠落的事故，留下了突然失明或晕倒的后遗症。但是因为同一个集体妄想，他觉得自己的后遗症被治愈了。换句话说，他无法认知到自己时常晕倒的事实。

"哪怕突然苏醒过来，富兰克林也认知不到自己曾经晕倒，更不会料到有人将他打晕，把他的下半身换成了别人的上半身，就这么转着轮椅回到了看守室。"

信徒们探头探脑地打量着富兰克林的轮椅。富兰克林弓着身子，双手挡住了两根木棍。

"看守经过一号牢房的监舍时，如果我们仔细观察，也许会发现他下半身的异常。但他只是匆匆穿过走廊，我们未能发现他的双脚形状和朝向都很不自然。

"搭载了尸体的'富兰克林号'平安抵达看守室后，凶手走了出来，开始卸货。富兰克林遭受第二记重击，易浩俊的上半身被人从轮椅上卸了下来。

"再重复一遍这个过程，凶手就从二号牢房搬出了易浩俊的全身。第二次只需把易浩俊的下半身伪装成富兰克林的下半身，所以我们更不可能发现异常。"

"你怎么知道第一趟是上半身，第二趟是下半身？"

夏蓉·克雷顿尖声问道。

"因为大帐篷的尸体脚上穿着富兰克林的鞋子。完成这项前所未有的大工程后，凶手可能一下疏忽了。其实在把尸体搬到大帐篷之前，凶手应该脱掉富兰克林的裤子和鞋子，换上易浩俊自己的裤子和鞋子。但他只换掉了裤子，却给易浩俊再次穿上了富兰克林的鞋子。

"发现尸体引起骚动后，凶手若无其事地来到大帐篷，这时才发现了鞋子的问题。好在，当时并没有人发现易浩俊的鞋子有什么异常。

后来尸体被搬到陵园，凶手再次打晕在学校门口值班的富兰克林，把鞋子交换过来。"

"你没说清楚关键的地方。"沃尔特·戴维斯阴阳怪气地说，"凶手是怎么潜入二号牢房的？"

"问得好。如你所言，这个诡计的前提是凶手能在不被任何人发现的情况下进出二号牢房。除了连接一号牢房的走廊，那里能供人进出的地方只有一个，就是走廊上的通气孔。虽然那个通气孔不足以搬出易浩俊的尸体，但足够让身材矮小的孩子进出。凶手正是爬通气孔进入了二号牢房。顺带一提，在给'富兰克林号'装载完尸体后，凶手又爬出去移动到一号牢房，躲进看守室等待货船进港。"

信徒们恍然大悟地看向孩子们，大坰对他们耸了耸肩。

"不过我们已经知道凶手是个孩子，暂时无法继续缩小范围。继续讲下一个吧。"

*

"最后是我的助手有森凛凛子的案子。在信徒推理中，凶手当然也是吉姆·乔丹。但是发起案子的却是有森凛凛子。凛凛子骗我说要回去寻找失物，把吉姆引到了陵园。她在那里试图为死去的三人报仇，却遭到了反杀。"

大坰猛地吸掉鼻腔里的血，继续说道：

"那么外来者推理又如何？即使视力显著低下，要反杀一个试图勒死自己的小姑娘，也不是不可能。

"遗憾的是，在外来者推理中，此前那些案子的凶手都是身材矮小的孩子。吉姆这个成年人不可能是凶手。因此，凛凛子并不会试图杀死吉姆，也就不存在吉姆反杀凛凛子这件事了。"

靠近舞台的信徒轻抚胸口长出一口气，但是中途停下了动作。

"不过，凛凛子确实在对讲机里对我说了假的位置。她骗了我，把某个人引到了陵园。那究竟是谁呢？

"我们照旧来回溯一下凛凛子的行动吧。下午 3 点 10 分，凛凛子声称要寻找失物，从部落入口折返居住地。3 点 40 分我联系她时，从附近的扬声器和对讲机里同时听见了吉姆的声音，因此可以肯定她当时就在天父之家旁边。假设她从牢房后面进入丛林，走到了天父之家附近，那她并没有时间绕路到别的地方。也就是说，她用对讲机跟我说完话后，立刻去找凶手了。

"不过，她的目标并不是住在天父之家的人，而是从那里走向凶手的所在地，说服那个人去了陵园。无论多么顺利，这一连串动作都需要 15 分钟左右。即使二人赶在下午 4 点之前进了陵园，凶手杀死凛凛子并离开的时间也是在 4 点之后。

"这就有问题了。陵园的管理人夏蓉·克雷顿看书只看到 4 点，然后就会戴起耳机听广播。即使耳朵堵住了，眼睛也是空闲的，不可能错过进出陵园的身影。可她却说，4 点以后没有人离开陵园。"

面对周围狐疑的目光，夏蓉皱着眉点点头："绝对没错。"

"当然，凶手不可能化成一阵烟消失无踪。陵园还有一道朝着丛林的后门。那道门无法从外侧开启，但是可以从内部随便打开。凶手为了不被人看见，应该是从后门离开了陵园。

"其实我在发现尸体前，曾经看见一个眼熟的孩子跑进丛林。假如那孩子就是一连串案件的凶手，一切都能解释通了。"

"那不对吧？"夏蓉抬起瘦骨嶙峋的手指指向舞台，"你忘了我刚才说过什么吗？我被严命不准让孩子进入陵园。4 点前我确实一直在看书，但可以肯定，我没有让任何一个孩子进去。"

"我当然记得。如果你真的没有放任何孩子从门口走进去，那么孩子当然不可能是凶手。但是根据时间计算，可以确定凶手打开后门逃进了丛林。那道门左边是湿地，要回到居住区只能走右边。而我就在那个方向。当时跟我擦肩而过的只有一个孩子。凶手不可能是孩子，嫌疑人却只有孩子。这究竟是怎么回事？"

大坩说着，看了看周围的观众。夏蓉有点尴尬地放下了手指。

"我首先是这样想的。人民礼拜会的集体妄想导致夏蓉无法正确认知那个孩子的身影。比如 Q 没有看见阿尔弗雷德·丹特背上的伤，富兰克林·帕特因没有发现自己的下半身被调包，陵园的管理人也没有发现门口走进来的是个孩子。

"但是跟我在丛林擦肩而过的孩子身上没有受伤，看起来也不像得病了。既然如此，夏蓉即使身为信徒，看见的身影也应该跟我眼中所见一样。"

"所以我说了，我不可能看漏孩子。"

"但是这样无法解释凛凛子在陵园遇害的事情。于是我恍然大悟——在这个案子中，信徒和外来者的认知发生了扭曲。"

大帐篷陷入了彻底的寂静，仿佛连时间都停止了。

"外来者推理的前提，是你们这些人民礼拜会的教徒陷入了集体妄想，无法正确认知伤痛和疾病的症状。反过来说，我们这些没有陷入妄想的外来者能够正确认知伤痛和疾病。但是现实与妄想的区分并没有那么简单。这个世界上存在着无数看起来不像现实的现实。

"那么假设这里有个人罹患了看起来很不现实的疾病，那个人在信徒和外来者眼中，会是什么模样呢？信徒无法认知疾病的症状，因此那个人看起来是个非常普通的人。相对，外来者能够看到那个人的真实相貌，反而会陷入看见了非现实之物的错觉。信徒看见了现实，而外来者看见了幻觉——这便是本案的认知扭曲。"

"我和你之间发生了那个扭曲？"

大坍点点头。

"其实我看见的那个孩子，是 W。"

几秒钟的沉默后，有人发出疑问。

"W 是孩子？你说什么呢？"

克里斯蒂娜·米勒的声音尤为刺耳。信徒们纷纷点头赞同她。

"如你所见，雷伊·莫顿（Wray Morton）校长是个成年人啊！"

她错开身体，向大坍展示身后的男人。

"学生和同事们都亲切地称呼他为 W，但他并不是孩子。"

"我知道。你说得没错，W 是个成年人，但我产生了他是个孩子的错觉。

"十年前，我的祖国发生了一起保安和计程车司机连续遭到枪杀的案件。就在几个星期前，那个案子的凶手身份被查明了。那家伙患有托比综合征，是一种先天性代谢异常疾病。他已经 20 多岁了，身高和长相却保持着孩子的模样。雷伊·莫顿校长恐怕也一样，或者罹患了类似的病症。W 虽是大人，却有一副孩子的面孔。

"人民礼拜会的信徒是如何认知那个人的？朱迪曾经说，你们的认知能力扭曲主要分为两大类——一种是认知的欠缺，也就是视而不见；另一种是幻觉，也就是无中生有。W 属于后者，并且范围最大，是整个人都发生了变化的案例。与之最相似的案例，就是站在那里的陵园管理人夏蓉·克雷顿。她因为进食障碍而瘦弱不堪，但在你们眼中，她却是标准体形。同样，W 的外表明明像个孩子，在你们眼中却成了体形与面貌标准的成年人。

"而我当然只看见了 W 最原始的姿态。结果就是，你们把 W 正确地当成了大人，只有我误以为他是个孩子，因此产生了扭曲。"

——"大坜先生，你如何断言自己看见的世界就是正确的？"

三天前的集体采访之后，易浩俊曾经这样告诫瞧不起人民礼拜会的大坜。

当时他只当易浩俊在抬杠，但是对这个 W，反倒是信徒才对他有正确的认知。

"夏蓉遵照吉姆的指示，从来不放小孩子进陵园。但是在她的认知中，W 是个成年人，因此不会阻止他进入。相对，我在丛林里与 W 擦肩而过时，把他误认为一个孩子，并坚信夏蓉看他也是个孩子。结果就造成了一个不应该在陵园的孩子从后门离开了陵园。"

两天前看见 W 把 Q 带到食堂，大坜就觉得 W 是个早熟的孩子。而他其实是真正的成年人，而且是学校的校长，行为举止当然十分成熟。他站在教师窗前不让孩子们看见里面死去的朱迪，还在接待里奥·莱兰德议员的派对上跟其他老师一起在舞台上表演，都只是在履行校长的职责罢了。

"可是你刚才也说，杀害朱迪·兰迪和易浩俊的都是孩子吧？"

克里斯蒂娜斜眼看着身后的男人，高声问道。

"我确实说了，但那是因为凶手能够爬过学校的小窗和牢房的通气孔。只要身材足够矮小，即使是大人也没问题。

"丹特说他曾经跟 W 借学生名册，所以两个人有交集——也就是说，以 W 的立场有可能发现丹特的真实身份。蕾切尔跟朱迪相约茶话会的时候，W 也在不远处监督孩子，因此能够偷听到二人的对话，从而策划茶话会上的犯罪。W 满足凶手的所有条件。"

大埘勉强扯出了一个微笑。一阵湿滑的咳嗽涌上喉头，鼻腔喷出了血块。

"在外来者推理中，杀死包含我的助手在内的调查团成员的凶手就是你，雷伊·莫顿。"

信徒的目光集中在了克里斯蒂娜身后的男人身上。雷伊·莫顿表情僵硬地环视四周，低下头试图躲过人们的注视。

"校长先生为什么要杀死他们？他没有动机吧？"

沙克特医生苦闷地说。

"怎么没有？他确实没有合理的动机，但是跟吉姆·乔丹一样，有宗教动机。"

"难道说校长先生代替乔丹先生对他们降下了上帝的惩罚吗？每个虔诚的信徒都会想惩罚攻击人民礼拜会的人，这是没错。但实际上，他们不会真的做那种遭天谴的事情呀！"

"真的吗？我反倒觉得真的做了也不奇怪。不过算了。现在假设这个人并没有从心底里敬畏上帝和吉姆·乔丹，也不可能做出替天行道的举动。可是吉姆吹嘘的并不只是上帝的惩罚，他还将以媒体为首的，批判人民礼拜会的人全都判定成了恶魔一般的袭击者。也许 W 并不想变成上帝，而是想成为恶魔。"

大埘眼角的余光瞥到吉姆·乔丹皱起了眉。

"可怕的袭击者出现在乔丹镇，企图用残忍的方式夺走我们的性命，就是这个。第一次听见这个预言时，你们肯定特别害怕。可是无论怎么等，袭击者都没有现身。于是有不少人开始犯嘀咕，猜测那种东西是不是一开始就不存在。跟米勒派和赛德拉修女的信徒一样，你们也遇到了信仰与现实的龃龉。"

雷伊·莫顿突然抬起头，大坼对上了他的目光。他面色苍白、双眸湿润，嘴唇渗血，一点都不像引导并指挥孩子们行动的校长先生。

"W也许想用自己的双手消除那个龃龉。他试图用超乎寻常的方法夺走同伴的性命，化身为预言中的恶魔一般的袭击者。

"尽管如此，他还是没有勇气杀死同甘共苦的人民礼拜会信徒。就在那时，查尔斯·克拉克的调查团来了。他们不是信徒，却是给教会带来希望的存在。如果杀了那些人，凶手就相当于给人民礼拜会降下了灾难。对一个想要成为人民礼拜会袭击者的人来说，调查团的成员无疑是绝佳的目标。W就是想通过杀死那些人，实现吉姆·乔丹信口胡诌的预言。"

"啊啊——"雷伊·莫顿闷哼一声，无力地垂下了头。

"刚才说的这些只是我的个人想象。我想表达的是，不管W是否敬畏上帝和教主大人，他都有可能出于宗教动机展开犯罪。"

大坼长叹一声，缓缓扫了一眼观众。

信徒们看向舞台，屏息静气地等待着什么。他们等待的，是吉姆·乔丹的话语。面对大坼的推理，他究竟要肯定还是否定。他们都在等吉姆表明态度。

"等等，你们是不是想错了什么？"就在那一刻，大坼露出了微笑，"这是外来者的推理，你们完全没必要当真。"

众人像噩梦初醒一般，纷纷发出了失笑和放心的声音。雷伊·莫顿喃喃着"有道理"，直起了蹲在地上的身子。

"如何？有人要反驳吗？站在外来者的立场上，这个推理完美无瑕。这么说大家都没意见吧？"

信徒们没有提出异议。

大坜双手撑在地板上，慢悠悠地站了起来。血液从他的衬衫上滴落，发出"啪嗒"的响声。

"那你呢？"他扶着讲台，正面注视着吉姆，"要不要反驳？"

吉姆的双眼对着大坜，嘴唇却抿成了一条直线。

"真的不反驳吗？"

大坜不厌其烦地重复了一遍，吉姆依旧没有回答。

"那我的工作就结束了。我跟这些人再也没有话说。"

他瞥了一眼观众，再次看向吉姆。

"不过我还要问你最后一个问题。"

乔瑟夫·威尔逊从后方按住大坜的肩膀，试图将他拽倒在地。枪伤处涌出温热的液体，意识几乎要消失。大坜双腿一软，跪倒在地。

"问什么？"

这时，吉姆·乔丹嘀咕了一声。

乔瑟夫苦涩地看了一眼吉姆，松开了大坜。

大坜矮着身子反复做了几个深呼吸，继而抬起头，缓慢地开口道："很简单。"

他低声问道。

"奇迹真的存在吗？"
· · · · · · ·

◆

彼得·韦德斯潘愣了一会儿，无法理解眼前的情况。

"回答我啊！这很难吗？"

大坜凑近了半步。

吉姆·乔丹瞪大了眼睛，像是被冻结一般纹丝不动。

"乔丹先生为什么不说话？"

一个年轻的信徒嘀咕道。

彼得此时也有同样的疑问。他只需要回答"是"就好，为什么不说话呢？

"奇迹——吗？"

声音小得几乎听不见。

听见那个细小的声音，彼得恍然大悟。

这个人在犹豫。

如果回答"是"，那么以奇迹为前提的推理——也就是信徒推理就会成为真相。如此一来，吉姆·乔丹就是杀人犯，是用魔术把戏欺骗信徒的诈骗者。

如果回答"不"，不以奇迹为前提的推理——也就是外来者推理才是真相。四起凶案都由走火入魔的信徒制造，吉姆不再是杀人犯。

要肯定奇迹成为杀人犯，还是否定奇迹洗脱嫌疑？

他在犹豫这个问题。

"顺带一提。"

大坍用止不住颤抖的手举起了麦克风。

"刚才已经解释了信徒推理的四个诡计为什么在外来者推理中无法成立，其实反过来也一样。外来者推理的四个诡计，全都只能成立在人民礼拜会的奇迹其实是一场集体妄想的前提之上。在信徒推理中，那些诡计无法成立。"

大坍注视着吉姆的双眼。

"你不能只挑对自己有利的部分，选项只有两个。"

真是太胡闹了。二选一的真相，这是在表演答题节目吗？

然而大坍已经说服了聚集在大帐篷及其周围的 900 多个信徒。没有人能够对那两种推理提出反驳，那也就是说，真相只存在于其中一个。

"话说回来。"

大坍的声音里似乎带着笑意。

"你今天白天在食堂举行的采访中这样回答了 NBC 记者的问题：如果能证明你在这里使用了暴力，你就会毫不犹豫地以死回应。"

没有了镜片的墨镜从吉姆的右手上滑落下来。

"就在三小时前，你宣称要在这里断送自己的性命，还这样对信徒说：你绝不会抛下深爱的人独自离开。"

大坍哼了一声。

"如果奇迹真的存在，那就是你杀害了调查团的四名成员。为此，你必须去死，而且还要带着这里的所有人一起去死。那事情可就闹大了。"

这是个圈套。

那一瞬间，大坍的确抓住了信徒的心，但他只是个外来者，只要吉姆像往常一样反驳回去，信徒肯定会听吉姆的。

别被袭击者说的话迷惑了。我不是杀人犯，奇迹依旧存在。

就算他的反驳毫无逻辑性，就算那种可能性其实并不存在，吉姆是个宗教家，应该不会有问题。然而——

这是骗子的手段。

是肯定奇迹并集体自杀，还是否定奇迹活下来。

大坍故意提出了两个选项，让吉姆产生了必须从中选择一个的错觉。

"快回答我。奇迹存在，还是不存在？所有人都在等着你呢。"

大坘还想逼近半步，却在自己的血液上打了滑，只能稳住身体退了回去。

彼得刚要走上去，但很快停下了。

现在跑过去劝说吉姆，至少能控制住场面。

但是此刻，比起保护人民礼拜会，他更想听听吉姆的回答。

他想知道，未来究竟是什么。

"你说我是杀人犯吗？"

吉姆没好气儿地嘀咕着，对乔瑟夫·威尔逊打了个手势。保安队长应了一声，跑过去听他耳语了几句。接着，乔瑟夫抽出腰间的左轮手枪，放到吉姆手上。

"这根本不是问题。"

听众爆发出惨叫。

吉姆握住枪柄，对准了脚下的大坘。深陷的双眸已经没有了片刻前的迷茫。

"奇迹就是存在。"

枪声响起。

后日谈

这是个姗姗来迟的早晨。大圩昨天从早到晚猛灌高度白酒，迎来了最糟糕的宿醉。

如果要打比方，他的苏醒就是这种感觉。

空气又闷又热，身体异常沉重，像是压了块大石头，他连掀开眼睑的力气都没有，眼球内侧随着心跳阵阵刺痛。明明胸口一阵令人作呕的憋闷，肚子里却空空荡荡。

他奋力睁开眼睛想去冰箱里拿水，眼前却出现了一片陌生的奶油色天花板。

这是哪里？

他想坐起身，四肢却绵软无力。只有身下的床铺随着他的动作晃动了一下。

"啊，啊……"

喉咙里冒出了声响。

他突然听见了人的说话声。一阵匆忙的脚步声过后，上方出现了印度裔年轻男子的脸。他穿着薄荷蓝的罩衫，头上戴着橡子形状的发套，正在大声嚷嚷着什么。他思索了好久，才意识到那是英语。

"……这里是？"

他努力挤出了声音。

"乔治敦公立医院。"

"为什么……我在……医院？"

"你问这个？"男人挑起眉，但马上松开了，"哦，也不怪你。要是换别人突然问我四年前的事情，我也想不起来。"

四年前？

"美国来的独立教派的信徒在巴里马－瓦伊尼闹出大事了。我光是想起那件事，就觉得胸闷气短。你就是当时的幸存者之一。"

内心深处杂乱的感情似乎要恢复形状了。

"出了大事？"

"看来你真不记得了。将近1000个独立教派信徒——"

那个人突然停了下来，想必是意识到了接下来要说的话可能会给人带来极大的伤害。

"你等等，我去叫你的主治医生。"

他讨好地笑了笑，起身离开病床。几秒钟后，他又短促地说道：

"总之，就是出了大事了。"

接下来的 45 天，大坍在乔治敦公立医院度过了每天检查和复健的日子。等到能拔出留置针时，大坍已经完全想起了自己在乔丹镇度过的 4 天时间。

4 年前——1978 年 11 月，大坍为了救出助手有森凛凛子，跟朋友进入乔丹镇，接着被卷进了连环杀人案。11 月 18 日，进镇第四天，大坍对信徒发表了推理，但也因为两次中枪而身负重伤。

而在那之前，里奥·莱兰德议员率领的调查团在与乔丹镇接壤的凯图马港机场跑道上遭遇袭击，勉强起飞成功的赛斯纳机组成员立刻联系圭亚那当局，是日夜，圭亚那国防军陆军部队开入乔丹镇，发现满地都是服毒自杀的信徒，几乎遮盖了每一寸地面。

经过一夜，到了 19 日清晨，陆军部队的士兵在大帐篷舞台一侧发现了一息尚存的亚洲男性。他左肩与右下腹部受了枪伤，因失血性休克导致多脏器衰竭，但心脏还奇迹般地维持着跳动。

大坍被天空货车运输机送到乔治敦公立医院，在重症监护病房接受了输血和紧急手术。他的身体渐渐恢复，但因为长时间低血压导致的缺氧症状，大脑一直处在昏迷状态。

就这样过去了 4 年又 8 个月。

没有上帝的指引，也没有恶魔的低语，大坍突然就醒了过来。

声带力量恢复，能够流畅说话后，大坍接受了圭亚那刑警的问话。

"你得罪了人民礼拜会的信徒吗？"

那个彪形大汉像看着危险的猛兽一样问道。他肯定是想知道自己为何在舞台上遭到枪击，然而大坍只能用"想不起来"敷衍过去。

"你刚醒过来，肯定很不适应吧？"

刑警离开病房后，内森马上从他的病床上凑了过来。内森是大坜的病友，两个月前因为喝醉酒从教堂钟楼坠落，头盖骨和胸骨骨折了。

"我说你啊，认识露易丝·雷兹纳吗？"

他突然说了个大坜很熟悉的名字。

"你是说事务组那个看起来没什么福气的女人吗？"

"哦，好厉害的记忆力。"内森这样说着，重新套上橡子似的发网，把腿上的画报递给他，"我在休息室看见的。"

看封面，那是 *Life* 1979 年 3 月号。彩页上印着一张脏兮兮的字条，说是归档在 FBI 调查资料里的雷兹纳的遗书复印件。

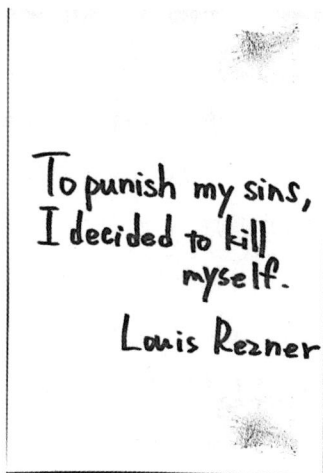

To punish my sins, I decided to kill myself.

（为了惩罚我犯下的罪行，我决定杀死自己。）

"别看她这样写，其实是被那个戴墨镜的浑蛋洗脑了吧？"内森嘀咕道，"真可惜，她还那么年轻，却被骗子给害死了。"

大坜盯着那张图片，怎么都移不开目光。

正如内森所说，露易丝的"杀死自己"不能理解为字面意思。但是若说责任全在吉姆，那也不尽然。

把她逼上死路的责任，一大半在于大坜。

"你能在这么悲惨的事件中存活下来，肯定是个很厉害的侦探吧？"

内森可能发现大坜有点情绪，用不像病人的力气拍了拍他的肩膀。

"并不是。我之所以能活着，只是因为吉姆·乔丹的眼睛不好。"

大垰摆摆手赶走他，靠坐在床头。

6个星期过去，等到他偷偷吸病友的香烟也不会咳嗽的时候，总算拿到了出院许可。他经由英国大使馆联系到日本外务省，办好了回国的手续。

他能想象到小牛田刑事部长和秋保署长大吃一惊的表情。因为那两个人肯定猜测他要么被黑帮埋了，要么被拆成零碎扔到了海里。看见大垰回归，他们肯定会很高兴。

但是回到日本后，他并不打算继续侦探的事业。4年前，他没能护住凛凛子。不仅如此，还害死了那么多无辜的人。他不应该再干涉别人的生活，这是他对自己做的审判。

出院那天早晨，大垰随口应付着内森的送行演讲，抬头看见熟悉的护士走进了病房。

"有人来接你了。"

大垰先是怀疑自己听错了，接着很快释怀。

他在乔丹镇没有认识的人，肯定是圭亚那警方来领他了。也就是说，他们要趁大垰回国前尽量榨取信息。

他心情烦躁地办好出院手续，走出了医院。

刚穿过大门，他就看见前方站着一个亚裔青年。

"好久不见了，大垰先生。"

他说着磕磕巴巴的日语。

尽管外表已经彻底改变，但大垰还记得那感冒似的声音。

"……怎么是你？"

"我请医院的人在你醒来后第一时间通知我，然后想办法赶上了你出院的日子。今天来，是想对大坜先生你说声谢谢。"

"为什么要谢我？"

"我之所以能活下来，是因为大坜先生跟我约好，以后在日本见面。如果没有你那句话，我肯定跟别人一样，喝下果汁死掉了。"

简直荒唐。他做的都是得罪人的事，哪里有资格被感谢。大坜想反驳，但是看见对方的脸，却不由自主地闭上了嘴。

"大坜先生，谢谢你救了我。"

Q 用掌心抹了一把眼角。

时隔四年的人世的阳光，无比刺眼。

2

在梅蒂里国际机场门前下了计程车，Q 领着大坜去了停车场旁的候机大厅。

"我不想吃那些浇了不知名酱汁的东西了。"

"求你再吃一次吧。我早就想好了，等大坜先生醒过来，一定要带你来这里。"

Q 像恋人一样拉着大坜的手，推开了尼基自创菜馆的大门。这间店铺大小跟日本的便利店差不多，几乎都坐满了。可能因为邻近机场，里面还有城中罕见的白人。他们找了厨房门口的位置坐下，大坜点了啤酒，Q 点了两份莫名其妙的料理。

"你现在几岁？"

"15 岁。"

"读高中？"

"对，我在加州的高中上学，将来打算考哈佛大学的犯罪社会学专业，参与调查悬案。"

大坿不禁苦笑。这小子四年前被他们彻底同化了。

"嗯，随你喜欢。"

店员正好拿来了瓶装啤酒，大坿时隔四年尝到了酒精的滋味。

"怎么样？"

"好喝，不过太淡了。我好想念日本的啤酒。"

他打了个嗝，瘫在椅子上。不知为何，Q有点尴尬地别过了头。

"怎么了？"

"没什么。"

说话时，Q一直揉着嘴唇。

"干什么啊？"

"不好意思，只是——"Q扭着脸回答，"大坿先生也许很难回到日本了。"

他感到浑身泛起了鸡皮疙瘩，喉咙深处一阵灼烧。

"……你说什么？"

"我有件事必须向你道歉。刚才我说谎了。我来这里不只是为了向大坿先生道歉。"

Q突然加快了语速。

"什么意思？"

"我想跟你确认一件事。"

Q放下手，直视着大坿说：

"人民礼拜会的事件，真的是集体自杀吗？"

店里的嘈杂骤然消失。

"你想说信徒们不是自杀，而是被吉姆·乔丹杀了吗？"

几经烦恼过后，他抛出了应该是最自然的反问。

"不。吉姆只是命令信徒喝下毒药，并没有直接杀死他们。"

Q立刻回答。他肯定是预料到了大垧的反应，早已准备好说辞。

"我知道了。"

大垧放下啤酒，不动声色地做了个深呼吸。

"那天你在乔丹镇，自然也听到了我的演讲。我发表了两种推理，并逼迫吉姆选择其中一种。是肯定奇迹集体自杀，还是否定奇迹活下来。那家伙选择前者，带着所有信徒自杀了。既然是我让吉姆决定自杀，就相当于我杀了那些人。"

"不对。"

Q再次飞快地开了口。

"这件事当然可以说成大垧先生害死了吉姆和信徒，但我想说的不是这个。"

他感到浑身血液倒流。

莫非这小子看穿了一切？

"我当时躲在丛林里，被圭亚那的士兵救下后，反复琢磨了大垧先生说的话。慢慢地，我心里就有了疑问。"

"你说我的推理有错？"

"不，大垧先生的推理很完美。杀死调查团成员的凶手，就是患有先天性代谢异常的校长雷伊·莫顿先生。"

"那你还有什么疑问？"

"我觉得奇怪的是朱迪·兰迪小姐被毒杀的推理。在回想那个推理的逻辑时，我发现吉姆·乔丹引发的集体死亡事件也能套用同样的逻辑。"

大坜的心跳越来越快。这究竟是怎么回事？

"请你回忆一下调查朱迪小姐那件事的时候。大坜先生一行在干部宿舍北-2向厨房组的两个人了解情况，再回到案发现场 E 教室时，掉在地上的半块饼干不见了。教室门没有开合过的痕迹，桌子上的饼干没有被碰过，所以推测是薮犬从窗户钻进去吃掉了饼干。而薮犬成功逃脱了，因此可以判断洒在地上的红茶没有毒。

"我觉得几乎相同的逻辑，也可以套用在人民礼拜会的集体死亡事件上。"

那不可能。大坜谨慎地开口道：

"那个事件的前一天，薮犬就失踪了，不是吗？"

"是的。而充当薮犬角色的人，是露易丝·雷兹纳小姐。"

Q 从抽绳袋里拿出一本橙色笔记本，从最后一页抽出了杂志切页。

"在所有死亡的信徒中，只有雷兹纳小姐留下了简短的遗书。就是这个。"

To punish my sins, I decided to kill myself.

就在不久以前，大坜看过同样的照片。那是归档在 FBI 调查资料里的雷兹纳的遗书复印件。

"我反复看了好多次，越看越觉得这句话不太对劲。吉姆为了承认奇迹的存在而命令信徒自杀，信徒们听从了他的命令。雷兹纳小姐说了'惩罚我犯下的罪行'，'我决定'，很显然跟当时的情况不相符。"

"既然露易丝·雷兹纳是这么写的，想必她也是这么觉得的吧。"

"请你仔细看看这张照片，这份遗书上有个无法解释的地方。"

大圸照他的话仔细看了看切页上的照片。他只看到遗书的纸有点脏，没看到什么疑点。他抬起头正要回答，却发现 Q 哭丧着脸盯着他。

"看不出来吗？正如注解所说，这份遗书不是实物，而是归档到 FBI 调查资料中的复印件。只看复印的资料很容易忘记一点，那就是一般文件用的复印机并不会获取文件上的所有痕迹，也有未能扫描到，因此复印不出来的东西。"

"原来如此。"被他这么一说，大圸总算发现了，"你是说折痕吧。"

"是的。字条右上角和右下角有相同形状的污迹，证明这份遗书从遗体口袋里拿出来时，至少是对折的状态。"

大圸只能点点头。丹特死亡的 15 日晚上，露易丝塞给他的"请带我们离开这里"的字条也是对折的。

"虽然不知道这张纸有多大，但至少是需要对折才能放进口袋的尺寸。所以，遗书的实物上应该有这样的折痕。"

Q 从胸前的口袋抽出圆珠笔，在纸上打横画了一条虚线。

"雷兹纳小姐应该是在吉姆命令教徒自杀后，趁着还没轮到自己喝'酷爱'，写下了这封遗书。把她的行为整理一下，应该是这样的：拿出口袋里的纸和马克笔，展开折叠的纸，把它压在长椅或柱子上写字，然后署名。接着她把纸折叠起来，放回口袋——不过，这份

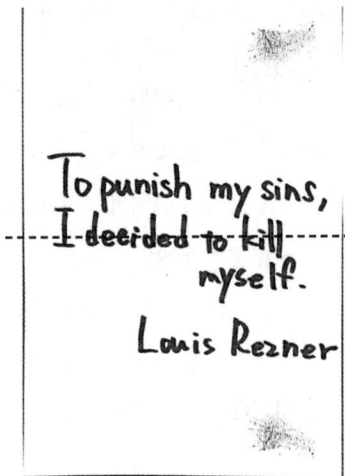

To punish my sins,
I decided to kill
myself.
Louis Rezner

遗书真的是这样写成的吗？"

大坍注视着杂志切页，很快摇了摇头："不对。"

"正是如此。如你所见，遗书上的文字跟折痕重叠了。只要是折叠过的纸，或多或少都会留下折痕。在写字时如果不避开折痕，那么在笔尖画过折痕的时候，字迹会歪斜。但是这封遗书的文字虽然跟折痕重叠，却一点都没有歪斜的迹象。"

"我已经知道了。"

大坍把切页推回 Q 那边。

"雷兹纳并不是展开了折叠的纸写下遗书，而是先写了遗书再把纸对折。"

Q 缓缓点头。

"这就是照片展示的真相。而且，假设这张纸是无法直接放进口袋的大小，那么雷兹纳小姐就不是在去了大帐篷以后才写下遗书，而是先写了遗书，然后才走去大帐篷。"

"你是说，在吉姆·乔丹下令之前，露易丝·雷兹纳就已经有了自杀意图？"

"没错。雷兹纳小姐早就在乔丹镇失去了容身之处。因为她不顾干部的警告，坚持要见自己的女儿，曾经在集会上被拎出来批判。17 日早晨，她试图在丛林里上吊自杀，而且她说发现易浩俊先生的尸体时，自己也在去仓库拿毒药的路上。虽然当时她晕了过去被送到诊所，最终没能自杀成功，但是我想，她的意志应该没有改变。"

大坍注意到 Q 紧握着拳头，指甲都陷进了肉里。

"她的动机与单纯服从吉姆命令的人不一样，所以她的死也不能与其他人相提并论，是吗？"

"不只是这样。"

Q突然眯起眼睛，像是看着远方。

"请大坼先生再回忆一下，你在发表推理时，雷兹纳小姐说过什么。当时，其他信徒都称呼吉姆·乔丹为'乔丹先生'。因为在大坼先生来到大帐篷之前——吉姆第一次号召大家自杀的时候，亲自下令人们不要再称他'教主'，而是称呼名字。可是只有雷兹纳小姐在大坼先生演讲期间一直称呼吉姆为'教主大人'。她为什么没有听从吉姆的命令呢？"

"是不是太激动忘记了？"

"大坼先生断定吉姆·乔丹是凶手时，雷兹纳小姐说过一句反驳的话。"

——"教主大人是上帝的化身。教主大人如果真的是杀人犯，那他杀死的人，都是注定要死去的命运。"

"同样是大坼先生进来之前，吉姆明确说过自己不是上帝。难道雷兹纳小姐连这个也忘了吗？"

"也许在她眼中，吉姆·乔丹就是上帝。"

"大坼先生这样反问了心情激动的雷兹纳小姐：'那你说说看，莱兰德议员和他的伙伴也都是注定要在跑道上遭受枪林弹雨的命运吗？'对此，她回答了一句话。"

——"枪林弹雨？你在说什么，我听不懂。"

"这句话明显很不自然。如果凛凛子小姐他们是注定死去的命运，那么雷兹纳小姐只需要坚称里奥·莱兰德议员一行也是同样的命运就好。可她为什么要装傻呢？

"依旧是大坼先生进来之前，吉姆已经向信徒们坦白过，自己安排人袭击了里奥·莱兰德议员一行。雷兹纳小姐不可能连这么重要的事情都忘记了。这证明她并没有听到吉姆说的话。换言之，吉姆第一次号召自杀时，她没有理睬召集令，而是在别的地方。"

"的确有可能。"大埘极力逞强道，"我想说的只有一句：那又如何？"

"当时雷兹纳小姐究竟在哪里？整个乔丹镇都安了扬声器，集会时无论身在什么地方，都能听见吉姆的声音。就算躺在宿舍里盖着毯子，也不可能听不见。不过，部落里只有一个地方完全听不见外部的声音。"

Q竖起食指，堵住了一只耳朵。

"你是说货厢里的厨房吗？"

"没错。据说那辆车本来是用来广播的移动直播车，货厢内壁贴了吸音材料。只要关上后面的货厢门，应该完全听不见外面的声音。由此可以推断，吉姆在发表劝说自杀的演讲时，雷兹纳小姐就在那个货厢里面。

"当时吉姆一声令下，马上有人搬来了深锅，证明他开始演讲时，厨房里已经准备好了下毒的'酷爱'。雷兹纳小姐应该是看见厨房组将饮料粉剂和毒药搬进厨房，猜到了那是要做什么。她比其他信徒早一步坚定了自杀的意志，便趁着吉姆开始演讲，信徒们全都在关注舞台的时候偷偷溜进了厨房。她在里面只会做一件事情。"

为了惩罚我犯下的罪行，我决定杀死自己。——大埘脑中闪过遗书的文字。

"她喝了？"

"是的。她为了杀死自己，喝了深锅里的'酷爱'。"

"原来如此。"大坜靠在椅子上，叹息着说，"我知道你想说什么了。那个女人做的事情，确实跟薮犬一样。"

"而且引导出的结论也一样。雷兹纳小姐喝了厨房里的'酷爱'，却没有出现氰化物中毒症状。她中途加入集会，坐实了这个情况。这个事实又导出了一个结论——"

Q屏住呼吸，漆黑的眸子看向大坜。

"'酷爱'里面根本没有氰化物。"

跟洒在教室地上的红茶一样的结论。

"那么自然而然就产生了下一个疑问。吉姆·乔丹口口声声说要一起上路，还命令信徒喝下了'酷爱'，但是里面并没有下毒。那他的目的究竟是什么？

"联想他生前的行为举止，就很容易解释了。那个人只要遇到对自己不利的事，就会撕扯着胸口倒在地上，然后立刻复活。在马丁·路德·金遭到暗杀时，他还假装自己被枪击，往身上泼了鸡血，表演重伤死后又复活的戏码。换言之，每次信徒将要离心，吉姆都会重复死亡与复活的表演。"

大坜想起了每次被老师责备都哭着喊肚子痛的小学同学。他还记得那是——拉肚子的清太。

"他命令保安队袭击里奥·莱兰德议员一行，然而赛斯纳机组还是成功起飞了，因此人民礼拜会陷入了危急状态。这下子，搞不好之前那个特种部队会打进来的妄想预言真的会实现。若是知道了他们所处的境况，也许有很多信徒会逃出部落。

"吉姆为了稳定人心，保证人民礼拜会能活到最后一刻，策划了一场把所有信徒都卷进来的复活表演。"

Q 瞥了一眼切页上面无表情的吉姆·乔丹。

"他做的事情非常简单。让厨房组制作下毒的果汁，在集会上命令信徒喝下去。但是保存在仓库里的氰化物已经事先换成了降压药。那是从俄亥俄的医药公司进口氰化物时，用来打掩护的药品。

"信徒们喝下'酷爱'，血压暂时下降，很多人会因此晕倒。但只要不是大量摄取，他们就不会丢掉性命。等到药效过去，血压恢复正常，他们也就能醒过来，并坚信自己是因为信仰虔诚而躲过了氰化物的毒害。"

说到这里，Q 稍微拧起了唇角。

"然而现实发生的事情却不是这样。信徒们喝下'酷爱'之后，很快出现了中毒症状，全体死亡了。"

大垳艰难地咽了口唾沫："这很奇怪啊！"

"雷兹纳小姐在厨房喝'酷爱'时，里面明明没有毒药，可是后来厨房组搬到大帐篷的'酷爱'里面却下了毒。如此一来，可能性只有一个。在雷兹纳小姐离开厨房后，到吉姆下令厨房组将深锅搬过去之前，有人在那锅'酷爱'里加入了氰化物。"

"饭怎么还没端上来？"

"还要再等一会儿。"

Q 看也不看厨房就说。

"吉姆号召信徒自杀，再到下令厨房组搬来'酷爱'，中间大约有 15 分钟间隔。因为克里斯蒂娜·米勒询问能否把孩子们送去苏联，吉姆联系乔治敦的分部做了尝试。应该就是在此期间，凶手潜入厨房，往果汁里下了毒。

"那么，究竟是谁做的？雷兹纳小姐都能潜入厨房，其他人自然也能进去。所以在场的所有人都有嫌疑。"

"当事人已经快死光了，很难确定凶手身份吧？"

"一开始我也是这么想的。但是在想象凶手的行动时，我突然有了疑问。

"凶手特意往果汁里下毒，肯定是发现了那是无毒的。不过，吉姆把氰化物放在仓库是众所周知的事实。在那种情况下，无论什么人看见满满一锅的果汁，肯定都会联想到那是为了集体自杀。那么，凶手为什么会知道里面无毒？"

"谁知道。"大坰继续装傻，"凶手可能是吉姆·乔丹。"

"吉姆的确知道果汁里没有毒，但他一直坐在舞台上，无法去厨房下毒。"

"露易丝·雷兹纳呢？她溜进厨房喝果汁，发现没效果，意识到里面无毒，就去仓库找到了真正的氰化物放进去。"

"那她为什么没有再喝一杯？她为了自杀而喝下果汁，如果重新下毒后没喝，那就前后矛盾了。"

Q肯定已经考虑过一切可能性，反驳起来毫不迟疑。

"不喝果汁，如何能知道果汁无毒？那就是看别人喝果汁。"

"凶手应该是碰巧看见了进出厨房的雷兹纳小姐。她一脸决绝地走进去，几分钟后又愣怔地回到了大帐篷。这时，凶手心里似乎有了预感。于是那个人自己也潜入厨房，发现深锅里的果汁，顿时明白了雷兹纳小姐的经历，猜到果汁里没有下毒。"

"这依旧改变不了所有人都有嫌疑的事实。"

"关键的是，雷兹纳小姐走出厨房时究竟是什么状态。假设她的身体情况毫无变化，凶手见此情景，即使走进货厢看见了果汁，也无法判断那里面是否有毒。因为雷兹纳小姐此前虽然试图自杀，但也可能没有勇气喝下有毒的果汁，最后什么都没喝就走了。

"那么，究竟要怎样才能使凶手断定果汁里无毒呢？当然是雷兹纳小姐的身体情况明显有异常，但又过于轻微，不像氰化物中毒的症状。这时可以肯定，雷兹纳小姐肯定是摄取了某种药品，但那并非致死量的毒药。能了解到这个，要看穿吉姆的意图也就非常简单了。凶手就是看见喝下了降压药的雷兹纳小姐，才意识到吉姆·乔丹又要演一场戏。"

不行了。这小子什么都知道了。

看见大坁沉默不语，Q 伤心地垂下了头。

"虽说症状很轻，但毕竟明显到了旁人能看出来，所以雷兹纳小姐的反应肯定不只是头痛和耳鸣。由于血压突然下降，她的身体应该虚弱到了站立不稳的状态。

"但是包括我在内的人民礼拜会的信徒，当时并不能认知到信徒身上的伤痛和疾病症状。即使看见摇摇晃晃的雷兹纳小姐，我们也不会觉得有问题。因此，在果汁里下毒的凶手不是人民礼拜会的信徒，而是外来者（stranger）。"

"……有道理。"

"查尔斯·克拉克先生派来的调查团成员都是外来者，然而那四个人已经被杀害了。里奥·莱兰德议员一行同样是外来者，但吉姆命人准备果汁时，他们还躺在跑道上流血呻吟。那一刻只有一个外来者在场。"

Q 紧紧咬住了颤抖的嘴唇。

"大坁先生。杀死了 918 名信徒的凶手，就是你吧？"

大坜喝了一口啤酒，却没有尝到滋味，只觉得一阵恶心的汽油味冲进鼻腔。

"你说得没错。"

他没有看 Q 的脸。

"但我不是杀人犯。那天，人民礼拜会的信徒完全相信了吉姆·乔丹的话。就算知道果汁里下了毒，他们还是会喝下去，这不能怪我。"

"大坜先生，请你别再让我继续失望下去了。"

Q 笔直地注视着大坜。他目光中的不甘似乎变成了空虚，悲伤变成了怜悯。

"你事先看穿了吉姆策划的表演。如你所料，吉姆让厨房组的人搬来了深锅，并且命令信徒喝下去。但是遭到克里斯蒂娜·米勒小姐的反对后，他一度收回了命令。

"这时，你走进大帐篷，发表了两种推理，并强迫吉姆选择要肯定奇迹并集体自杀，还是否定奇迹活下来。但实际上，吉姆的回答早就是注定的。他以为果汁里没有下毒，自然会毫不犹豫地让信徒喝下去。你很肯定，只要将吉姆逼上绝路，他一定会选择集体自杀。"

Q 撑着桌子站起来，眼角发红地注视着大坜。

"是你在'酷爱'果汁里下了毒，是你通过吉姆·乔丹让信徒喝下了有毒的果汁。毋庸置疑，你就是杀死他们的真凶。人民礼拜会惨案不是集体自杀，而是一场谋杀。"

"我昏迷的时候，你想得还不少啊！"

大坜假意诚恳地抬头看着 Q，双手攥住桌子两端。Q 诧异地皱起了眉头。

"但是告诉你吧，侦探可不是只要聪明就好。"

话音未落，他就掀翻了桌子。瓶装啤酒和刀叉碗碟一股脑儿朝 Q 扑了过去。Q 倒退一大步，狠狠撞在了收银台上。

"再见啦！"

大圵站在门口，回头说了一句，继而屏住了呼吸。

店里 20 多个客人全都站了起来，将黑洞洞的枪口对准大圵。

"其实我还要对你说句对不起。"Q 带着满身的啤酒站了起来，"要把你带进这家店的人，并不是我。"

端着 S&W M13 的花衬衫女人朝旁边的男人使了个眼色。男人从一样花里胡哨的衬衫胸袋里掏出证件，举到大圵面前。上面是一张照片，旁边印着 FBI 几个字母。

"……原来如此。"

大圵全身的力气都被抽干了。一阵天旋地转之后，他跌坐在地。花衬衫的男人把他按在地上，双手拧到了背后。咔嚓——冰冷的响声回荡在店内。

"请回答我一个问题。"

Q 俯视着他说。

"凛凛子姐姐用推理阻止凶手继续行凶，保护人民礼拜会的信徒。可你的所作所为跟她完全相反。你利用推理杀死了所有信徒。"

说到这里，他的声音扭曲了。

"你为什么要杀了他们？"

那还用问吗？

"为了凛凛子。"

大圵低着头回答。

"我痛恨杀了凛凛子的凶手。从我在陵园发现她的尸体那一刻起，就决心要杀了凶手。"

"那你可以只杀掉莫顿先生啊！"

"也许吧。但我跟凛凛子不一样。"

大塎强撑着抬起了头。

"我不是天才。我自以为是的推理不知被那姑娘推翻过多少次。我不得不承认自己能力有限，再也无法坚信自己的推理了。"

"那你更应该打消报仇的念头。"

"我不是说了吗？当时已经决心要杀了凶手。可我却无法相信那个小矮子就是凶手的推理。要想万无一失地杀了凶手，我只能杀掉所有信徒。"

"你说谎。"

Q摇着头说。

"你隐瞒了真正的动机。凛凛子姐姐在陵园遇害是下午4点过后。你出现在大帐篷开始推理是晚上7点左右。我不相信你能在这么短的时间内从零开始组建两套推理。至少在外来者推理中，丹特先生、朱迪小姐和易浩俊先生遇害的真相，应该是凛凛子姐姐生前跟你一起推理出来的。就算你对自己没有自信，也没有理由怀疑莫顿先生的凶手身份。"

大塎想反驳，却不知该说什么。

这个少年四年来都在审视过去，考虑了一切可能性。大塎把那段时间浪费在了空白的世界，自然不可能是他的对手。

无论说什么谎话，都骗不过他。

自己斗不过Q。

"都怪他。都怪那个长得跟小孩一样的男人。"

不知不觉间，话语脱口而出。

"我的助手竟然输给那种人，我不愿意相信。"

"我知道你痛恨莫顿先生，但是我想知道，你为什么要把其他信徒都杀掉？"

他开口想反驳，最后却咽了回去。还是不行，他不能再说了。

"为了凛凛子。就是这样，没什么好说的。"

他放松脖子，把脸贴在瓷砖地板上，闭上眼睛屏住了呼吸。这么做虽然像个闹别扭的小孩子，但他别无办法。

"为什么？大坰先生——"

我真是个笨蛋。

为什么要回到这个世界？背负如此沉重的十字架。

无论他怎么闭紧双眼，也无法摆脱自己苏醒的世界。

3

光河化作无数的分支，纠结缠绕，像毛细血管一样覆盖着大地。

云的彼端显现出日本的城市，绽放着令人难以想象此刻正是深夜的炫目光芒。

飞机靠近机场，光芒逐渐描绘出人工的几何纹路，就像圣何塞的夜景一样。想来，飞机已经从城市上空移动到了工业地区。

机上开始播放降落前的广播，乘客纷纷系好了安全带。飞机花了5分钟降低高度，在日本时间晚上10点15分降落到新东京国际机场的跑道上。

系安全带的标志熄灭，乘客们开始收拾随身行李走向出口。我站起来打开了头顶的行李架。等身后的乘客通过后，我抬手去拿自己的旅行包。

"喂，你快点。"

隔壁座位的男人瞪了我一眼。早在飞机着陆前，他就看了好几眼时间，应该是有急事。

"……不好意思。"

我微微颔首，让到通道边缘。

"是个老外？"

男人啧了一声，快步离开了。

日本史老师夸过我发音很标准，现在看来，那应该是在鼓励勤奋学习的学生。

我挎上旅行包，念念有词地练习着"不好意思"的发音，缓步走向出口。

1985 年，日本历法昭和六十年，7 月 10 日。

我在机场的旅客大厅待到天亮，乘坐巴士去了上野车站，然后在那里搭乘缓行列车前往福岛。

我满怀着早知道应该坐新干线的悔恨，走出会津若松车站，此时已经过了下午 4 点。我揉着酸痛的腰坐上巴士，在天气阴沉的古城行驶了 20 分钟，然后又从巴士站出发，走了 15 分钟山路，终于来到我要找的墓地。

墓地面积约有两座民宅大小，相比美国的陵园真是小多了。一个女人戴着帽檐特别宽的遮阳帽，正对着面前的墓碑双手合十。墓碑的石头种类和形状都有微妙的差别，不知是何意义。

我轮番看了看石头上镌刻的名字，看到第三块，发现是"有森家之墓"。左侧刻着"有森凛凛子"的名字，逝世日期是"昭和五十三年十一月十八日"，可见不是同名同姓的另一个人。她就长眠在这里。

那块墓碑比其他的墓碑都小，不过上面没有苔藓和泥土，周围的杂草也清理得很干净。那些认领遗体的亲属得知她在外国遭遇了前所未有的惨案，恐怕十分心痛。不过他们不可能知道，凛凛子曾经试图保护一群独立教派的信徒，而她曾经的上司现在还在加州监狱服刑。

我学着戴遮阳帽的女人，在墓碑前闭上眼，合起掌心拜了拜。

翌日上午 8 点，我退掉了上野的廉价酒店房间，乘坐拥挤的 JR 山手线电车前往新宿。走出西检票口后，我找到了指定的警察岗亭，确认时间后走了进去。

"来啦，等你好久了。你就是那个案子的幸存者吧？"

那个男人像老练的喜剧演员一样露出开朗的笑容，爽快地伸出了右手。他看起来比邮件附件里的照片更老，但无疑就是退役警官小牛田圭雄。

他跟巡警结束交谈走出岗亭，带我去了一家名叫"松本"的精致日本料理店。

"托您的福，我找到了有森凛凛子小姐的墓地。"

我落座后开口道了谢。

"不愧是哈佛大学的学生，连日语都这么好。"

小牛田用手帕擦了擦汗，说了句客套话。

"您还记得大坷先生吗？"

"当然记得。自从收到你发来的邮件，我每天都念叨着那个人。"

小牛田怀念地眯起了眼睛。

"别看他总是装出一副冷血硬汉的样子，其实性格像个小孩子。"

那句话让我倍感意外："像个小孩子？"

"一言以蔽之，就是不服输。有一次，我提起他的同行，他还摆出解决过的案子跟人家较劲，非要说自己更强。但他也说自己不想当那方面的侦探，我猜可能是不好意思吧。"

"你们两位关系很好啊！"

"我因为百津商事的案子认识了他，后来每次遇到难题，都会去请教他。有一次还跟他在中野的事务所喝到了天亮呢。自从调动到宫城县，我就几乎没碰到他了，心里还是挺遗憾的。"

我拿出橙色的笔记本，记下事务所的地址。

"不过，像你这样优秀的年轻人，怎么会想了解那个人呢？"

小牛田扬起了花白的眉毛。他应该不是开玩笑，而是真的很奇怪。

"因为我有件事想不明白。"

我从善如流地进入了主题。

"人民礼拜会'集体自杀'那天，大垰先生在厨房的果汁里下了毒，然后巧妙地诱导吉姆·乔丹，让他下令所有信徒喝下毒药。FBI和圭亚那警方的共同结论是，因为乃木野蒜先生和有森凛凛子小姐在那里遇害，他为了报仇而杀了所有人。

"但是大垰先生知道杀死那两个人的凶手是谁。如果是为朋友和助手报仇，只需杀死凶手就好。为什么大垰先生要夺走那么多无辜信徒的生命呢？"

回过神时，我已经紧紧捏住了茶杯。

就是为了解开这个谜题，我才拒绝 FBI 的实习邀请，远渡重洋来到了日本。

小牛田抱着胳膊想了想，在身穿和服的女人端来粉红色的腌菜时突然开了口。

"侦探这种人一不小心就会变成加害者。也许他是深知这一点，并以最糟糕的形式使用了自己的力量。"

他的表情很放松，声音却很沉重。

"犯罪的人都会为自己的行为辩护。他在法庭上没有讲述动机吗？"

"一句话都没说。但是在被逮捕时，大垶先生说过一句话。"

——"为了凛凛子。就是这样，没什么好说的。"

"原来如此。"

小牛田拿起筷子，但没有动腌菜，而是马上放了回去。

"我是这么想的。你并不是找不到答案，而是无法接受那个答案。"

"你是说……"

"七年前你还小，在乔丹镇遇到了两个侦探，对他们心怀憧憬。但是后来，一个人被杀害了，另一个人则杀死了你的所有同胞。

"尽管如此，你还是没能舍弃对他们的憧憬。他们不可能杀害无辜的人，背后肯定有苦衷。为了保护自己的心，你选择了替他们这样解释，就像独立教派的信徒一样。"

小牛田可能觉得这么说有点过分了，轻叹一声摸了摸额头。

"反正我只能说一句话，他不是你想的那种清白无辜的人。我认为，因为助手被杀，他在愤怒中失去了自我，用最恶劣的手段施加报复，这也是完全不值得惊讶的。"

他看向后院的丹桂丛，恢复了原本轻快的语调。

"为了凛凛子小姐，这句话想必就是答案。"

我不想接受，但心里也很清楚，小牛田的话并非搪塞。

4

"祝你旅途愉快！"

小牛田微笑着，在车站门口坐进了计程车。

等到看不见车子后，我转身走进车站，查看路线图，坐上了 JR 中央本线。我觉得如果不做点什么，就要被憋死了。

在中野站下了车，我又走到警察岗亭门前，对着地图寻找之前记下的地址。顺着商店街走了快一半，拐进岔路后，眼前就是我要找的楼房。

这是一栋灰扑扑的钢筋混凝土六层楼房，一楼挂着"白色苹果"的咖啡馆招牌，二楼以上的门牌都是空的。上到三楼透过门上的小窗向内张望，果然什么都没有。

那个人七年前一走了之，他的事务所不可能还留着。这不是理所当然的嘛！

小牛田说得很对。他花了一大笔钱，还放弃了大事务所的实习资格，来到这座什么都没有的商住小楼里，确实像个邪教信徒。

"你在干什么呢？"

突然有人说话，我吓得几乎滚下楼梯。抬头看，只见上面的楼梯转角处站着一个身穿工装的女人，正盯着我看。她右手拎着尼龙包，左手提着一个大水桶。

"你想租我们这儿的房？"

女人边说边走下来，显然不是外包清洁公司的员工。

"您是房东吗？"

"是啊。"

"您还记得七年前租过这层楼的人吗？"

女人扬起了眉梢。

"不认识。我两年前才从老爸手里继承了这栋楼。"

我险些忍不住叹气，连忙换成了干咳掩饰过去。

"怎么样，租不租？"

我摇了摇头。

"不租就赶紧走吧。"

女人打开三楼的门锁，提着包和水桶走了进去。

无事可做了，还是回美国吧。我要与过去诀别，找回自己的人生。

下了楼梯，我快步穿过小巷。正要拐弯时，突然注意到了激起我一股乡愁的东西。设置在中餐店门口的大红色长方体，那是我在公寓大堂每天都能看见的可口可乐售货机。

我顿时感到如遇旧知，从钱包里翻出 100 日元硬币投了进去。咔嗒一声，硬币坠落。我打开柜门拿出了玻璃瓶装的可乐。

"嗯？"

我正要关门，突然发现脚边的石砖上放着一个瓶子。瓶盖有点歪，里面的可乐却没少。是有人打不开瓶盖，扔在这里的吗？

这一定是上帝给我的礼物。我用售货机上的开瓶器开了地上那瓶可乐，举到嘴边。

"小哥。"

我吓得心里一惊。

看向声音传来的方向，只见一个胡子拉碴的男人从印着"猪百戒"的门帘里探出头来。他脑袋上顶着发黄的手巾，一脸不高兴地看我。

"你没看电视吗？"

说着，他把我从头到脚打量了一遍。

"现在很流行用这种方法骗人喝毒药。可能只是谣言，但也不能不信，你还是别喝了。"

说罢，那人劈手夺过我手上的可乐，翻转"营业中"的牌子，又缩回店里去了。

我愣怔了片刻，继而全身冒出冷汗。

好不容易才从七年前的事件中存活下来，若是在这里被下了毒，那叫什么事？

我扶着电线杆调整了一会儿呼吸，目光落在"猪百戒"门帘下面那块"营业中"的牌子上。这就是缘分吧。我像被吸引过去似的走进了店铺。

"欢迎。"

胡子拉碴的男人在厨房喊了一声。我挑了个餐桌的座位，女店员拿来了杯子。

"那个，不好意思。"我临时起意，从笔记本里拿出了剪报的复印件，"请问这个人以前来过店里吗？"

女店员拨开额前的头发看了一眼剪报。那是昭和五十年（1975年）5月17日的《东京日日新闻》刊登的大坰先生的采访文章，上面有一张照片，大坰先生站在一排看着有点假的书架前面，抱着胳膊。

"啊，我认得这个人。"女店员咧着獠牙一样的尖利犬牙笑了，"他经常半夜过来喝酒，然后睡到接近天亮。我记得他是侦探吧。"

"他是我的恩人。你还记得别的关于他的事情吗？"

说完我就后悔了。突然被问到这种话，对方肯定很为难吧。果然，女店员有点困惑地翻着小票本，目光不经意间落到墙上，"啊"地停下了动作。

"有个男的偶尔会跟他一起来，有一次他们俩看着这篇文章，聊得很火热。我以为他是横薮友介的粉丝，就过来问了一声，可他的反应不太热情。当时我也没想到，原来他自己就是侦探。"

说话时，她指着贴在墙上的杂志切页。切页右侧是一篇标题为《辣到屁股流血的面食排行榜》的文章，"猪百戒"的劲辣担担面排到了第二十九位。左侧是《名侦探的荣耀：横薮友介案件全记录》的开头部分，第一句话便说："本文记录了 1978 年 10 月 30 日，倒在 108 号枪口之下的横薮友介的光辉成就。"

"这个人很出名吗？"

"当然啦！他是电视节目'交给名侦探！'的常驻人物，破了很多悬案呢。"

"什么节目？"

"不过早在横薮友介上电视之前，我就是他的粉丝了。要说能跟他比肩的侦探，恐怕只有'二战'前的古城伦道了。"

"大坍先生不算吗？"

"你说那个醉鬼？他根本不够格。那个人上过电视吗？"

女店员似乎觉得很可笑，还甩了甩小票。我再次看向墙上的文章。

"这个 108 号是什么？"

"杀死横薮的凶手的绰号。"

"他为什么有个门牌号一样的绰号？"

"那家伙大约 15 年前从美军基地偷了手枪，连续打死了 11 个人。别的我不是很清楚，就知道那个案子的编号好像是 108 号。"

我从未听说过这个案子。

"那个人 1978 年杀死了这上面的侦探，所以他逃窜了很长时间吗？"

"好像说那家伙明明是个成年人，外表却像小孩子。大家都觉得这就是警察一直抓不到他的原因。"

我脑中突然闪过一个预感。

我感觉——接下来的对话，也许隐藏着我寻找了七年的真相。

"……那个 108 号后来怎么样了？"

"同归于尽了。横薮友介被击中腹部后，拼尽最后的力量打死了108 号。"

不知为何，女店员说这句话时颇为骄傲。

"他在生命的最后一刻干掉了空前绝后的杀人魔，真不愧是横薮友介。"

我顿时兴奋起来，全身的血液都要沸腾了。

果然是这样。这就是我苦苦寻找的最后一块拼图。

大坍先生表面上看时刻保持着冷静，但是退休警官小牛田说，他的性格其实很幼稚，特别不服输。聊到同行时，他也要特意把双方解决过的案子数量拿出来比一比，夸耀自己更胜一筹。

对大坍先生来说，有森凛凛子这个助手实在太优秀了。他既嫉妒她的才能，又为她感到骄傲。

但是那个助手却在南美的一个部落里，被邪教信徒勒死了。

发现她尸体的那一刻，大坩先生会作何感想？失去助手的悲伤无疑会非常强烈。同时肯定也有对凶手的愤怒。那么在这些感情中，是否还会夹杂一些对半个月前横死的、自称侦探的电视红人的扭曲嫉妒？

横薮友介可是被击杀过 11 个人、震惊了整个日本的绝代杀人魔打死的。

有森凛凛子明明比他强得多，却被一个只杀死了三个人的小矮子勒死了。

大坩先生恐怕无法接受一个事实，那就是她竟死在如此不起眼的杀人犯手上。

他在机场门口的餐厅被 FBI 探员摁倒时，曾经脱口而出一句话。

——"都怪他。都怪那个长得跟小孩一样的男人。"

假如他说的不是雷伊·莫顿，而是 108 号……

——"我的助手竟然输给那种人，我不愿意相信。"

假如他指的是横薮友介……

有森凛凛子输给了横薮友介。这会不会正是大坩先生怎么都无法接受的现实？

人在面对信仰与现实的龃龉时，会强行消除那个龃龉。

有森凛凛子才是最棒的侦探。她绝不可能被一个平淡无奇的杀人犯杀死。那样的案子不配做她的"最后一案"。如果她死了，那必须是被卷入更悲惨的、震惊世界的大惨案之中。

为此，需要有牺牲者的数量。

——"为了凛凛子。就是这样，没什么好说的。"

他最后说的那句话，真的昭示了一切。

918 名信徒，全都是让有森凛凛子成为名侦探的献祭。

"不好意思，我突然想起有点事，先走了。"

我对女店员道了歉，逃也似的跑出了"猪百戒"。

我一阵风似的跑过了跟 15 分钟前显得大不相同的巷子，冲上商住楼的台阶找到刚才那位女房东。她正在往包里收拾东西，注意到我气喘吁吁的状态，她有点讶异地蹙起了眉头。

"不好意思，我要租这个房子。"

她脸上的表情淡了下去。

"你是大学生？"

"是的，但是我要退学了。"

"你能付得起房租？"

"我会想办法。"

我已经决定了。

要在这里开一家侦探事务所。

我要做一辈子的侦探，并绝不夺走任何人的性命。

重要的不是怎么死，而是怎么活。我要在这里做出证明。

"付得起就没问题。"女人伸手从包里拿出一个细长的皮夹，掏出名片递给我，"明天到我办公室来吧。"

名片上印着"太阳公寓"的地址和电话号码。

"我要准备文件，留下你的姓名和联系方式吧。"

我欲言又止。

"那个，我还没搬到日本来，暂时没有联系方式。"说完，我低下了头，"我叫浦野灸（Q）。"

"灸？"女人嘀咕了一声，用片假名写下我的名字，留下一句"明天见"，接着锁上房间，下了楼梯。

我站在楼梯转角的窗前，俯瞰着伴随黄昏的到来渐渐热闹起来的街道。

我无法窥见大埽先生的内心。如果一直揣着含混不清的猜测，那我所做的事情也许跟人民礼拜会的那些信徒差不了多少。但是现在，我决定先不去想它。

——"等你来了日本，我就给你讲我们解决过的案子，保证过瘾。"

大埽先生的出狱时间是 34 年后。如果能得到保释或减刑，那个时间就会更早。一旦得到离境许可，他一定会回到这里吧。

在此之前，我一个人也可以。

我万分期盼那一天的到来。

简体中文版寄语

白井智之

几年前，我与几位作家朋友在"东京文学跳蚤市场"这个同人志特卖会出了个摊。

犹记得，当时我没有守着摊子，跑出来"摸鱼"逛摊，被一个年轻人搭上了话。他是从中国来日本留学的大学生，竟然还很喜欢我的小说。

那个时候，我的小说还没有被翻译成简中版。我问他怎么接触到了我的作品，没想到他竟说出了一个惊人的事实——原来是几个中国的推理爱好者翻译了我的小说自娱自乐。

我当小说家已经快十年了，从未遇到过如此令人惊讶的事情。我的书并不畅销，甚至十个人看了有九个人会皱眉。没想到在语言壁垒的另一端，还有如此喜欢我的读者，我真的很开心，也很受鼓励。

后来，我又遇到过几次中国的读者，他们每次都让我万分惊讶。于是，我暗自给自己鼓劲，一定要写出更好看的推理小说。

这本《名侦探的献祭》对非日本读者来说，可能有一些不太容易理解的地方。在熟知日本推理和惊悚小说的读者眼中，下面这些话可能会显得班门弄斧，但难得有这么一个发挥的空间，我还是要简单说明一下。

首先是作品的主题。本书中的案件以一九七八年发生在圭亚那合作共和国的现实案件为原型。日本推理界早在初创时期就出现了以现实案件为原型的作品，这一创作形式的先驱就是横沟正史，他的《八墓村》以津山案为原型（一九三八年，一名青年一夜之间杀害三十人的惨案。岛田庄司的《龙卧亭杀人事件》也以该案为原型）；《恶魔吹着笛子来》以帝银事件为原型（一九四八年，一名男子哄骗银行职员服下毒药，趁机抢走现金和支票的案件）。而我第一次尝试将现实案件融入解谜推理的作品，就是《名侦探原田亘》。后来将这一创作方法进一步深化，又写出了这本《名侦探的献祭》。

其次，关于本作品的标题，以前日本引进欧美惊悚题材的电影时，往往会附上与原题毫无关系，但是非常耸人听闻的标题。比较出名的就是托比·霍珀编剧的《得州电锯杀人狂》（*The Texas Chain Saw Massacre*），其日语片名为『悪魔のいけにえ』（《恶魔的祭品》）。还有山姆·雷米执导的《鬼玩人》（*The Evil Dead*），日语片名为『死霊のはらわた』（《亡灵的内脏》），以及乔治·A.罗梅罗执导的《活死人之日》（*Day of the Dead*），其日语片名为『死霊のえじき』（《亡灵的猎物》）。用毫无关系的片名吸引观众进场观影并不是值得推荐的方法，近几年也没那么常见了。但不得不承认，这些片名本身就散发着一种诡异的魅力，深受日本惊悚迷的喜爱。我创作的《名侦探原田亘》（『名探偵のはらわた』）与《名侦探的献祭》（『名探偵のいけにえ』），就是为了致敬这种日本惊悚电影文化。

再者，毫不客气地说，白井智之这个作家写的推理小说全都是人和人拆散混拼，皮肤上长出有思想的瘤子，甚至头和屁股位置对调的奇怪设定系小说。确实有人曾很严肃地问过我：你为什么尽写一些奇奇怪怪的东西？一部分原因当然是我喜欢奇奇怪怪的故事，想写没人写过的故事，但最大的原因在于，我希望能够通过这样的创作风格，给本格推理注入新的可能性。

《名侦探的献祭》也许是白井智之的所有作品中最正统的一部了。但是作品出版一年来，我深刻地感觉到，正因为自己以前写的都是设定奇怪的本格推理，对其可能性进行过深入的思考，最后才能写出这本小说。

所以，今后我还是想继续创作破格的本格推理，如果能在下一本书与你相遇，便是我的荣幸。

最后是致谢环节。首先要感谢本作品的译者吕灵芝。如果我是一名译者，碰到如此复杂的故事，估计不到半天就想摔键盘了。另外，还要感谢参与到本书简体中文版出版工作中的出版社和版权代理的所有工作人员。谢谢你们发现了这个故事，并赋予它传播更广的可能性。当然还要感谢喜欢我的作品的所有中国读者。请接受我最诚挚的谢意。

另外，我还要借此机会，感谢那天在闷热的同人志特卖会上跟我搭话的年轻人。